科学、文化与人
经典文丛

相约名人

科技与科普专辑

叶永烈 著

科学普及出版社
·北 京·

图书在版编目（CIP）数据

叶永烈相约名人．科技与科普专辑／叶永烈著．
—北京：科学普及出版社，2012.8
（科学、文化与人经典文丛）
ISBN 978-7-110-07805-1

Ⅰ．①叶… Ⅱ．①叶… Ⅲ．①特写（文学）—作
品集—中国—当代 Ⅳ．① I253 ② I253.9

中国版本图书馆 CIP 数据核字 (2012) 第 172404 号

策划编辑	徐扬科
责任编辑	吕　鸣
责任校对	孟华英
责任印制	李春利
装帧设计	中文天地

出版发行	科学普及出版社
地　　址	北京市海淀区中关村南大街16号
邮　　编	100081
发行电话	010-62173865
传　　真	010-62179148
网　　址	http://www.cspbooks.com.cn

开　　本	700mm×1000mm　1/16
字　　数	240千字
印　　张	14.5
版　　次	2012年8月第1版
印　　次	2012年8月第1次印刷
印　　刷	北京中科印刷有限公司
书　　号	ISBN 978-7-110-07805-1/I·284
定　　价	36.00元

作 者 简 介

叶永烈，上海作家协会专业作家，一级作家，教授。1940 年生于浙江温州。1963 年毕业于北京大学。11 岁起发表诗作，19 岁写出第一本书，20 岁时成为《十万个为什么》主要作者，21 岁写出《小灵通漫游未来》。

主要著作为 150 万字的"红色三部曲"——《红色的起点》、《历史选择了毛泽东》、《毛泽东与蒋介石》，展现了从中国共产党诞生到新中国诞生的红色历程；《反右派始末》全方位、多角度反映了 1957 年"反右派运动"的全过程；182 万字的长卷《"四人帮"兴亡》以及《陈伯达传》、《王力风波始末》，是中国十年"文化大革命"的真实写照。《邓小平改变中国》是关于中共十一届三中全会全景式纪实长篇。《受伤的美国》是关于美国"9·11"事件这一改变世界历史进程重大事件的详细记录。此外，还有《用事实说话》、《出没风波里》、《历史在这里沉思》、《陈云之路》、《中共中央一支笔——胡乔木》、《钱学森》、《美国自由行》、《星条旗下的生活》、《米字旗下的国度》、《俄罗斯自由行》、《欧洲自由行》、《从迪拜塔到金字塔》、《澳大利亚自由行》、《真实的朝鲜》、《今天的越南》、《樱花下的日本》、《神秘的印度》、《梦里南洋知多少》、《这就是韩国》、《我的台湾之旅》、《第三只眼识台湾》、《叩开台湾名人之门》、《多娇海南》等。

前　言

　　如果说，几十万字的长篇传记是一尊精美的青铜雕像，那么短短几千字的人物特写就是一幅速写画。精雕细刻固然反映人物的风采，寥寥数笔其实也传神。

　　我在创作砖头那么厚的长篇传记的同时，也常常写各种各样的人物特写。这本书，就是我的人物特写的选集。

　　人物特写短小精悍，往往是抓住人物漫长一生中的一个小小的侧面，一个动人的瞬间，一个有趣的故事，一段曲折的经历，以小见大，从短短的篇幅折射人物的精神风貌。

　　我是一个采访面甚广的人，三教九流的各色名人，无不在我的关注之中，涉及方方面面。我用我的笔，记录了我们时代的各种人物，也就记录了我们的时代。在我的这本选集之中，着重选择文化、科学方面的人物特写。

　　这些人物特写，绝大部分来自我的直接采访，不少是独家采访。正因为这样，这本书具有一定的史料价值。

　　承科学普及出版社的美意，出版我的自选集。除了本卷之外，另一卷为《叶永烈行走世界》，一卷写人，一卷写景。

《叶永烈相约名人》分为文学与艺术专辑、科技与科普专辑。文学与艺术专辑，分为《文坛名家》、《艺术之星》两章；科技与科普专辑，分为《科技群英》、《科普之星》两章，另有《序章——我的怀念》，写我眼中的北京大学三位老校长，写给予我以难忘帮助的陈望道先生和方毅副总理。

感谢科学普及出版社总编辑颜实先生、编辑室主任徐扬科先生、前副总编辑白金凤女士和责任编辑吕鸣女士给予的鼓励和支持。

叶永烈

2012 年 3 月 31 日于上海 "沉思斋"

目录
CONTENTS

101 » 科普之星

序章 我的怀念

Xuzhang Wo de Huainian

怀念北大三位老校长

　　未名湖的湖水是平静的，北京大学却从来不平静。每当我回忆起母校，脑海中常浮现三位命运坎坷的老校长的形象，而北京大学的历史与他们的命运休戚相关……

■ 敢言敢怒的马寅初

　　记得，那是1981年。我步入北京医院高干病房，看望作家高士其。病房里是那样的安谧，使高老那嗯嗯喔喔的"高语"显得格外清晰。突然，从敞开的窗口，传来一阵尖厉的痛叫声，我为之一惊。

　　"是谁?"我问高士其夫人金爱娣。

　　"是马寅初，得了直肠癌，住在隔壁。"金爱娣答道。

　　虽然我知道高干病房是不许随便串门的，但是我在看望了高老之后，还是向值班护士提出："我要去看看303房的马寅初先生。"

　　"你是他的什么人?"值班护士问道。

　　"我是他的学生。"我一边说，一边掏出我的工作证。

　　"他正病重。你看一下就走。"值班护士终于同意了。

　　白被单拥簇着一张圆脸，光秃的头颅上只有几根稀疏的白发，虽然二十多年没有见过他，我还是一眼就认出这位年已九十九岁（虚龄百岁）的老校长。病魔正折磨着他，他的脸还显得像往日那般和善。可惜，他已耳聋目眩，无法交谈。我大声地在他耳边喊道："马老，我是您的学生!"他，微微一笑，颔之而已。我向老校长深深一鞠躬，轻轻退出病房，默默祝愿他早日康复……

1957 年，我以第一志愿考入北京大学化学系时，领到的《迎新手册》，首页便是校长马寅初写的《热烈欢迎新同学》。在开学典礼上，我见到了他，矮矮胖胖的个子，身体非常结实。他用一口"绍兴官话"向同学们讲话，他的脸像弥勒佛似的，总是笑嘻嘻的。

宿舍 31 斋的走廊里挂着《光明日报》。1959 年，我吃惊地在《光明日报》上，看到连篇累牍的"批判"马寅初"人口论"的文章。不久，就连大饭厅的墙上，也贴出"批判"大字报。我印象最深的是这样的大字标题："马老，你是哪个'马'家——马克思还是马尔萨斯？"

◎ 北京大学校长马寅初

也就在这时，我读到马老发表在《新建设》杂志上的反驳文章，他"明知寡不敌众"，却"单身匹马，出来应战"。最使我感动不已的是，他身陷重围之际，依然念念不忘北京大学的学生："我平日不教书，与学生没有直接的接触，但总想以行动教育学生，我总希望北大的一万零四百名学生在他们求学的时候和将来在实际工作中要知难而进，不要一遇困难便低头……"此后，虽然马老被撤掉北京大学校长之职，但是他的"不屈不淫"，他的"敢言敢怒"，给我留下不可磨灭的印象。

也就在 1981 年，我买到了北京出版社出版的马寅初的《新人口论》一书。读罢此书，深为这位百岁老人不屈不挠的斗争精神所感动。

这本书是旧著汇编，收入了马寅初在 20 世纪 50 年代关于人口问题的文章和讲话。该书的"出版说明"写道："为了保持原著的历史面貌，马寅初先生的文章均按原文刊印。"

这些文章，闪耀着真知的光芒！马寅初在 1957 年就明确指出：

"我国最大的矛盾是人口增加得太快而资金积累得似乎太慢。"（该书第 3 页）

"我们过多的人口，就拖住了我们高速工业化的后腿，使我们不能大踏步前进。"（该书第 8~9 页）

"实行计划生育是控制人口最好最有效的办法"。（该书第 20 页）

然而，马寅初先生的远见卓识，在20多年前，却荒谬地遭到了"批判"。1959年，特别是在那个"理论权威"康生插手之后，从学术批判以至升级为政治围攻。在马寅初先生头上，加了"中国的马尔萨斯"、"否认社会主义制度的优越性"等罪名。

马寅初先生的可贵之处，不仅在于他发现了真理，而且在于勇敢地坚持真理。

在《新人口论》一书中，可以读到马寅初当年面临围攻时振聋发聩、坚持真理的声音："据去年（1958年——引者注）7月24日和11月29日《光明日报》估计，批判我的学术思想的人不下200多人，而《光明日报》又要开辟一个战场，而且把这个战场由《光明日报》逐渐延伸至几家报纸和许多杂志，并说我的资产阶级学术思想的一些主要论点已经比较深入地为人们所认识，坚持学术批判必须深入进行。这个挑战是很合理的，我当敬谨拜受。我虽年近八十，明知寡不敌众，自当单身匹马，出来应战，直至战死为止，绝不向专以压力压服不以理说服的那种批判者投降。"（该书第54页）

"学术问题贵乎争辩，愈辩愈明，不宜一遇袭击，就抱'明哲保身，退避三舍'的念头。相反，应知难而进，绝不应向困难低头。我认为在研究工作中事前要有准备，没有把握，不要乱写文章。既写之后，要勇于更正错误，但要坚持真理，即于个人私利甚至于自己宝贵的性命，有所不利，亦应担当一切后果。我平日不教书，与学生没有直接的接触，总想以行动来教育学生，我总希望北大的10400学生在他们求学的时候和将来在实际工作中要知难而进，不要一遇困难随便低头。"（该书第55～56页）

"有人称我为马尔萨斯主义者，我则称他们为教条主义者、反列宁主义者。"（该书第9页）

马寅初先生在围攻面前，不低头，不后退，敢于"单枪匹马，出来应战"。即使在1960年以后，他的处境更为艰难——不能在报刊上公开发表文章，被免去北京大学校长职务，仍奋战不息。他依旧不断地写作。写好后无处可发表，他就把稿纸粘连在一起，卷成一卷，存放在柜子里。春去秋往，他的手稿竟堆满一柜！

如今，那个"理论权威"早已被扫进历史垃圾堆，而马寅初的"新人口论"经过多年实践的检验，被一致公认为对人类、对中国的莫大贡献。1981年10月，亚洲议员人口和发展会议在北京召开，议员们众口一词，称颂百岁老人马寅初先生的真知灼见。

马寅初是成功者、胜利者。在他漫长的人生道路上，曾历经劫难。他坚持真理的勇气，是在斗争中造就的。

早在 1940 年，他就因为反对国民党反动派的独裁统治，被蒋介石政权投入集中营。在淫威面前，他坚贞不屈。当时《新华日报》社赠给马寅初的一副对联，集中地概括了马寅初刚正不阿的气节：

不屈不淫征气性

敢言敢怒见精神

马寅初先生所走过的道路说明：成功，属于"不屈不淫"的人，属于"敢言敢怒"的人。

真理是时间的儿子。只有发现真理而又敢于坚持真理的人，才是最后的胜利者。

■ 坦坦荡荡的陆平

马寅初的继任者是陆平。

凡是经历过"文化大革命"的人，几乎都知道陆平的大名。因为"文化大革命"的"第一张大字报"，就是炮轰陆平的，轰得全国震惊。当时，陆平是北京大学校长兼党委书记。"文化大革命"之火从北京大学点燃，席卷全国。

2007 年 7 月下旬，当我从美国返回上海，听到电话录音中传出陆平校长的女儿陆微的声音。她告诉我，北京大学出版社出版的《陆平纪念文集》已经面世，7 月 2 日上午将召开《陆平纪念文集》出版座谈会，邀请我出席。《陆平纪念文集》收入了我采访陆平校长的文章。那篇文章是经过陆平校长生前亲自改定的。陆微说，陆平校长晚年只接受过两次采访，我是其中的一位。然而，7 月 2 日我正在美国洛杉矶，无法出席会议。

在北京大学学习期间，我爱听陆平校长的报告，条理清晰，逻辑严密，口齿清楚，一口标准的普通话。那时候，陆平正处于一帆风顺之际。我记得，1963 年，当我们在西门办公楼前的草坪上拍毕业纪念照时，请来了陆校长。他笑盈盈地坐在正中，在纪念照上留下永恒的微笑。

不料，三年之后，在上海工作的我，从报上读到那轰动全国的"第一张马列主义大字报"，惊讶地得知陆校长蒙尘！此后，从红卫兵小报上，看到陆校长挂黑牌挨斗的照片；此后，就连我自己挨批斗时，也被说成"黑帮陆平培养的修正主义苗子"！

1986年夏，我因创作长篇纪实文学《"四人帮"兴亡》，从上海来到北京，到陆老家中采访。

我与陆老以及陆老夫人石坚作了长谈。他当时已是72岁的老人，仍未离休，担负着全国政协副秘书长、全国政协机关党委副书记的工作。我惊喜地发现，饱经磨难的老校长，心地是那么宽广，情绪是那么乐观。他的思维还是那样的有条不紊，侃侃而谈，不减当年。往事不堪回首，而我的采访话题，却正是那不堪回首的往事。他是那般磊落，富于自制，坐在沙发上回忆20年前的风暴，跟我谈聂元梓，谈康生老婆曹轶欧，谈"第一张马列主义大字报"的出笼经过，谈"喷气式"批斗，谈他的干校生涯，谈他给毛泽东主席去信和他获得解放的经过……

陆老对着我的录音机，用条理清晰的男低音，缓缓地说起自己的身世，回忆那创巨痛深、熏毁犹张的岁月……

他原名刘志贤。1914年11月15日生于长春。初中毕业以后，他到吉林（当时称"永吉市"）上高中，成为中共地下党员。1933年，他担任共青团的吉林特支宣委。后来，他考入了北京大学教育系。陆平一边在北京大学上学，一边从事党的地下工作。新中国成立后，他在铁道部担任领导工作。考虑到他是"老北大"，对教育工作更加在行，从1957年10月起，调往北京大学任党委书记、副校长。当马寅初先生离开北京大学以后，他担任了校长。

我请他谈"文化大革命"。他沉思了一阵，终于答应了。他的大女儿陆微赶紧坐到一边"旁听"，因为陆老在家中也不大愿意多谈个人在"文化大革命"中的不幸。这一次，他又重述了自己常常对人家讲的话："'文化大革命'，是我们党、我们国家、我们人民的一场灾难。个人吃些苦头是不足为道的，重要的是从中吸取历史教训，搞好我们今天的工作。"

那是1966年5月25日下午2时，北京大学大膳厅的东墙，一个中年女人领着一伙人，正在贴大字报。醒目的标题：《宋硕、陆平、彭珮云在文化大革命中究竟干些什么》。全校轰动了，数百人围观，与那女人辩论。

这张大字报，后来便被称为全国"第一张马列主义大字报"。那个桀骜不驯、心怀叵测的女人，名列大字报七个作者之首：聂元梓。

有人飞快地抄录了大字报全文，送到正在北京市委开会的陆平手中。陆平深为震惊，因为康生的老婆曹轶欧插手北京大学，组织聂元梓等人写这张颠倒黑白的大字报，不仅他早有所闻，连日理万机的周恩来总理也察觉了。周总理曾派外办副主任张彦来北京大学传达：内外有别。北京大学有50多个国家的留学生，要注意国际影响。即使要贴大字报，也要找个内部的房间去贴。

◎ 北京大学校长陆平接受叶永烈采访（1986年）

身为哲学系党总支书记的聂元梓，当然知道周总理的指示。然而，这女人另有所恃无所恐。此中内幕，在1967年初，有人炮打曹轶欧时，康生于1月22日接待群众代表，作了如下表白：

"关于我爱人曹轶欧，有人说她是北大工作组的副组长，这是不对的。我爱人等五人，曾组成一个调查小组在1966年5月去北大，目的是调查彭真在那里搞了哪些阴谋，发动左派写文章，根本与工作组没有关系。聂元梓的大字报，就是当时在我爱人的促进下写的。"

康生太"谦虚"了。这"促进"二字，应该改为"授意"或者"指挥"才是。

6月1日，陆平又去北京市委开会。散会时，接到通知："聂元梓等人的大字报，今晚广播，明天见报。"

陆平又为之心头一震。这张诬良发难的大字报，值得向全中国广播？果真，当晚他打开收音机，中央人民广播电台的新闻节目里，播出了这张大字报！

翌日，《人民日报》在头版刊登了这张大字报，加之《大字报揭穿一个大阴谋》这样耸人听闻的大标题，还发表了评论员文章《欢呼北大的一张大字报》！

那时，作为党中央机关报的《人民日报》，已落入陈伯达手中。陈伯达是在几天前率领工作组进驻《人民日报》社的。陆平手中拿着6月2日的《人民日报》，知道大祸已经临头。他做了思想准备，挨5年"批判"。谁知道后来竟翻了1倍——10年！

6月3日，新华社便发出电讯：北京大学校长兼党委书记陆平、副书记彭珮云被撤销一切职务，改组北大党委。6月4日，《人民日报》又发表社论：《做无产阶级革命派，还是做资产阶级保皇派》，称赞了聂元梓等所谓北京大学

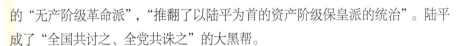

的"无产阶级革命派","推翻了以陆平为首的资产阶级保皇派的统治"。陆平成了"全国共讨之、全党共诛之"的大黑帮。

虽然陆平无意，然而历史的浪潮却把他推上了这样的地位：在中国"文化大革命"史上，他的名字和吴晗、邓拓一样，是无法回避的。

我问陆老对此有何感想。他坦然一笑，答道："如果不是我，由另一个人坐在我的位置，命运也会如此。他们从北大开刀，是因为北大在国内外有广泛的影响，乱北大可以进而乱北京、乱全国，能够一哄而起。当然，北大的这场斗争，由来已久……"

戴高帽，挂黑牌，游街……陆老不愿多谈自己蒙受的灾难，用风趣的口气说："我天天坐'飞机'，而且是'喷气式'的！"

1969 年，当"一号通令"下达后，陆平被逐出京城，押往江西鄱阳湖畔鲤鱼州监督劳动。他被单独关押，不准"乱说乱动"，几乎与世隔绝。

陆平幽默地说了这么一个故事：当时，农场里召开批斗"五·一六分子"大会，把他拉去陪斗。他感到非常惊讶，怎么会全场高呼"揪出'五·一六'"、"打倒'五·一六'"呢？他只记得有个《五·一六通知》——那是 1966 年 5 月 16 日下达的《中国共产党中央委员会通知》，是进行"无产阶级文化大革命"的"纲领性文件"，怎么要"揪出"、"打倒"呢？因为不许"乱说乱动"，他不便询问，稀里糊涂地挨斗。他成了"五·一六"的"后台"，却还不知"五·一六"为何物！直到他后来回到北京，问了家人，才明白什么是"五·一六分子"！

陆平深知，"文化大革命"是毛主席亲自发动的，第一炮轰的就是他，他的冤案唯有毛主席垂察，才有平反的希望。他虽然蒙冤受屈，但多年的革命经历使他对毛主席充满信赖。

回到北京之后，他曾写信给毛主席，杳无回音。他料想，信一定被中途卡掉了，没有送到毛主席手中。

1974 年底，毛主席也发觉，许多寄给他的信，被人截去。毛主席深为震怒，他派出专人，在中南海门口收信。陆平得知这一消息，喜出望外，1975年春，他连忙又写一信，让大女儿送往中南海。这一回，毛主席收到了陆平的信，作了指示。很快，有了动静，1975 年 4 月初，陆平终于获得解放。这年 7 月 1 日，陆平被任命为第七机械工业部副部长。

陆平对我说，这表明虽然毛主席在晚年犯了"文化大革命"错误，但他后来有所觉察，在改正自己的错误。从他的身上，便可以看出毛主席怎样在

8

改正自己的错误。1966年6月1日下午，是毛主席在武汉亲自批准把聂元梓等人的大字报广播、登报，并称之为"全国第一张马列主义大字报"，以此为契机正式发动了"无产阶级文化大革命"的。然而，后来他不再提"全国第一张马列主义大字报"了，聂元梓于1971年下台了。到了1975年，他亲自指示解放陆平，正是表明了他对自己当年批判陆平，发动"文化大革命"的否定，也是对"全国第一张马列主义大字报"的否定。

陆老谈及这段往事，十分动情。他对我说："毛主席他老人家毕竟是伟大的革命家，功劳大得很。他的错误跟功劳相比，是次要的。我们既要总结'文化大革命'的深刻教训，又要维护毛主席的威信、党的威信、国家的威信。"

陆老提起了宋硕。他说，宋硕是一位忘我为党工作的好同志，常常昼夜忙于工作。"第一张大字报"点了宋硕的名，使宋硕在"文化大革命"中受到很大冲击，死于癌症。

我问陆老："你在'文化大革命'中首当其冲，受尽折磨，是怎么过来的？不论在你的外表上，或者在你的心灵中，几乎都看不出'伤痕'！"

他爽朗地笑了，双眼透过紫色边框的近视镜片射出坚定的目光："第一，我相信自己，自己最了解自己。我平生无愧于党和人民。面对种种不实之词，我坦然。我从来没有悲观。第二，我相信党，相信人民。我深信，有朝一日会水落石出的。我对党、对人民、对社会主义前途是坚定不移的，是充满信心的。有了这两条，再大的困难也能度过。我是一个乐观的人。"他的这段话，是他内心世界最清楚的曝光。

无私即无畏。他化凶为吉，安渡难关。

在结束采访时，他竟问起我来："你是北大理科六年制的毕业生。当时，我是六年制的积极倡导者之一。你能不能就你毕业之后的工作实践，谈谈六年制的利

◎北京大学校长陆平致叶永烈函

弊？你对当时北大课程设置，有什么意见？……"

这时，他的夫人笑道："你怎么还像在当北大校长的时候一样？"

他大笑起来："虽然我现在不当校长，我可以把他的意见转告北大嘛！"

哦，他的心还在北京大学！

我在访问陆平校长之后，为他写了报告文学。发表之前，我把清样寄给他。1986年10月15日，他亲笔复函：

　永烈同志：

　　　你寄来的清样阅读过了。我认为写得很好，对全文提不出意见了，只是对于几处与事实有出入的地方作了更正。如毛主席只是讲了让解放我的话，不是在我写的信上作过批示。想是我老伴说错了。现将清样寄回，请核阅。如来京时，希到我家来。

　　　问

　　　近好！

陆平

十月十五日

■ 直道而行的傅鹰

在北京大学求学的时候，几位校长之中，我接触最多的，要算是副校长傅鹰教授。"文化大革命"之后，中国科学院要求为著名科学家立传，我受命写了《傅鹰传》，收入《中国现代科学家传略》一书。

傅鹰先生执教多年，有着丰富的教学经验。记得在1957年，我刚入北京大学化学系，一年级的普通化学课程便是傅鹰先生亲自讲授。上第一堂课时，铃声响了，教室里鸦雀无声。这时一个中等身材、微胖、戴着眼镜的老人，踱着八字方步走上讲台。他一声不响，拿起粉笔，在黑板上写了这么几个字："绪论——化学的重要性"。写好他回过头来，这才用北京口音说道："关于化学的重要性，就不讲了。因为在座的诸位，都是以第一志愿报考北京大学化学系的，都是深知化学的重要性才来到这儿的，所以用不着我多讲。下面，我就开始讲第一章……"

傅鹰先生就是这样，在教学上很注意抓重点，抓难点，详略分明。凡是学生容易懂的或已经懂的，一笔带过，叫学生自己去看看讲义就行了；凡是学生不容易懂的概念、公式、定律，他就反复讲、详细讲。他老是爱讲这句话："学化学，不能胡子眉毛一把抓，要记住牵牛要牵牛鼻子，抓住关键。"

傅鹰先生讲话饶有趣味，学生爱听，课堂上常常爆发出一阵阵笑声。记得有一次上课之前，傅鹰先生在黑板上写了"爱死鸡，不义儿"六个大字。同学们见了，议论纷纷，不知道傅鹰先生今天要讲什么。后来，经傅鹰先生一讲，这才明白过来：在最近的考试中，他发现好多同学写外国科学家的名字时很随便，爱怎么译就怎么译，以为只要音近就可以了。傅鹰先生说到这里，指着黑板上的六个字，问大家知道不知道？原来，他仿照同学们乱译人名，把我国著名哲学家艾思奇译为"爱死鸡"，把英国著名化学家波义耳译为"不义儿"。直到这时，同学们才恍然大悟，笑个不停。从此，我们都牢记了乱译人名的坏处，记住人名的标准译法，并且遵照傅鹰先生的意见，一定要同时记住外国科学家名字的原文。

傅鹰先生讲课时，概念讲得非常清楚，善于用非常形象、浅显、明了的语言，讲明抽象的科学概念。比如，他讲什么是物质时，是这么说的："化学既然是物质的科学，第一个问题当然是：什么是物质？这个问题似乎很简单，实际上却非常复杂。物质的定义几乎和女子的服装一样，可以有多种多样的。我们没有工夫去叙述这个概念的历史。化学是一种实验的科学，因此我们从实验的观点给物质下一个定义：凡是有重量（质量）的东西就是物质。根据这个定义，思想、道德、感情等等全不是物质，而钢铁、石油、馒头、肥料等才是物质。"正因为傅鹰先生讲课条理清晰，深入浅出，所以使我们得益不少。

普通化学是一门基础课。傅鹰先生讲课时，除了讲述基础知识之外，还常常讲在这门科学中，哪些问题现在还没搞清楚，需要进一步研究。当他讲完了这些科学的"X"之后，就用目光扫视一下课堂，然后语重心长地说："解决这些难题的重担，落在你们这一代的肩上了。"他在讲义中，也多处写道："这些难题，有待于新中国的青年化学家们努力呵！"后来，傅鹰先生对青年一代的这些热切期望，竟被说成是"腐蚀青年"、"鼓动青年成名成家"，真是颠倒黑白！其实，像他这样国内知名的教授，愿亲自给大学一年级的

◎ 北京大学副校长傅鹰

学生上基础课，正是体现他对青年一代的殷切的期望。

傅鹰先生除了上大课之外，有时还亲自上习题课，或到实验室里观看同学们做实验。有一次，我在做实验时，把坩埚钳头朝下放在桌上，傅鹰先生走过来，一句话也不讲，把钳子啪的一声翻过来，钳头朝上，然后只问我三个字："为什么？"我想了一下，说道："钳头朝下，放在桌面上，容易沾上脏东西。再用坩埚钳夹坩埚时，脏东西就容易落进坩埚，影响实验。"他点点头，笑了，走开了。虽然这次他只问我三个字，却给我留下深刻的印象。从此，我不论做什么实验，总是养成把坩埚钳、坩埚盖之类朝上放在桌上的习惯。

还有一次，我闹了个笑话：那时我刚进校不久，听别人喊傅鹰为"傅教授"，误以为他是"副教授"。这个笑话传到傅鹰先生耳中，他毫不介意，笑着说："我姓傅，永远是副教授、副校长，转不了正！"

我很爱听傅先生讲课。他风趣、幽默，有着相声演员般的口才，课堂里常常爆发大笑声。整整一年，他给我们教普通化学。作为一级教授、中国科学院学部委员（即院士），由他教普通化学，如同吃豆腐一般便当，可是他竟常常备课到夜深。那时，他住在中关村。他的夫人张锦教授也是我们的老师。有一次劳动，分配我给傅先生家送煤，我来到他家。在我的想象中，教授之家一定富丽堂皇，而傅先生的家却是那样的朴素。

傅鹰的父亲曾做过北洋政府驻俄官员，用傅鹰自己的话来说："我父亲没做过太大的官儿，也没有怎么太穷过。"傅鹰的童年是在北京度过的，所以他父母讲话满嘴福建口音，而傅鹰则一口北京土话。傅鹰有一个弟弟，两个妹妹。

傅鹰个子不高，矮墩墩的，小时候很喜欢踢足球、游泳，1916年，他进北京汇文学校（后称"汇文中学"）读书，兴趣全在体育运动上，学习成绩并不好，常常只够及格。他曾回忆道："那时候我父亲教训我，为人应能自立，不能靠父兄余荫。"后来，傅鹰对自然科学发生了兴趣，成绩也明显提高了。1919年，傅鹰考入北京的燕京大学化学系。

1922年，傅鹰以优异的成绩考入美国密执安大学化学系。这样，他第一次离开祖国。来到美国后，他没有"靠父母余荫"，而是半工半读，在暑假、寒假里做工，用赚来的一点钱维持生活。他渐渐地懂得了生活的艰辛。

一开始，许多美国同学瞧不起这个中国学生，说中国人是"低能儿"。

然而，不久同学们就发现，傅鹰是个"怪人"：他常常只带了点面包和咖啡，钻进实验室里，一进去就两三天不出来，整天整夜地做实验，困了就在长椅上躺一会儿，一直到实验做完，才从实验室里出来。

期终考试的时候，傅鹰名列前茅。这时，美国同学们跷起大拇指说："Fu！Fu！"（即傅）傅鹰在导师巴特尔教授的悉心指导下，刻苦钻研胶体化学。在胶体化学上，有一条著名的"特拉波规则"，说"吸附量随溶质碳氢链的增加而增加"。傅鹰却用实验证明，在一定的条件下，恰恰相反。"吸附量随溶质碳氢链的增加而减少"！这一绝然相反的结论，震动了美国化学界。

1928年，傅鹰获科学博士学位。从此，美国同学对他另眼相待，再也不叫他"低能儿"了。就在傅鹰醉心于胶体化学的王国的时候，学校里新来了一个中国女学生。她才18岁，个子不高，瘦瘦的，虽然有一双明亮的大眼睛，可是迎面碰上男同学，也好像没看见，她的嘴巴仿佛贴了封条，一声不吭。

这位女同学被分配在傅鹰的实验室里。照理，同胞在异国相见应该是很亲热的，可是她对傅鹰除了点一下头之外，一句话也不讲。

傅鹰埋头在实验之中。这个女同学也很用功，连星期天都钻在实验室里。可是，她新来乍到，实验技术毕竟不高明。一次在做实验的时候，她不慎把一瓶水银碰倒了，水银撒满了水泥地，她紧张地"啊哟"了一声。

她的叫声惊动了傅鹰。水银是有毒的物质，极易蒸发，人吸进去会中毒的。傅鹰见状，连忙跑过去，用滤纸把地上的水银珠一粒粒舀起来，倒回瓶里。水泥地上到处是水银珠，仿佛雨后的荷叶上满是银闪闪的水珠一样。傅鹰一声不响，认认真真地把水银珠一颗颗拾起，最后在地上撒了硫黄粉，以使漏失的水银变成不易挥发的硫化汞。这位女同学看到傅鹰累得额上沁满汗珠，说了声"谢谢"。

想不到，从此后，那女同学竟对傅鹰产生了好感，很快地就爱上了傅鹰。原来，她是一位"热水瓶"式的人物，别看她平时冷冰冰的，一旦打开了塞子，却热腾腾的！他们是在科学王国中结识的，他们的爱情始终与科学息息相关。

在熟悉了之后，傅鹰才知道，这位女同学姓张，单名锦，山东无棣县人。张锦的父亲，是清末两广总督张鸣岐。

张锦也是个脾气非常倔强的人。在她父亲眼里，她是个名门闺秀，只要学点女红，将来嫁个乘龙快婿，就可以享一生清福。然而，张锦却并不把自己看成是个弱女子，她立志要像男同学那样出国留洋，学习科学，将来成为居里夫人那样的女科学家。她挣脱了家庭的羁绊，远涉重洋，到美国求学。在当时的留学生中，像她这样年轻的女学生，如凤毛麟角，屈指可数。当时，张锦的哥哥张锐也在美国留学。张锦除了有事找哥哥之外，对任何男人都怀着戒备的心理，不予理睬。加上她出身豪门，自幼养成一种矜持的态度，轻易不与别人来往。

1928年，巴特尔教授在一次化学会议上，宣读了傅鹰的论文，马上引起了美国一家公司的注意。那家公司派专人前来拜访傅鹰，愿以优厚的待遇请傅鹰到该公司任职，条件只有一个——长期在那里工作。

傅鹰马上找张锦商量，因为这是决定他今后一生命运的大事。后来，傅鹰在他的回忆材料中这样写道："我和张锦商量，她说我们花了中国很多钱到国外留学，不是件容易事。现在如留在国外，为外国人做事，对不起中国人。我听了她的话，就谢绝了那家公司。这是她第一次挽救了我。"

这是一个年仅18岁的姑娘对26岁的小伙子讲的推心置腹的话。寥寥数语，充满着对祖国的挚爱！

这样，在1929年，傅鹰先回国，在北京协和医学院任教。张锦则于1933年在美国获博士学位，翌年归国，也在北京协和医学院工作。1935年，傅鹰和张锦结婚。

1941年，傅鹰在厦门大学担任教务长兼理工学院院长。厦门大学7个带长字的人中，6个是国民党党员，唯傅鹰不是。国民党要傅鹰入党，甚至让陈立夫出面找傅鹰谈话，这使傅鹰很恼火。傅鹰夫妇决计离开中国。于是，在1944年底，他和张锦一起飞往美国。

傅鹰在美国化学界具有很高的声望。他的一系列胶体化学方面的论文，曾使美国同行们十分钦佩。张锦的声望则与傅鹰相当，因为张锦的论文富有创见，美国的同行们早就很注意这位中国女科学家的研究成果。正因为这样，傅鹰夫妇第二次来到美国，受到盛情接待。美国朋友们希望傅鹰夫妇从此在美国长住下去，给他们安排了舒适的住所和报酬优厚的工作。

傅鹰安下心来了。在这里，没有人威逼他参加国民党；在这里，有着先进的化学仪器和条件完善的实验室；在这里，可以及时看到各种科学报刊，了解科学的最新进展。傅鹰"两耳不闻窗外事"，沉醉在他的研究工作之中。他曾说："有时想起祖国，心中也难过，但是认为这是无可奈何的事，也就死了这条心不再想了。"于是，在美国的各种化学杂志上，接二连三地出现署名"FuYing"（傅鹰）的论文。傅鹰对化学中的许多堡垒，发起了猛攻。

傅鹰研究了"液体对固体的润湿热"；

傅鹰发表了关于《利用润湿热测定固体粉末比表面的热化学方法》，被认

为是"一项开创性的工作";

傅鹰指导3位美国研究生，深入研究吸附作用，使他们都获得博士学位；

傅鹰首次确切地证明自溶液中的吸附和自气相中的吸附一样，吸附层也可以是多分子层的；

傅鹰发现了"温度对自溶液中吸附的特殊效应"；

傅鹰研究了"胶体自气相吸附脂肪胺的热力学"；

……

傅鹰的研究成果，深得巴特尔教授的赞赏。美国的一些教科书和科学专著，都引述了傅鹰教授的研究成果。这时，张锦则在有机分析的领域内连连出击，不断获胜。夫妇俩几乎整天埋头在实验室里，整整5个年头，在紧张的攻关中度过了。傅鹰夫妇在美国化学界的声望越来越高。

1949年，傅鹰的导师巴特尔教授提出，要让傅鹰继任他的职务。傅鹰十分高兴，因为这对他"具有相当的吸引力"。正在这时，一声炮响，震惊了在化学王国中漫游的傅鹰。美国的报刊，以头版头条的位置，刊登了来自中国的"爆炸性"新闻：1949年4月20至21日，中国人民解放军在渡江作战的时候，"紫石英"号等4艘英国军舰竟向中国人民解放军开炮，打死许多战士。中国人民解放军进行还击，击伤了"紫石英"号。英国首相丘吉尔为此大怒，叫嚷要"实行武力的报复"。

不久，傅鹰在报上看到了毛泽东主席写的《中国人民解放军总部发言人为英国军舰暴行发表的声明》。这篇声明严词"斥责战争贩子丘吉尔的狂妄声明"，并指出："英国人跑进中国境内做出这样大的犯罪行为，中国人民解放军有理由要求英国政府承认错误，并执行道歉和赔偿。"周恩来也发表声明，向英国政府提出严重抗议。傅鹰一口气读完声明，心潮澎湃，思绪万千。他回想起父亲在外交界做过事，曾多次

© 傅鹰夫妇在家中

跟他谈起帝国主义者怎样欺负中国；他回想起，日本帝国主义的铁蹄也曾践踏过中国……

对于共产党、解放军，他过去只是听说过一些被歪曲了的消息，不甚了解。这一次他深深感到，在祖国出现的新政权，是一个为中国人民争气的政权，一个自强不息的政权。他不禁想起自己刚到美国求学时，去领化学药品，一位美国的管理员问他："你们中国人学科学干什么？"如今，可以明确回答他了："使中国强大起来！"

傅鹰动了回国的念头，可是一想到在美国有如此优越的科研条件，又有点动摇了。于是，他找张锦商量，张锦主张回国。于是，他们"战胜了一切其他考虑"，毅然决定归国。

这时，正值张锦怀孕，很多朋友善意地劝傅鹰晚一点回去。这不仅是为了张锦路上安全，而且为了下一代——因为按照美国的规定，凡是在美国出生的婴儿，即成为美国的当然公民，可获美国国籍。许多人为了使儿女获得美国国籍，特地赶到美国分娩呢！然而，傅鹰和张锦却恰恰为此事着急，巴不得早一点离开美国，为的是使未来的孩子不入美国籍！

傅鹰夫妇离开美国的时候，有人惋惜，有人说他们"傻"，有人说他们"倔"，有人说他们"中了共产党的欺骗宣传的毒"，还有人说他们去了之后还会"第三次回到美国"……傅鹰夫妇没有理睬人们的种种议论，于1950年8月下旬，在旧金山登上威尔逊号客轮，向着祖国的怀抱驶来。

傅先生心直口快，在1957年便差一点成为"右派"。毛泽东称傅鹰是"中间偏右"的典型，总算使他免于苦难。1958年"拔白旗"时，傅鹰再度成为被批判的对象。北京大学校刊上登载批判傅鹰的文章，那标题我迄今还记得：《白旗晃动，贻害无穷》！

1979年11月，当我去北京出席第四届文代会时，有关部门知道我是傅先生的学生，约我为两个月前刚刚去世的傅先生写报告文学。我拿着全国政协的介绍信来到母校，却一直没有用过那张介绍信，因为所采访的张青莲教授、唐有琪教授、黄子卿教授等，都是我的老师，用不着"介绍"。他们异口同声称赞傅先生的最大特点：敢说直话！

傅鹰的正直，连毛泽东主席都十分赞赏，称他的讲话"尖锐"而又是"善意"的。

可是，也正因为他敢说真话，在北京大学成为历次政治运动冲击的对象，尤其是"文化大革命"。他被斗得死去活来，依然直言不讳。在周恩来总理去世时，"上头"派人了解傅鹰的动向。傅先生对来人说："我担心总理死后，会天下大乱！"傅先生的话，被飞快地汇报上去。"上头"问："傅鹰所讲'天下大乱'是什么意思？"那人又跑到傅先生家里，傅先生直截了当答曰："天下大乱，这还不明白？邓小平旁边有了张春桥，张是要闹乱子的！"……

我怀着对傅先生的崇敬之情，写了报告文学《敢说真话的人》，1980年第 5 期《新华文摘》全文转载，因为傅先生的直道而行的品格，确实感人至深。

■ 我的导师出任北京大学副校长

在这里，还应顺便提到的是，我的导师李安模先生。他是我的毕业论文的指导老师，虽说当时他还是一位青年教师，只带我这样一个本科生，同时也是他第一次担任毕业论文导师，但是他在我离开北京大学之后的 32 年——1995 年，出任北京大学副校长。

1957 年，我进入北京大学化学系的时候，李安模先生正好从北京大学化学系毕业。此后，他到苏联留学。

1962 年，我念完五年级，第六学年要花一年时间做毕业论文。我念的是光谱分析，这个专业总共 3 名学生，有我和另两名从外校调来的进修生。我的毕业论文题目是《纯氧化钽中杂质的载体法光谱分析》。光谱分析是年轻的专业，老师也都是年轻人。

我的导师原本是余先生，他刚跟我谈了一次话，就到民主德国去留学了。接替余先生的便是李安模老师，他从苏联留学归来不久，是一位朝气蓬勃的青年教师。这样，在一年的时间里，我在李安模老师的指导下，从查阅英文、俄文文献开始，然后设计实验方案，直到实验结果分析，写出论文，完成论文答辩。

在光谱实验室里，我试验了上百种化学物质，以求寻找到一种催化剂（载体），提高光谱分析的灵敏度。

我在实验中发现，卤化银能够明显提高光谱分析的灵敏度。在卤化银之中，以氯化银的效果最佳。

对于这一新的发现，李安模先生显得非常高兴，给予肯定，并要求我对于卤化银为什么能够提高光谱分析灵敏度的机制进行探讨。

我的毕业论文《纯氧化钽中杂质的光谱分析》全文 1 万多字，1963 年在

◎ 叶永烈在北京大学做光谱实验

207. 純氧化鉭中杂质的光譜分析

李安模　叶永烈
（北 京 大 学）

◎ 叶永烈在李安模老师指导下完成的毕业论文，摘要发表于 1964 年出版的《中国化学学会分析化学学术会议论文摘要集》

顺利通过答辩之后，我从北京大学毕业，分配到上海。1964 年，李安模先生在中国化学学会分析化学学术会议上宣读了这一论文，并于同年收入《中国化学学会分析化学学术会议论文摘要集》，署名是"李安模，叶永烈（北京大学）"。当这篇论文正准备全文发表于《化学学报》的时候，"文化大革命"开始了。《化学学报》停刊，论文未能全文发表。

我起初分配在上海一家研究所从事化学研究工作，但是我只在那里待了一个月，就主动要求调往电影制片厂工作。一个北京大学化学系的六年制毕业生，"跳槽"去干电影编导，当时在我的老师、同学之中引起很大的争议。给我印象颇深的是，有人说我是化学的"叛徒"，而化学系系主任严仁荫教授则惋惜地说"白教你了"。这时，作为我的导师，李安模先生给我写了一封相当长的信。我至今仍保存着他在 1963 年 11 月 17 日给我的信，内中给我这化学的"叛徒"以热情的鼓励和善意的提醒：

你是刚走上工作岗位，显然心情是激动的，不管对自己或是周围的一切也许会想得较美好，较容易，较简单，这是容易理解的。但是，生活告诉我们生活往往不像我们主观臆测的那样！希望你永远不要忘记巴甫洛夫给青年科学工作者的三点赠言：Последовательность, скромность, страсть

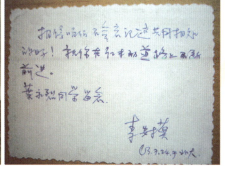

◎ 导师李安模于1963年送给叶永烈的照片　◎ 导师李安模给叶永烈的题词（1963年7月24日）

（注：即"循序渐进，虚心，热情"）。虽然你曾经业余写过很多东西，但你是一个刚入伙的（电影）新兵，最无知的小兵。你没有经过正规训练培养，你的锻炼又只是如此如此而已。首先应该看到你很不行，希望你能从基本功开始循序渐进，谦虚谨慎的学习学习再学习，你的热情不要受任何客观、主观影响，为事业战斗一生。要记住党的期望，要记住你们毕业前的学生时期最后阶段所受到的教育，要珍视你目前工作的责任。

　　不要用过多的形容词来感谢我们，因为你今天所得到的并不是教师们的功劳，而是党！希望你挺起胸膛，迎接这生活的考验吧！

没有想到，后来在"文化大革命"中，由于《十万个为什么》被打成"大毒草"，作为主要作者的我遭到"批判"以至抄家。李安模老师在毕业临别时送给我的一张照片也被抄走，而且引出了"麻烦"，因为他的那张照片是在莫斯科红场上拍的，被怀疑成"苏修特务"。我指着照片背面的题字说，李安模是我的导师，那更加"麻烦"，因为"苏修特务"的学生也可能是"特务"！

如今，李安模老师已经退休，担任北京大学校友会常务副会长，奔走于各地，联络北京大学在各界的校友们。

2007年9月，我应邀赴绍兴讲学，在那里参观了北京大学元老蔡元培校长的故居。蔡元培先生在1916年至1927年期间任北京大学校长。正是由于蔡元培校长在北京大学兼容并蓄，倡导学术民主，纳百家于校园，所以北京大学在他的领导下人才济济，拥有众多的名教授。蔡元培校长在北京大学提倡的"独立之人格，自由之思想"，在几十年之后，仍给北大人以深刻的影响。

从"五四"运动起，北京大学校史一直是中国现代史的重要组成部分。时代风云与北京大学紧相连。我有幸在北京大学度过了六个春秋，受到马寅初、陆平、傅鹰这样的师长的教诲。这三位校长刚正不阿的人品，值得我们永远记取……

怀念陈望道先生

　　1934 年 9 月 20 日，一本新的半月刊在上海诞生。创刊号打头的文章，是署名"公汗"的《不知肉味和不知水味》。"公汗"何许人？鲁迅的另一笔名也！这家新的杂志把鲁迅的文章放在卷首，清楚表明这是左翼文人的阵地。刊物的总编辑，姓陈名望道。陈望道先生是中国共产党最早的党员之一。1920 年初，他成为马克思、恩格斯著《共产党宣言》的第一个中译本的译者，同年参加与创立上海共产主义小组，并任《新青年》杂志编辑。

　　这本新杂志的封面非常简朴，只在雪白的纸上印着黑色的"太白"两字。《太白》这名字，是由鲁迅和陈望道共同商定的，包含两层意思：一是象征启明星，即太白星，迎接胜利的黎明；二是提倡大众语，比白话还要白。《太白》刊登各种进步文章，抨击旧制度，作出诸多贡献。其中的贡献之一，就是积极倡导科学小品来普及科学、反对迷信。

　　科学小品这名字，是我国独有、独创的。在国外，虽然也有类似的文章，但并没有成为一种专门、独立的文章体裁。中国的科学小品，始于《太白》。

　　《太白》半月刊在创刊号上，首次提出"科学小品"这一名字，辟"科学小品"专栏，发表了克士（即鲁迅之弟周建人）的《白果树》、贾祖璋的《萤火虫》、薰宇（即刘薰宇）的《半间楼闲话》、顾均正的《昨天在那里》4 篇科学小品。

　　1962 年 4 月 20 日，正在北京大学读五年级的我，拜访了住在北京西直门外的著名科普作家高士其先生。当时，我正在研究"科学小品"及其起源。我向高士其请教，他很明确地告诉我，科学小品最早出现在 1934 年陈望道先生主编的《太白》半月刊上，但是否系陈望道先生最早提出这一名词，不得而知，建议我向陈望道先生请教。

北京大学图书馆拥有丰富的藏书。根据高士其提供的线索，我查阅了陈望道主编的《太白》半月刊。我不仅查到《太白》创刊号上的4篇科学小品，而且在每一期《太白》上，都见到"科学小品"专栏。

◎ 陈望道先生于1934年创办的《太白》半月刊

根据高士其先生的意见，我写了一封信给当时担任复旦大学校长的陈望道先生，并附上我的《科学小品探源》一文初稿。1962年12月9日，陈望道先生复信如下：

叶永烈先生：

来信及大作《科学小品探源》都仔细读过，对于先生探本穷源的精神深为感佩。

我国刊物上登载科学小品确是从《太白》半月刊开始。《太白》半月刊自始就以刊行科学性进步性的小品文为自己的任务，以与当时的论语派、以所谓幽默小品为反动派服务的邪气抗衡的。至于"科学小品"一词究竟是谁最先提出，我也已经记不清楚，可能是我提出，并得到《太白》编委诸同志，并得到撰稿的诸科学家同意的。当时为《太白》撰稿的科学家也许比我更记得清楚。大作奉还。并致

敬礼！

陈望道

十二月九日

陈望道先生能够亲笔给我这个22岁的大学生复信，很使我感动。这封信后来收入上海人民出版社在1979年10月出版的《陈望道文集》第一卷。

从陈望道先生的复信中可以确认，"科学小品"是从《太白》半月刊开始的。

在《太白》创刊号上，还发表了柳湜先生的文章《论科学小品》。柳湜对于倡导科学小品起了重要作用。他是湖南长沙人，1928年加入中国共产党。1934年在上海从事中共地下工作。1938年到延安，从事教育工作。1956年当选中共八大代表。

柳湜的《论科学小品》一文，论述了创立科学小品的意义。他指出："所

◎陈望道致叶永烈书信
（1962年12月9日）

◎陈望道致叶永烈的信封（1962年12月9日）

谓科学小品并不反对'大品'的科学文体的存在，但同时它自己也仍有它独立存在的价值。科学小品文是科学与小品文在大众的实践生活的关联中去联姻的。目前大众需要科学知识，科学要求大众化。而大众实践的生活不许可有长闲的时间去从事科学研究，去读大本头的科学书。"柳湜打了个很生动的比方："这譬如一个苦力需要烟草，但财力只能使他零支的购买，他没有整盒整条的购买力。于是，烟纸店中就有开盒零买的供给。"柳湜先生的比喻确实很生动：大部头的科学专著是"整盒整条"的香烟，而科学小品是"开盒零买"的"零支"的香烟，于是财力有限的"苦力"也买得起。普通百姓读不懂大部头的科学专著，但是可以从报刊上的科学小品里懂得一点知识。

柳湜的《论科学小品》一文还指出："小品文如果与科学结婚，不仅小品吸取了有生命的内容，同时科学也取得了艺术的表达手段，艺术的大众科学作品于是才能诞生。"可以说，柳湜的《论科学小品》一文，是最早的关于科学小品创作的理论文章。

《太白》共出版了2卷24期，至1935年9月5日停刊，每期都刊有科学小品，总共66篇。喜欢淘旧书的我，1964年一个偶然的机会，在上海福州路上的上海旧书店里，买到一本1935年8月由生活书店出版的《越想越糊涂》。这本"老古董"，是很有价值的一本书，我当时只花了3角钱人民币买下它。这本书的价值，就在于这是中国第一部科学小品集。书中收入顾均正先生发表在《太白》杂志上的一篇科学小品，篇名叫《越想越糊涂》，便以此作为书名。书的扉页上醒目地标明"科学小品选"，收集了艾思奇、克士、顾均正、贾祖璋、薰宇、柳湜等12人的40篇科学小品。这些科学小品，原先都在《太白》上发表过的，可以说是"《太白》科学小品选"。对于致力于研究中国科学小品起源的我，见到这本书真是如获至宝！

自从《太白》半月刊提倡科学小品以后，当时的《读书生活》、《中学生》、《妇女生活》、《通俗文化》等杂志，也纷纷响应，开始刊登科学小品，开明书店、中华书局、商务印书馆3家出版社开始出版科学小品集。我在北京旧书摊买到我国的第二本科学小品集，书名叫《我们的抗敌英雄》，高士其等著，由李公朴、艾思奇主办的读书生活出版社于1936年6月出版，封面上用大字标明"科学小品集"。书中共收高士其、李崇基（艾思奇的另一笔名）、柳湜、伯韩、克徽、克士、顾均正、雪衬共8人的32篇科学小品。这些科学小品，均发表于《读书生活》半月刊，可以说是"《读书生活》科学小品选"。

就这样，科学小品这名字逐渐为广大读者所熟悉，科学小品的作者队伍逐渐扩大，科学小品也逐渐成为中国文坛上一种独立的文学体裁。我国早期的科学小品作家主要有高士其、周建人、董纯才、顾均正、贾祖璋。他们是我国科学文艺园地的第一批拓荒者。

1984年，也就是《太白》推出"科学小品"半个世纪纪念的时候，我主编了一套150万字的《中国科学小品选》，选入50年来中国科学小品的优秀之作，分上、中、下三卷，由天津科技出版社出版。为了编这套书，我"泡"在图书馆里细细翻找。尤其是为了编第一卷，即1934年至1949年的科学小品，翻查了诸多旧报刊，内中包括延安出版的报刊，从中遴选优秀的科学小品。这次大规模的查找科学小品，使我对中国科学小品发展史有了深入的了解。我当时还约请了高士其、董纯才、顾均正、贾祖璋、温济泽等老一辈科学小品作家写了回忆文章。

陈望道先生在1962年亲笔回复我的信，不仅促使我主编了三卷本《中国科学小品选》，而且在我转向纪实文学创作之后，还在纪实长篇《红色的起点——中国共产党的诞生》中写及陈望道先生对于创立中国共产党的贡献；我还赴上海复旦大学采访，写下了专文《秘密党员陈望道》，详细介绍陈望道先生的生平——

沉疴缠身的日子里

1975年底，上海华东医院住进一位85岁高龄的瘦弱老人。他脸色黝黑，头发稀疏，由于双颊深凹，使原本突出的颧骨显得更加凸出了。

他睡觉时，总是保持一种奇特的姿势，双手握拳，双臂呈八字形曲于胸前。他关照常来照料他的研究生陈光磊道："我睡着时，倘有急事，你只可喊我，不可用手拉我。"

原来，他睡着时，谁拉他一下，他会"条件反射"，那握着的拳头便会在睡梦中"出击"！

请别误会，这位老人并非上海武术协会会长，他是道道地地的文人——上海复旦大学校长！

他，便是陈望道。他既是著名的学者、教育家，又是资深的革命家。他是《共产党宣言》中译本最早的译者。早在 1920 年，他便是中国共产党上海发起组的成员。正因为这样，在全国第一届文代会上，周恩来当着他的面，对代表们说："陈望道先生，我们都是你们教育出来的！"周恩来的这句话，生动地勾画出陈望道德高望重的形象。

陈望道在华东医院住了近两年，沉疴缠身，虽然自幼练过武术，毕竟年事已高，身体日衰。1977 年 10 月 20 日，晚餐供应可口的馄饨。他才吃了一个馄饨，便吐了出来。他摇摇头，说："我吃不下。"

他躺了下来。护士收拾好盘碗离去时，他忽地伸出手来轻轻挥动，仿佛向她致谢、告别——这是他入院后从未有过的动作。

从这个晚上开始，他的病情转重，再也说不出话来。10 月 24 日，病情恶化，他变得气短、气急。经过医生、护士全力抢救，他呼吸一度恢复正常，双眼能够睁开，见到前来看望的熟人尚能颔首致意。然而，这只是回光返照而已。

10 月 28 日夜，他处于垂危状态。医生给他进行人工呼吸。29 日凌晨 4 时，87 岁的他溘然长逝。

1980 年 1 月 23 日，中共上海市委根据中共中央的指示，为他举行了隆重的骨灰盒覆盖中国共产党党旗仪式。

笔者后来走访陈望道之子陈振新教授，陈望道高足陈光磊教授，得知陈望道的身世……

自幼学文习武

从浙江义乌县城出发，翻过一座山，约莫走半天工夫，才到达山沟里一个小村——分水塘。

这个小村跟冯雪峰故里神坛、吴晗故里苦竹塘，构成三角形。清朝光绪十六年腊月初九，亦即公元1891年1月18日，分水塘陈君元家喜得贵子，取名陈参一，单名陈融。这个孩子后来年长懂事之后，自己改名为"望道"。望，向远处看；道，人行之道，衍义为一定的人生观、世界观或思想体系，如《论语·公冶长》："道不行，乘桴浮于海。"他寄希望于革命之道。他竟把两个弟弟的名字，也改成"伸道"、"致道"。1991年1月18日，上海及义乌隆重纪念他一百周年诞辰。

他在山沟小村中长大。小村不过一百来户人家，陈姓居多。那时，村与村、族与族之间经常发生殴斗。为了护家，作为长子的他，自幼跟人练习武当拳。据云，年轻时他徒手可对付三四个未曾学过武术的人，有一根棍子则可对付十来个人。他，立如松，坐如钟，轻轻一跃，便可跳过一两张八仙桌。后来他成为复旦大学校长时，一天正在给研究生授课，忽地不时朝窗外望望。下课铃响，他走出教室，学生们才明白原来窗外有人打拳，招式不对，他走过去指点了一番，顿使众学生大为震惊——原来"陈望老"（人们对他的习惯称呼，他也因此得了谐音雅号"城隍佬"）深谙武术。

从6岁起，他在村中私塾张老先生教鞭之下，攻读四书五经，打下古文基础。16岁，他才离开小村，来到义乌县城，进入绣湖书院。后来，考入省立金华中学。

他的"世界"越来越大。中学毕业后，他来到上海，进修英语，准备赴欧美留学。虽然未能去欧美，却去了日本。这样，他懂得了英、日两门外语。兴趣广泛的他，在日本主攻法律，兼学经济、物理、数学、哲学、文学。他日渐接受新思想。

1919年5月，陈望道结束了在日本的四年半留学生活，来到杭州。应校长经亨颐之聘，在浙江第一师范学校担任语文教师。

浙江一师是浙江颇负盛誉的学校。校长经亨颐乃浙江上虞人氏，早年因参与通电反对慈禧废光绪帝，遭到清廷通缉，避居澳门，后留学日本。

©青年陈望道

25

1913年出任浙江一师校长之后，锐意革新（他后来曾任国民党中央执行委员，其女经普椿为廖承志夫人）。经亨颐广纳新文化人物入校为师，先后前来就任的有沈钧儒、沈尹默、夏丏尊、俞平伯、叶圣陶、朱自清、马叙伦、李叔同、刘大白、张宗祥等。

陈望道进入一师之后，与夏丏尊、刘大白、李次九四位语文教师倡导新文学、白话文，人称"四大金刚"。

浙江当局早就视一师为眼中钉。1919年底，借口一师书刊贩卖部负责人施存统（又名施复亮）发表《非孝》一文，兴师问罪，要撤除经亨颐校长之职，查办"四大金刚"，爆发了"一师风潮"。邵力子在《民国日报》上发表评论，声援一师师生。全国各地学生也通电支援。浙江当局不得不收回撤除、查办之命令。

不过，经此风潮，陈望道还是离开了浙江一师……

精心翻译《共产党宣言》

1920年2月下旬，陈望道回到老家分水塘过春节。他家那"工"字形的房子，中间的客厅人来人往，他却躲进僻静的柴屋。那间屋子半间堆着柴禾，墙壁积灰一寸多厚，墙角布满蜘蛛网。他端来两条长板凳，横放一块铺板，就算书桌，在泥地上铺几捆稻草，算是凳子。

入夜，点上一盏昏黄的油灯。

他不时翻阅着《日汉辞典》、《英汉辞典》，字斟句酌着。他聚精会神，正在翻译一本非常重要的书。唯其重要，每一句话、每一个词，都要译得准确、妥切，因而翻译的难度颇高。

这是一本世界名著——《共产党宣言》，作者为马克思和恩格斯。虽然马、恩两位著作众多，其中包括《资本论》那样的大部头，而此书却以简短的篇幅精辟地阐述共产主义基本原理和共产党建党理论。可以说，欲知马克思主义为何物，共产党是什么样的政党，第一本入门之书，第一把开锁之钥匙，便是此书。尤其是此书气势磅礴，富有文采，又富有鼓动性，可谓共产主义第一书。当时，正在酝酿建立中国共产党，翻译此书乃是一场及时雨！

李大钊、陈独秀在北京读了此书英文版，深为赞叹，以为应当尽快将此书译成中文。戴季陶在日本时，曾买到一本日文版《共产党宣言》，亦深知此书的分量，打算译成中文。那时的戴季陶，思想颇为激进。无奈，他细细看了一下，便放下了，因为翻译此书绝非易事，译者不仅要谙熟马克思主义理论，而且要有相当高的中文修养。比如，开头第一句话，要想贴切地译成中文，就不那么容易。

后来，戴季陶回到上海，主编《星期评论》，打算在《星期评论》上连载《共产党宣言》。

他着手物色合适的译者。《民国日报》主笔邵力子是一位包了一辆黄包车奔走于上海滩各界的忙人，他的思想也颇为激进，得知此事，邵力子向戴季陶举荐一人：杭州的陈望道可担此重任。

陈望道与邵力子书信往返甚勤，常为《民国日报》的《觉悟》副刊撰稿。邵力子深知陈望道功底不凡。于是，戴季陶提供了《共产党宣言》日译本，陈独秀通过李大钊从北京大学图书馆借出英译本（原著为德文本），供陈望道对照翻译。据云，周恩来在20世纪50年代曾问陈望道，《共产党宣言》最初是依据什么版本译的，陈望道说主要据英译本译，同时参考日译本。

这样，躲在远离喧嚣的故乡，陈望道潜心于翻译这一经典名著。江南的春寒，不断袭入那窗无玻璃的柴屋。陈望道焐着"汤婆子"，有时烘着脚炉，烟、茶比往日多费了好几倍。宜兴紫砂茶壶里，一天要添好几回龙井绿茶。每抽完一支烟，他总要用小茶壶倒一点茶洗一下手指头——这是他与众不同的习惯。

1920年4月下旬，当陈望道译毕《共产党宣言》，正要寄往上海。村里有人进城，给他带来一份电报。拆开一看，原来是《星期评论》编辑部发来的，邀请他到上海担任该刊编辑。

29岁的陈望道兴冲冲穿着长衫，拎着小皮箱，离开了老家，翻山进县城，前往上海。

加入上海共产主义小组

上海法租界白尔路（今顺昌路）三益里，据云因三人投资建造房子、三人得益而得名"三益里"。那儿的十七号，住着李氏兄弟，即李书城和李汉俊。李书城乃同盟会元老。李汉俊是留日归来的青年，信仰马列主义，他和戴季陶、沈玄庐是《星期评论》的"三驾马车"。编辑部最初设在爱多亚路新民里五号（今延安东路）。1920年2月起，迁往三益里李汉俊家。

陈望道一到上海，便住进了李汉俊家。李寓斜对过的五号，陈望道也常去——那是邵力子家。他也曾在邵家借寓。

李汉俊不仅熟悉马克思主义理论，而且精通日、英、德语——虽然他的衣着随便，看上去像个乡下人。陈望道当即把《共产党宣言》译文连同日文、英文版交给李汉俊，请他校阅。

李汉俊校毕，又送往不远处的一幢石库门房子——环龙路老渔阳里二号。那儿原是安徽都督柏文蔚的住处。1920年2月19日，陈独秀由北京来沪。由于他是柏文蔚的密友，而柏寓又正空着，便住进那里。陈独秀是北京大学文科学长，懂日文、英文，又对马克思主义有深入的研究，李汉俊请陈独秀再校看《共产党宣言》译文。

当李汉俊、陈独秀校看了译文，经陈望道改定，正准备交《星期评论》连载，出了意外事件：发行量达十几万份、在全国广有影响的《星期评论》的进步倾向受到当局注意，被迫于1920年6月6日停刊。前来就任《星期评论》编辑的陈望道，正欲走马上任，就告吹了。

也真巧，由于陈独秀受北洋军阀政府抓捕，在北京不能立足，南来上海，而《新青年》杂志是他一手创办的，也随之迁沪编印。编辑部只他一人，忙得不可开交，正需编辑。于是，陈独秀请陈望道担任《新青年》编辑。后来，陈望道离开了三益里，搬到渔阳里二号跟陈独秀同住。

就在这时，一位俄国人秘密前来渔阳里二号。此人住在法租界霞飞路七一六号。他为了避免引起密探注意，平时总是到霞飞路新渔阳里六号（今淮海中路五六七弄）戴季陶住所，跟陈独秀见面。此人名叫维经斯基，是俄共（布）派往中国的代表，他的使命是联系中国的共产主义者，帮助建立中国共产党。他与俄共（布）党员、翻译杨明斋等人于1920年4月初抵达北京，与李大钊会面，商议建立中国共产党事宜。李大钊介绍他们来沪，与陈独秀会面。他们在4月下旬抵达上海后，便在戴季陶住所经常约请上海共产主义者聚谈，筹备成立上海共产主义小组。陈望道常与陈独秀一起出席座谈会。最初，在5月，成立了上海的马克思研究会，陈望道便是成员之一。8月，上海共产主义小组诞生，陈望道是8位成员之一，即陈独秀、李达、李汉俊、沈玄庐、杨明斋、俞秀松、施存统和他。这个小组是中国第一个共产主义小组。此后，这个小组成为中国共产党的发起组。因此，陈望道是中国共产党最早的党员之一。

筹备建立中国共产党，印行《共产党宣言》是当务之急。虽然陈望道的译作因《星期评论》停刊而无法公开发表，陈独秀仍尽力设法使它面世。

陈独秀跟维经斯基商议，维经斯基也很重视此事，当即拨出一笔经费。

于是，在辣斐德路（今复兴中路）成裕里十二号，租了一间房子，建立了一个小型印刷厂——"又新印刷厂"，取义于"日日新又日新"。

又新印刷厂承印的第一本书，便是《共产党宣言》。初版印了1000册，不胫而走。一个月后，再版，又印了1000册。

初版的印行时间，版权页上标明"一九二〇年八月"。令人费解的是，据王观泉著《鲁迅年谱》（黑龙江人民出版社）载："1920年6月26日，（鲁迅）得译者陈望道寄赠的《共产党宣言》（上海社会主义研究社本年四月初版）。"

当时在北京的鲁迅曾收到陈望道寄来的《共产党宣言》，是确有其事的。许多文章提及此事，通常说成陈望道直寄鲁迅。其实，当时陈望道跟周作人来往较多，他寄了两本《共产党宣言》给周作人，嘱周作人转一本给鲁迅。鲁迅当天便读了此书，对周作人说道（常被写成"与人说"）："现在大家都议论什么'过激主义'来了，但就没有人切切实实地把这个'主义'真正介绍到国内来。其实这倒是当前最紧要的工作。望道在杭州大闹一阵之后，这次埋头苦干，把这本书译出来，对中国做了一件大好事。"

另外，1920年9月30日《国民日报》的《觉悟》副刊，则发表沈玄庐的文章，称赞"望道先生费了平常译书的五倍工夫，把彼全文译了出来"。这"彼"，指的便是《共产党宣言》。

毛泽东在跟斯诺谈话时，提及"有三本书特别深地铭刻在我心中，建立起我对马克思主义的信仰"。其中的一本便是"《共产党宣言》，陈望道译，这是用中文出版的第一本马克思主义的书"。毛泽东回忆，他读此书是"1920年夏天"（见斯诺，《西行漫记》）。

北京图书馆珍藏着当年《共产党宣言》中译本。据陈望道之子陈振新教授告诉笔者，20世纪50年代他随父亲去北京时，北京图书馆特地邀请陈望道前去参观，并要求在原版本上签名存念。陈望道问："这是图书馆的书，我签名合适吗？"馆长道："您是译者，签名之后成了'签名本'，更加珍贵。"陈望道推托不了，端端正正签上了自己的名字，此书如今成了北京图书馆的珍本之一。

不满陈独秀而脱党

上海共产主义小组成立时，公推陈独秀为书记。那时，还没有委员那样的名义，遇事陈独秀常找李汉俊、陈望道、杨明斋商议。

陈望道还协助陈独秀编《新青年》。在上海共产主义小组成立之后，

1920年9月1日出版的《新青年》面目一新，亮出了宣传马克思主义的旗帜。陈独秀与陈望道这"二陈"配合默契。1920年12月中旬，陈独秀离沪赴粤，就任广东省教育委员会委员长。行前，他把《新青年》编辑重担交给了陈望道，诚如他在12月16日给胡适的信中所言："弟今晚即上船赴粤，此间事情已布置了当。《新青年》编辑部事有陈望道君负责……"

胡适曾是《新青年》台柱之一。不过，他早已不满于《新青年》向左转。接陈独秀信，便把气出在陈望道身上，声称如今《新青年》落到了"素不相识的人手里"。不言而喻，那"素不相识的人"，便是指陈望道。他指责说，《新青年》成了《苏维埃俄罗斯》的"汉译本"！

《苏维埃俄罗斯》是当时一本宣传苏俄的进步英文刊物。

陈望道全然不顾胡适们的反对，仍坚持《新青年》的"马克思主义的旗帜"。

也就在这时，上海共产主义小组着手筹备召开中共"一大"的工作。陈望道参加了筹备工作。按照陈望道当时在上海小组及《新青年》杂志担负的重任，他完全有可能成为上海小组的代表，出席中共"一大"。

一件意外发生的事件，使"二陈"反目，陈望道再也不愿跟陈独秀共事。事情的经过，如邓明以的《陈望道》一文中所叙述的（《中共党史人物传》第25卷）：

"正当陈望道等积极参与筹备召开党的一大之时，为审批组织活动经费一事，陈独秀和李汉俊发生了争执。据李达回忆说：'李汉俊写信给陈独秀，要他嘱咐新青年书社垫点经费出来，他复信没有答应，因此李汉俊和陈独秀闹起意见来'。不料这一争执竟牵连到陈望道身上。陈独秀曾蛮横地到处散发书信，诬称李汉俊和陈望道要夺他的权。如尚在日本留学的施存统，在接到陈独秀的信后，信以为真，竟然为此感到疾首痛心。于是便给李汉俊写了一封措辞十分激烈的谴责信，把李、陈二人大骂了一通。陈望道见到施的这封来信顿时火冒千丈，认为'陈独秀此举实在太卑鄙了'。于是他坚持要求陈独秀对事实予以澄清，并向他公开道歉。但陈独秀不肯这样做……"

这件事，错在陈独秀。不过，陈望道脾气也急躁，年轻时有"红头火柴"的雅号，容易发火。陈望道从此与陈独秀分道扬镳，并提出了脱离组织的要求。正因为这样，他没有出席中共"一大"——但是，他对于建立中国共产党，确实立下了不朽的功绩。

中共"一大"之后，陈望道被任命为中共上海地方委员会的第一任书记。

陈望道不满于陈独秀，不仅要辞去这一职务，而且又要求脱党。虽然党组织派沈雁冰（茅盾）劝说陈望道，无效，但陈望道明确表示"我信仰共产主义终身不变"。这样，他在1923年中共"三大"之后，退出了中国共产党。

一直坚信共产主义

陈望道脱党之后，如他所言，一直坚信共产主义。他在中共创办的上海大学中文系担任系主任。丁玲以及康生、陈伯达都是他的学生。他跟鲁迅过从甚密，共同倡导左翼文化运动。

1934年9月，他在鲁迅的积极支持下，创办、主编了重要的进步刊物《太白》。

陈望道致力于修辞学研究，在1932年出版了开山之作《修辞学发凡》。

他跟他的学生蔡葵相爱。蔡葵是浙江东阳人，比他小10岁——出生于1901年5月28日。母亲早逝，蔡葵细心地照料着两个弟弟成长。她的大弟弟后来成了中国著名的植物学家，名唤蔡希陶。小弟弟蔡希岳也是农业学院教授。蔡希陶酷爱文学，写过小说《蒲公英》、《爬梯》，而且在陈望道主编的《太白》半月刊上接连发表许多篇散文，如《四川的巴布凉山人》。经陈望道介绍，蔡希陶见到了鲁迅，鲁迅称赞他的小说《爬梯》"写得很有气派"。在自然科学家阵营之中，有这样的"文家子弟"，难能可贵。蔡葵性格开朗，善交际，脾气和蔼，恰与内向的陈望道相辅相成。蔡葵能说一口流畅的英语，笃信基督教，担任上海基督教女青年会《微音》杂志主编。1935年9月，她去美国哥伦比亚大学留学，获硕士学位。

1937年蔡葵回国，被推选为上海基督教女青年会总干事，此后担任此职多年。回国后不久，她与陈望道结为秦晋之好。她翻译了《艺术的起源》一书，由商务印书馆出版。

新中国成立后，陈望道被任命为复旦大学校长（他是"老复旦"，早在1927年便担任了复旦大学中文系主任）。他以非中共人士的身份，参

© 中年陈望道

31

加各种社会活动。他担任中国民主同盟中央副主席兼上海市委员会主任委员。1960年冬起，他担任修订《辞海》的主编（如今印行的《辞海》便是他题写书名的）。

他毕竟是中共最早的党员之一，总希望有朝一日回到中共。特别是1956年元旦，毛泽东主席在上海会见了他这位老同志，作了长谈，回溯往事，更使他强烈地希望重返中共。

陈望道向中共上海市委透露了自己的心愿。

他的资历、身份，非同一般中共党员。中共上海市委马上向中共中央作了汇报。毛泽东主席非常了解陈望道的历史和为人。他说："陈望道什么时候想回到党内，就什么时候回来。不必写自传，不必讨论。可以不公开身份。"（据陈望道身边一位工作人员对笔者谈及的回忆）

就这样，陈望道于1957年6月重新加入中共。入党之后，他没有公开中共党员身份。直至1973年8月，他作为中共"十大"代表出席会议，当他的名字出现于代表名单之中，人们才惊讶地得知他是中共党员。

据陈振新回忆，父亲重新入党后，家人也都不知道。父亲去世后，他在遗物中发现一个笔记本，上面没有任何说明，但写着年月、金额，从1957年6月起。他这才明白，这是父亲重新入党后逐月交纳党费的记录。

在"文化大革命"之初，陈望道在复旦大学曾遭到大字报的猛烈攻击，说他"执行修正主义教育路线"、"反动学术权威"等等。据云，周恩来指示上海要保护3个人，即宋庆龄、金仲华和陈望道，提及陈望道是《共产党宣言》译者。这样，陈望道才不大受到"炮轰"。

1968年，复旦造反派"深挖阶级敌人"，要陈望道作为"老复旦"参加"抗大清队学习班"。已经77岁高龄的他，每天在"学习班"开会不已，在复旦大学教学楼前摔了一跤。往常，他若不慎跌跤，用一只手轻轻一撑，便会一跃站正。这一回却摔得很重。他叹道："功散了，体力大不如前了！"他所说的"功"，便是自幼练得的武功。"文化大革命"的冲击，加上夫人蔡葵在1964年患脑瘤故世，这两桩事使他老态骤增，精神大不如前。他在极度的孤寂之中，仍日坐书城，埋头学问，致力于修辞学研究。儿子陈振新和儿媳朱良玉细心照料着他的生活。他的家在二楼，楼下便是语言研究室。他常与他的学生们切磋学问。历经磨难，"红头火柴"变成了"黑头火柴"，变得"安全"起来。不过，有时遇上看不惯的事，他仍要"发火"。

老人怕跌。自从"功散了"之后，他在家中又跌了一次。他不得不三天两头住医院。

晚年，他仍嗜茶。每天清早起来的头一件事，便要陈振新为他沏一杯茶。他喜欢龙井茶，但每次只要儿子买一二两，用毕再买。他的饭量很小，每餐吃浅浅的一碗饭，喜欢吃鱼饼、葱花油煎老豆腐。在华东医院里，倘若菜单上有鱼饼，他必定点

◎ 叶永烈在上海陈望道夫妇墓前（2009 年 2 月）

这个菜。一年到头，他总穿中山装，冬日呢中山装，夏天派力司中山装，领子破了还在穿，只有接待外宾时才换上一身"礼服"。他向来喜欢穿船形皮鞋，不用系鞋带，省时间。他的嗜好是买书、读书。

自知不起，他悄然写下遗嘱给儿子，希望能把两个可爱的小孙子好好带大；希望儿子能争取入党。他还说，自己教了一辈子的书，没有什么遗产留给子女。他的财产是书。考虑到儿子是学电子工程的，而他的藏书是社会科学方面的，他嘱咐儿子在他故后把书献给学校……

他，死于肺气肿。

他去世之后，他的遗著由上海人民出版社分 4 卷出版——《陈望道文集》。其中第四卷为译著及有关翻译的文章。《共产党宣言》中译本收入了第四卷。

他，关心青年，诲人不倦。笔者在北京大学求学时，曾去信向他请教一些问题，承他在 1962 年 12 月 9 日亲笔复信，使我非常感动。这封信收入《陈望道文集》第一卷。我正是带着这种感动，写了这篇文章，纪念这位中国革命的先辈。

怀念方毅副总理

　　每到晚上 7 时，我总是习惯地坐到电视机前，观看中央电视台的《新闻联播》节目。然而，在外出采访时，那就无法像平日在家那样准时收看《新闻联播》了。1997 年 10 月 20 日，我刚从湖南长沙飞回上海，翻阅着十来天未看的报纸。蓦然，在 19 日的报纸上见到一幅围了一圈黑框的熟悉的照片，这才吃惊地得知尊敬的方毅副总理在 17 日不幸病逝！

　　此后几天，报上有关方毅去世的报道以及生平介绍，我都一一剪下来保存，以怀念方毅副总理……我找出我与方毅副总理的合影，凝视着他的笑貌。

　　我与方毅副总理本来素昧平生。

　　对于我来说，1979 年上半年所发生的一系列事情是毕生难忘的，而当时的我并不知道这些事都是在方毅副总理关心下发生的。

　　1979 年 2 月 15 日，《光明日报》在头版发表了记者谢军关于我的报道《在困难中奋战》，还配发了评论员文章《奋发图强搞四化》。紧接着，3 月 16 日，文化部和中国科协在北京举行仪式，授予我"先进科普工作者"称号，文化部部长黄镇还奖励我 1000 元奖金（这在当时是很大的数字）。《人民日报》、《文汇报》、《解放日报》等众多报刊加以报道。又紧接着，我所在的单位通知我，上海市政府特意分配一套四十多平方米建筑面积的两居室新房子给我，以改善我的居住条件。这在当时也是很不容易的了。不久，我导演的《红绿灯下》获第三届电影"百花奖"。我当选为全国青联常委……

　　很晚很晚，我才从一份内部文件中，得知方毅副总理十分关心我的工作情况。他最初是从《光明日报》内参所载记者谢军对我的创作情况以及困境的报道，注意起我。谢军写道：

"有一度，有的领导指责他'名利思想
严重'、'不务正业'，甚至通知出版社不
准出他的书。他的创作条件很差，一家四口
人（大孩 12 岁，小孩 8 岁）挤在 12 平方
米的矮平房里，一扇小窗，暗淡无光，竹片
编墙，夏热冬凉，门口对着一家茶馆，喧闹
嘈杂。每年酷暑季节，他就是在这样的斗室
里，不顾蚊虫的叮咬，坚持挥汗写作。"

方毅当时担任中共中央政治局委员、国
务院副总理、国家科委主任，主管全国科教
工作。他看了《光明日报》内参之后，立即

◎方毅

给予关心，在 1979 年 1 月 6 日，写下这样一段批示："调查一下，如属实，
应同上海商量如何改善叶永烈同志的工作条件。"

在当时，我并不知道方毅副总理的批示。我只记得，1979 年 1 月下旬，
当我从上海去福建省福清县出席福建省科普创作会议时，从北京来了一位中
年女干部，叫王麦林，也出席这一会议。她当时是中国科普创作协会（筹）
的秘书长。她找我谈话，很仔细地了解我的创作和生活情况。我并不知道她
的用意。后来才知道，她又去上海进行了调查。她很认真，也很热情。当时，
全国科协副主席裴丽生看到方毅副总理的批示之后，派她执行方毅副总理关
于"调查一下"的批示。

她回到北京后，写出了关于我的情况的书面汇报，交给裴丽生副主席。
裴丽生又转呈方毅副总理。3 月 4 日，陪同邓小平访美归来的方毅副总理在
王麦林的报告上写了这么一段批示："我看要鼓励科普创作，这项工作在世界
各国都很重视。"

正是由于方毅副总理的关心，我从"名利思想"、"不务正业"的指责声
中摆脱出来。由于文化部和中国科协的授奖，我不仅在创作上得到鼓励，而
且在生活条件上得以改善。我担任上海市科普创作协会副理事长，从业余创
作转为专业创作——从此创作成了我的"正业"。尽管后来由于我对于文学
创作的兴趣越来越浓，从科普创作转向文学创作，调往上海市作家协会担任
专业作家，但是我始终对方毅副总理充满感激之情——因为他在我最困难的
时候，给了我最大的支持。

35

◎方毅接见叶永烈（1984年12月）

　　我和方毅副总理只见过一面。那是1984年12月，我在人民大会堂出席高士其科普创作五十周年庆祝会。方毅副总理来得很早。他见到我，紧紧握住我的手，询问我最近的创作情况和生活情况。他的一再关心，很使我感动。

　　我自身从"臭老九"到专业作家的经历，使我对1978年年底召开的扭转中国历史进程的中共十一届三中全会异常关注。我决心写关于中共十一届三中全会的长篇——《1978中国命运大转折》。从1995年起，我开始着手准备。我把方毅副总理列入了我的采访名单，在这一历史性的大转折之中，方毅副总理作出了巨大的贡献。因为邓小平第三次"复出"后，是从抓科学、教育入手，进行这一大转折，而方毅副总理正是邓小平在科教战线上的得力助手：收入《邓小平文选》的《关于科学和教育工作的几点意见》，是邓小平在第三次"复出"后不久——1977年8月8日在科学和教育工作座谈会上的重要讲话，而这个座谈会正是方毅组织和主持的；1978年3月18日，邓小平在全国科学大会开幕式上作了重要讲话，而这一大会也是方毅组织和主持的……方毅坚决贯彻邓小平对科学、教育工作的一系列指示，使广大知识分子如沐春风……

　　1996年5月，我去北京采访，访问了方毅副总理当年的秘书郭曰方。郭曰方是我的文友，我们曾有过许多交往。郭曰方告诉我，方毅副总理不在北京，到福建去了。我虽然从他那里知道了方毅副总理当时的许多感人事迹，

◎ 叶永烈在北京采访方毅夫人殷森（1999 年 6 月 17 日）

仍为不能当面采访方毅副总理而遗憾。我把方毅副总理对中共十一届三中全会的贡献，写进了纪实长篇《邓小平改变中国》。

我失去了这一次采访方毅副总理的机会，不料，竟然从此永远地失去了机会。

我是方毅副总理曾经关心过的众多知识分子中的一个。在当时，我是一个很普通的知识分子。他的关切，使我从困境中走出来，从此获得良好的创作条件，写出了上千万字的新著。就连我的两个从小屋中走出来的孩子，也都在美国获得了硕士学位，成为学有专长的科技人员……

我和我的一家永远怀念尊敬方毅副总理。我写了纪念方毅副总理的散文《很晚很晚才知道》，发表在 1997 年 12 月 13 日的《光明日报》上，表达我的哀思。

1999 年 6 月 18 日，我在北京采访了方毅副总理夫人殷森，根据她以及郭曰方的谈话，写了关于方毅副总理的长篇文章《方毅传奇》，经方毅夫人殷森审定之后，发表在 2000 年 7 月 11 日《人民日报》上——

一碗鸡汤面的婚宴

一碗鸡汤面，按照今日的消费标准看来，只能算是很简单的快餐。然而，方毅结婚的时候，请朋友们吃了一碗鸡汤面，却算是"豪华型"宴请了。

方毅，中共中央政治局委员、国务院副总理。他当新郎那年，只有 24 岁。

笔者曾见过方毅。不过，他在生前，几乎不谈有关他个人的事。1997年10月17日，81岁的方毅离世。最近，笔者在北京采访了方毅夫人和方毅秘书，才逐渐了解了方毅不平凡的身世……

那是在抗日战争最艰难的1939年。担任中共鄂东特委书记的方毅，将他领导创建的千余人、枪的部队交给来接任的同志，从鄂东进入安徽，被任命为新四军五支队政治部主任。

新娘名叫殷森，出生于吉林省吉林市，原在吉林省立女子中学上学。她的父亲原籍安徽桐城，思想进步，曾参加孙中山创立的中国同盟会。1936年，他们一家举家南迁，回到安徽桐城老家。殷森进入安庆省立女子中学上学。抗日战争爆发后，她参加了安徽省民众动员委员会直属工作团第十五团，从事抗日救亡工作。后来，她参加了新四军。在淮南，她做过民运、财会工作，也做过文秘、编辑工作。

一位姓周的大姐热心牵红线，介绍她认识方毅。

这位新郎身体瘦弱，尽管才24岁，却已经打过3年游击、又坐过3年多的牢，算是"老干部"了。周大姐以为，方毅工作太忙、太辛苦，实在需要有人照顾，看到殷森为人忠厚，又能吃苦，就把她介绍给方毅。

殷森记得，一天，周大姐陪着方毅来看她。尽管方毅是"老干部"，作报告、讲话滔滔不绝，可是见了殷森，却不大说话。殷森呢，也不大说话。他们默默地对坐了一会儿。当周大姐起身告辞时，原本想把方毅留下来，让他们单独交谈。不料，方毅也随着周大姐走了。

他们后来又见过几次面，相互有所了解。又过几天后，周大姐不知道方毅对这门亲事是否满意？谁知方毅一口就答应下来。原来，方毅当时虽然已经是"老干部"，却从未谈过恋爱。第一次见面，他不习惯与殷森单独相处。这时，方毅就表态说："可以。"

周大姐又来问殷森，殷森也觉得方毅老实可靠，同样说"可以"。

就这样，双方当即定了下来。

没多久，方毅和殷森就请朋友们吃"鸡汤面"，算是婚宴了！

殷森回忆说，在那种兵荒马乱的年月，她和方毅从认识到结婚，一切都是那样的简单。没有山盟海誓，没有花前月下，可是，凭着只有两床被子和两只装着书籍、地图、手电筒、蜡烛的铁皮箱——他们的全部"财产"，他们的爱情却是那样的坚固，经受了时间的考验。此后他们共同走过战争，走过建设，走过浩劫，又走过黄昏岁月，度过了无猜无疑、无怨无恨的58个春秋！

婚后第四年——1943年冬，殷森头一回要做妈妈了。就在这个时候，恰恰遇上日军大举"扫荡"淮南。漫天飞雪，殷森临产，只得在山区的一家织布厂里找间房子权充产房。头胎生下儿子，本是大喜事，可是面对敌人的炮火，在分娩后的第六天，她只好把孩子包好，交给当地乡妇女抗敌协会的主任。乡妇抗会主任和她的丈夫抱着殷森的孩子在风雪中沿着山路赶回家去，殷森不久就转移了！

又过了两年——1945年，殷森生下第二个孩子。这一回，生的是女儿。出生后五十多天，形势又吃紧。殷森又不得不把孩子送到一个地方干部家中喂养，自己坚持在部队工作……

当地老百姓是新四军最亲的亲人。他们像养育自己的孩子一样，精心照料着这两个婴儿。几年之后，方毅和殷森终于找回了那两个在当地老百姓家中长大的孩子，流下了无限感激的泪水。

即便是在新中国成立后，方毅已经是首长了，然而繁忙的工作和不断的出差，小家庭仍然离多聚少。殷森记得，最小的儿子出生才6个月，方毅就奉命只身前往越南。当方毅完成在越南的使命回到北京，小儿子已经在上小学二年级了！

方毅和殷森这个在连天炮火中诞生的小家庭，经受着动荡的考验。在三年自然灾害期间，他们的孩子同样吃不饱，方毅在家中量米蒸饭，希望能够让有限的粮食发挥最大的作用；在"文化大革命"中，他们的孩子也到内蒙古、黑龙江等地插队落户……

方毅从不以首长身份自居。开学的时候，他帮助孩子扛行李到学校，直到放到寝室里。孩子的作业，他作为家长，亲自签字。他买了木工工具、钳工工具，在家中教孩子们使用，从小培养他们的动手能力……

如今，方毅和殷森的6个孩子都学有专长，事业有成。其中，小女儿和小儿子分别在国外获得硕士学位和博士学位。

60岁才第一次过生日

如今，小学生、中学生"隆重"地过生日，呼朋唤友开"派对"，比比皆是。然而，方毅却直到60岁的时候，才第一次过生日！

这倒不是因为不愿意过生日，却是因为方毅不知道自己的生日！

方毅连自己的生日都不知道，是因为父母去世太早，没有把生日告诉他。

据方毅夫人说，在方毅晚年，她和方毅来到厦门时，曾经提议到方毅老家看看，方毅都不愿意去。看得出，童年的不幸，在方毅心灵上留下了阴影，他不愿让方家老宅勾起他痛苦的回忆。他从小便没有家庭的温暖。

在当地侄子、侄女的陪同下，方毅夫人还是去探望了方家老宅。那幢砖木结构的老屋，迄今仍坐落在厦门思明区梧桐埕。久经风雨，门板、壁板都已经变成深褐色。据说这老屋是方毅的曾祖父留下来的，房子很大，每一根木柱下面都有一块圆形青石，足见当年方家颇有气派。据说，他曾祖父做过官，老宅里数年前还找到了发黄的字画和海军用的高倍望远镜等。后来交到当地一个陈列馆去了。到了方毅父亲这一辈，方家开始衰落，老宅也典给了别人。

方毅父亲跟人合伙开过纸店，出售账册之类纸制品，家境清贫。

方毅原名方清吉，有一个哥哥。方毅出生尚未满月——才26天，母亲就不幸因病离开了人世。方毅在外祖母的照顾下过了两三年。

方毅母亲的去世，使方毅父亲无心给方毅过生日。

不久，方毅父亲续弦。在方毅有了继母之后，外祖母到印尼去找经商的舅舅去了。继母后来生了一个男孩和一个女孩。

在方毅约8岁的时候，父亲去世。

这时合伙人搬走了店中财产。方毅在家过着艰难的生活。

方毅的舅舅（继母的兄弟）家境较好，见到方毅聪明伶俐，想过继他，要他改姓陈，方毅不愿意，但是舅舅家有很多很多书，对方毅有很大的诱惑力。这样，方毅还是多次来到舅舅家，一头扎进书堆里。读书，成为方毅童年最大的乐事。

舅舅送他上学。方毅进入厦门一中。这所中学是当时厦门最好的中学，也是中国共产党地下组织非常活跃的地方。在厦门一中，方毅喜欢文艺，爱读中国古典小说、外国小说。他先是加入了学生会，然后又加入了读书会、中国反帝大同盟等，阅读一些进步书籍，这些很多都是中国共产党的外围群众组织。

1930年1月，不足14岁的方毅加入了中国共产主义青年团——这成为他一生中红色的起点。

翌年，15岁的方毅转为中国共产党党员，从事地下工作。方毅的家，也成了地下工作的据点。常常有地下党员路过厦门的时候，来到方毅家中，在对上联络暗号之后，就住在方毅家中。也有的时候，地下党的成批的文件运到方毅那里，然后再分发到各处。

据郭日方告诉笔者，方毅平时很少谈到自己的革命经历，但是在一起出差或者空闲的时候，偶尔聊天，说起往事：在做地下工作时，一天晚上，一位女同学故意向警察问路，吸引警察注意力。这时方毅

◎ 叶永烈与方毅原秘书郭日方（1996 年 5 月 25 日）

趁机在墙上写大标语。两位男同学为他警戒……

方毅毕竟引起了敌人的注意。一天，党组织紧急通知他，立即离开厦门。从此，他没有再在厦门一中学习，开始了动荡的生活。他转移到福建漳州，后来，又悄悄从漳州回到厦门，成了职业的革命家，先后担任共青团厦门中心区委书记、市委宣传部长、市委书记。

后来，他受组织委派，作为中共厦门中心市委特派员，去闽南农村参加游击队。整整 3 年，方毅出生入死，每天持枪在极其艰难的条件下战斗。

郭日方回忆，方毅曾说，他的枪法很准，就是在这 3 年游击战争中练出来的……

在动荡不定的日子里，谁还顾得上过生日？何况方毅从小不知道自己出生的日子，他也就从来不过生日。一直到他 60 岁那年，他才从厦门的亲友那里得知，他出生于 1916 年 2 月 26 日，这才第一次过生日！

三年苦狱练就一个"毅"字

方毅从游击队回到厦门，继续从事地下工作。

环境已经越来越恶劣。这时，从海南岛来了一个人，接头之后，参加中共厦门地下组织的活动。可是后来有人发现，此人多次秘密出入于当地的警察局，形迹可疑。经过查证，表明此人是叛徒。

必须迅速除掉叛徒！可是，当时共青团厦门地下市委的负责人之中，大都是青年学生，谁都不知道枪该怎么使，只有方毅打过游击，会打枪。这样，铲除叛徒的任务就落在方毅身上。

方毅给手枪上了子弹。暗中，战友给方毅指明了哪个是叛徒。于是，方

毅跟踪叛徒。在僻静处，枪法甚准的方毅从背后给了叛徒一枪，当即击毙。方毅掏出事先写好的署名"打狗队"的一封信，扔在叛徒的尸体上。

叛徒之死，引起了厦门警察局的高度注意。他们追查"打狗队"。

尽管方毅已经把手枪隐藏起来，毕竟还是被警察局注意了。方毅的处境十分危险。这时，正巧共青团中央向厦门调干部。经过共青团厦门市委研究，认为方毅去最合适：一方面，方毅工作出色；另一方面，方毅已经引起敌人注意，本来就应该及早离开厦门。

方毅悄然离开厦门的时候，为了不惊动敌人，不要别人送行，只让哥哥送他到码头上船。

这是方毅第一次远行。经过几天海上航行，方毅到达上海。他从未到过这座热闹非凡的东方大都市。按照联络地址，他住进上海一家旅馆。不久，就有人前来联络，对上了暗号之后，知道是自己人。那人带他住进上海地下党的机关。

方毅开始在上海展开工作。不过，他新来乍到，毕竟人地生疏。1934年夏秋之间，有一回，他在上海旧城厢——南市，被国民党特务盯住。特务从他身上搜出了共产党的宣传品，当即把他扭送警察局。这样，方毅被捕了。这时方毅只有18岁。

在审讯的时候，方毅改名方静吉，自称是福建泉州的学生——其实他从来没有在泉州住过，更谈不上在泉州上学。敌人追问他身上的共产党宣传品是从哪里来的？他说是上街时别人塞给他的，他连看都没有看，不知道是什么宣传品。敌人问他在上海住在什么地方，他随口说了个地址。敌人去查对，那条街上根本就没有这个号码！敌人还到福建泉州的学校调查，那里根本就没有"方静吉"这么个学生！

敌人明白，这个被抓住的看似瘦弱、幼稚的穷学生，必定是个老练的共产党员。

于是，敌人给方毅上刑：灌辣椒水、坐老虎凳……

方毅从小在艰辛的环境中成长，体质本来就差，在严刑拷打中几度昏了过去。但他始终咬紧牙关，没有泄露真实身份，也没有说出党的半点机密。

尽管方毅没有暴露自己的真实身份，但是敌人认定他是中共党员。这样，方毅被判处8年徒刑。他被关进上海漕河泾监狱的死牢。在狱中，他一直戴着沉重的脚镣，而且越戴越重，从最初戴3斤重的脚镣，到后来戴12斤的脚镣。有的囚犯有时候被押到狱外做小工，方毅从无这种"优待"。在狱中，他看不到报纸，处于与世隔绝的境地。当日军飞机在上海上空盘旋的时候，他们还误以为是苏联红军来了呢！所吃饭菜不仅没有半点油星，而且夹着沙子，非霉即烂，难以下咽。苍蝇、蚊子不住地困扰着他们。他和难友们几度在狱中进行绝食斗争，抗议国民党对于囚犯的虐待。他从小就缺乏营养，绝食使他处于死亡的边缘。

最令人难以置信的是，他竟然在监狱中坚持学习英语！他在监狱中遇到一些政治犯在狱内坚持学习外语，当时对外文书的检查也比较放松。后来，一位难友出狱，把一本英汉字典留给他。他把这本字典当至宝，每天学习。他的英语大有长进。

后来，方毅被移送到"苏州军人监狱"进行"反省"。方毅并非"军人"，据说是由于他太"顽固"，老是不"交代问题"，这才把他送入这所监狱。他依然如故，跟敌人周旋着……

1937年秋，忽然有一天，"苏州军人监狱"点名，凡是点了名字的政治犯，都站到另一边去。内中，也点到"方静吉"，方毅站到了另一边去。他做梦都没有想到，这些被点了名字的政治犯，竟然都被当场获释！

在狱中消息异常闭塞的方毅，一下子"蒙"了。他实在不明白，为什么这一大批政治犯会突然获释。

走出"苏州军人监狱"的大门之后，方毅这才明白中国发生了巨变：中共中央和红军经过长征，已经到达陕北，在那里建立了根据地。在1936年12月12日，爆发了著名的西安事变。在强大的政治压力下，蒋介石答应实行国共合作，共同抗日，并释放政治犯。经中共中央多方交涉，"苏州军人监狱"关押的政治犯得以释放，方毅也终于结束了漫长的三年多苦狱生涯。

方毅夫人说，方毅那3年苦狱，即便对她，也极少谈起。她也不便多问，怕勾起他那痛苦的回忆。在"文化大革命"中，"造反派"们抓"叛徒"，凡是曾经被捕的干部都被列为"嫌疑对象"。为此，"造反派"们对方毅那3年苦狱进行反反复复的内审外调，方毅不得不详细讲述了在狱中渡过的那最艰难的日子。事与愿违，"造反派"们审来审去，没有查到方毅半点"叛变"的把柄，倒是把方毅在狱中坚贞不屈的感人事迹"查"得清清楚楚！

出狱之后，他不再用原名方清吉，改名方毅。他取名"毅"，表明他以为刚毅、坚毅是共产党人必须具备的品格，毅力是意志的集中体现。就是凭着这个"毅"字，他才在漫漫苦狱之中赢得了最后的胜利。

方毅出狱之后，先是到湖北工作，担任中共湖北省委常委、民运部长，鄂东特委书记，创立了千余人的鄂东游击大队。

郭日方回忆说，方毅曾对他谈及，有一次，敌机轰炸，两位战友紧急把方毅压在地上。结果，一位战友牺牲，另一位战友被炸断一只手臂。

后来，那位断臂战友的子女来看望方毅，郭日方见到方毅总是以上宾之礼相待。方毅说，他的生命，是用战友的生命换来的。

1939年2月，方毅奉命从湖北进了安徽，出任新四军五支队政治部主任。不久，方毅在淮南结识了殷森……

"食百姓俸禄，要为百姓办事"

方毅频繁地变换着工作：

在解放战争时期，方毅担任华东财政经济办事处副主任，动员、组织了一百多万民工支援前线，为淮海战役的胜利立下大功；

他担任了山东省人民政府副主席，任职才两年，调任福建省人民政府副主席。在福建任职两年多，又调任上海市人民政府副市长。

在上海工作一年多，1953年9月，他调往北京，担任中央财政部副部长。

在财政部只工作了11个月，他突然被派往越南，担任中国驻越南经济代表处代表。他出使越南7年。

他从越南回来，其实是因为他在越南得了"登革热症"，高烧不已。这是一种危险的传染病。他被急急送回国内救治。病愈之后，组织上把他留了下来，让他负责对外经济联络工作。

方毅担任了对外经济联络部部长、党组书记（最初叫"对外经济联络总局"，后来曾叫"对外经济联络委员会"）。

对外经济联络部是一个崭新的部。在20世纪50年代，并没有这个部。国与国之间，支援向来是互相的。许多国家支援了新中国，新中国也支援许多国家，特别是亚非拉发展中国家。方毅在越南工作七年，实际上就是在做对外经济联络工作。正因为这样，他回国之后，被任命主持对外经济联络工作。

对外经济联络工作，涉及方方面面：要了解受援国的国情，要熟悉自己国家的工农业生产情况，要根据双方的意愿制订各种外援项目。在当时，国内许多人不理解外援工作的重要性，总以为自己国家的经济能力还很差，干吗"掏腰包"支援人家？甚至有人说，对外经济联络部是个"无底洞"！由于中央给了方毅以有力的支持，方毅这才顶住各种压力，积极开展对外经济联络工作。他主持了对东南亚、巴基斯坦、埃及、斯里兰卡等国的援助项目。特别是主持援助非洲建造坦赞铁路、朝鲜平壤地铁、阿尔巴尼亚冶金联合企业、斯里兰卡国际会议大厦，花费了他很多心血。到了1972年，方毅主持的援外项目累计有528个建成投产或者交付使用。

外援工作收到了极好的政治效果。世界上许多"穷朋友"、"小朋友"，都把新中国看作是最真诚的朋友。1971年10月，第二十六届联合国大会以压倒多数通过了阿尔巴尼亚、阿尔及利亚等23国关于恢复中华人民共和国在联合国一切合法权利的提案，那么多"穷朋友"、"小朋友"起了很大的作用，内中有着方毅的贡献——在23个提案国之中，有22个是受到中国援助的国家！

当他在对外经济联络部做了大量开创性工作，已经驾轻就熟的时候，1977年1月13日，他突然调任中国科学院副院长、党核心小组副组长（当时郭沫若任院长、组长。后来，方毅任院长、党组书记）。

对方毅来说，这又是一项崭新而艰巨的工作。从此，他的工作重点转移到科学、教育战线。在"文化大革命"中，中国科学院是"重灾区"之一。在粉碎"四人帮"之后，急待平反大量冤假错案，落实知识分子政策。

据方毅秘书郭日方告诉笔者，当时，他正在对外经济联络部值班室工作。忽然，陈慕华找他谈话，说是要调他担任方毅同志的秘书，并立即随方毅同志前往中国科学院工作。郭日方服从了组织的分配，立即收拾文件，随方毅奔赴新的工作岗位。

不久，邓小平第三次复出，主动向中央要求抓科学、教育工作，于是，方毅成了邓小平在科教工作方面的副手。那时，邓小平跟方毅在工作上有了非常密切的联系。方毅很认真地贯彻邓小平对科教工作的指示。

邓小平在1975年第二次复出时，派往中国科学院主持工作的是胡耀邦。只是胡耀邦刚刚对这"文化大革命"的"重灾区"进行调查，还没有展开工作，就被"批邓、反击右倾翻案风"赶下了台。如今，方毅继续着当年胡耀邦未竟的工作。虽然"四人帮"已经被打倒，但是"左"的影响还非常深刻。

郭日方记得，他随方毅一到中国科学院，第一件事是去看望中国科学院院长郭沫若。接着，就忙着跑研究所。方毅说，他必须对一个一个研究所进行了解，摸清存在的问题。

根据邓小平的指示，方毅在1977年8月上旬主持召开科学和教育工作座谈会。

邓小平出席了会议，并在8月8日作了重要讲话。邓小平指出，要"尊重知识，尊重人才"，使科学家们深受鼓舞。邓小平的重要讲话在中国科学院传达之后，科学家们群情振奋。

郭日方记得，那时每天一上班，办公室前就排起了长队。中国科学院冤

◎ 叶永烈夫妇与方毅原秘书郭日方在上海（1998年11月）

假错案成堆。蒙冤者听说方毅来了，纷纷前来向他申诉。为了能使方毅考虑中国科学院的全面工作，郭日方代表方毅出面接待一个个来访者，然后把情况向方毅汇报。郭日方说，那段时间的工作非常累。方毅的工作，比他更累。即便如此，方毅每天忙完工作之后，在深夜仍有三项"雷打不动"的安排：一是收听中央人民广播电台的新闻节目，二是坚持半小时学习外语，三是坚持半小时练书法。在完成这"雷打不动"的三项工作之后，方毅还要跟郭日方谈明天的工作安排。

郭日方回忆说，那一段在中国科学院的工作极度紧张。往往半夜刚睡下，又被送机要文件的通讯员叫醒。所以他在方毅身边工作了两年多，便因患胃癌不得不紧急住院……方毅的体质也差，因为他在监狱中受过各种酷刑的折磨，身体受到很大的损害。但是方毅的毅力是惊人的。他顽强地工作着，挑起了科学界拨乱反正的重任。

自1977年9月起，方毅担任国家科学技术委员会主任。自1978年3月起，方毅出任国务院副总理，负责领导科技工作。

方毅关心着千千万万知识分子。

当他初到中国科学院，听说著名生物学家童第周还在那里扫地劳动，非常气愤地说："这真叫'斯文扫地'！"他指示，马上让童第周回到实验室从事科学研究，迅速改善童第周的工作条件。

他得知著名生物学家杨钟健生病，解决不了住院问题，便亲自给北京医院打电话，马上让杨钟健住院治疗。

他得知上海著名科学家彭加木在新疆罗布泊考察时失踪，一面向中央报告，一面调集各路人马，前往罗布泊搜索、抢救。在前后67天内，出动了20架次飞机、汽车66辆，体现了对于知识分子的高度关切。

◎ 叶永烈与方毅原秘书郭日方在北京（2006年11月10日）

笔者当时是一个普通的青年知识分子，也受到方毅的关心（参见前述）。

方毅在晚年担任全国政协副主席，从科教战线又转到统战领导工作……

郭日方告诉我，方毅常说："食百姓俸禄，要为百姓办事。"正因为这样，尽管由于工作需要，他频繁地变动工作，但他严格服从组织的分配，到哪里都干得非常出色。

三大业余爱好

方毅淡于名利。他曾说："我一生不贪财，不好色，不谋权，不求利。"在工作之余，他的爱好有三：书法，读书，围棋。

方毅比较爱好的是"何体"，也就是何绍基体。他对照《何绍基墨迹》反复临摹。他也揣摩王羲之、文徵明、怀素的书法。

在他去世之后，人们收集他的书法作品，准备在厦门出版他的书法作品集。

书画同源。方毅爱好书法，自然也就喜爱国画。他临摹傅抱石、黎雄才的山水画和董寿平的松画。后来，他自己也在繁忙的工作之余画国画。

方毅读书广泛，善于钻研。他只上过初中，就参加地下工作了。他硬是靠读书自学，拥有广博的学识。

方毅长期担任对外经济联络部部长。不言而喻，作为部长必须懂外语。

方毅的英语不错。前已述及，他的英语是在监狱中受到同狱的难友启发而加强自学的。

　　他从 1954 年起，到越南担任顾问。在那里，他结识了许多苏联专家，便向他们学习俄语。他很快就学会用俄语会话。有一回，他和苏联驻越代表团一起从北京飞往河内，他居然在飞机上充当翻译！他在越南 7 年，阅读了许多俄文版的长篇小说。他还把俄文原版《联共党史》与中文版对照学习，从中发现中文版的诸多翻译上的问题！

　　他在越南见到用古汉语写的越南史书，甚有兴趣，借来细读，从中了解越南的历史。后来，在 1961 年，毛泽东主席约见方毅，问及汉朝时的中越关系以及伏波将军马援的情况，由于方毅熟悉越南的历史，如数家珍般作了答复。毛泽东主席非常满意。

　　在对外经济联络部工作，常常涉及许多工业技术问题。他找来大学物理、数学、化学课本，抽业余时间自学。

　　方毅秘书叶如根对笔者说，方毅和谷牧、康世恩都是党内不多的经济专家。谷牧、康世恩都是大学毕业生，人们也常以为方毅也是大学毕业。其实，一些人对他不太了解。

　　方毅夫人则回忆说，方毅在家里，差不多整个晚上，不是读书就是看报。他的嗜好是书，买了许许多多书。在 20 世纪 50 年代，家中没有买电视机，只有一台苏联"波罗的海"牌的收音机，方毅常用这台收音机听新闻。

　　方毅博识广闻。有一回，周恩来总理在主持会议的时候，问及化学元素的分类、有机物与无机物的区分，方毅随口作了准确而通俗的解释。又有一次，周恩来总理在会上问及中美洲一个港口每年的货物吞吐量。由于当时中国与这个港口所在的国家尚未建交，人们不熟悉有关情况，方毅当即作了准确的答复。

　　后来，方毅担任国务院副总理，主持全国的科技工作，他更加如饥似渴地学习自然科学，甚至会熟练地背诵门捷列夫化学元素周期表——不仅会正背，而且会倒背，达到"倒背如流"的程度！

　　方毅对于围棋的酷爱，不亚于陈毅。所以，在陈老总去世之后，方毅被推举为全国围棋协会的名誉主席。

　　在方毅去世之后，为了纪念他，正在筹划出版纪念文集；出版《方毅文集》和方毅传记。

　　方毅曾为别人写下这样的题词："百年人物存公论，四海虚名只汗颜。"他的一生，自有公论——他永远活在人民心中！

科技群英

Keji Qunying

华罗庚的"架子"

架子，本来不过搁书放瓶子而已，普普通通。不知怎么搞的，架子一旦跟人联系在一起，就不妙了。

说实在的，一开始，华罗庚给我的印象并不太好——架子大。

为了采访他，我从上海给他寄去公函，杳无音讯。

到了北京，给他的办公室挂了电话，秘书说华老没空。

来到他的办公室，我把介绍信递给他的秘书。秘书收下介绍信，却没有定下采访时间。

"大数学家的架子太大！"我打消了采访他的念头。

时隔一年，我在北京出席会议，偶然，在代表名册上看到华罗庚的大名。

我又动心了，试着给华罗庚住的房间里挂电话。铃声响过，有人接电话"我是华罗庚呀！"

我提起了公函、介绍信之类往事，电话里居然说："我不知道呀！"

嗬，架子大，还装糊涂！我直截了当地问："华老，我想采访你，不知道你什么时候有空？"

电话里又居然说："我现在就有空，你来呀！"

嗬，这么痛快？！

我上楼，找到了他住的房间。那时大约晚上 7 点光景，屋里昏暗，只是床头柜上亮着一盏台灯。华老已躺在床上，双手捧着一本破皮外文数学专著。

他让我在床前坐下来。我这才发觉，他的鼻子里插着橡皮管，床上放着一个枕头那么大的氧气袋。他有点不舒服。

这时，我反而犹豫起来：华老生病了，采访会不会加重他的病情？

他仿佛看出了我的心情，说道："没关系。我晚上反正没什么事。秘书下班了，回家去了，这儿只剩我一个人。"

这一聊，我明白了：原来，并不是华老架子大，是秘书"挡驾"！

华老告诉我一个窍门："以后，你晚上给我来电话。我没事儿，就让你来。"

我自从知道这个"窍门"，在会议期间，差不多每个晚上都给华老挂电话，每次都得到他的同意。有一次，他有空，甚至还主动给我挂电话！

就这样，我为他写了一篇报告文学。

确实，他是个平易近人的大科学家，坦率而真诚。幸亏有那次会议——不然，

◎华罗庚

我会把"架子"跟华罗庚一直联系在一起，冤枉了他。

对了，关于华罗庚的"架子"，还可以添上两笔。

后来，我在上海一家银行采访一位 30 多岁的营业员，叫沈有根，他说起华罗庚。他手头有许多华罗庚写给他的信，我感到奇怪，他怎么会结识这位数学大师的呢？

原来，他本来在北京上中学。"文化大革命"开始的时候，他听说华罗庚给贴了大字报，就跑到中国科技大学的副校长室里去看望华罗庚。就这样，认识了华罗庚。"不识时务"的他，居然拿出数学题，向华罗庚请教。在那样的时刻、那样的地方，怎么可以讨论数学？华罗庚把家里的地址告诉小沈，让他在星期天或晚间上他家。

就这样，一个小数学迷成了大数学家的座上客。华罗庚教他数学，跟他聊天。迄今，小沈还记得华老富有哲理的话：

"华老师，我准备自学数学。行吗？"

"准备自学的人，要比那些上大学的人，毅力大 20 倍才行！"

"具备什么样的基础，才能搞数学研究？"

"什么基础、学历都可以，关键在善于思索，独立思考！"

后来，小沈作为"知识青年"，到老家浙江萧山插队落户。临行，华罗庚题诗赠他。小沈给他去信，他总亲笔回复，从不叫秘书代劳……

说起华罗庚的信，"戴维逊奖"获得者、长沙铁道学院数学教授侯振挺也有着类似的经历：他念中学时，听说华罗庚的大名，给他写了一封信，请

◎ 叶永烈采访著名数学家华罗庚（1980 年）　　　　◎ 华罗庚致函叶永烈（1983 年 8 月 8 日）

教怎样学数学。华罗庚给他写了回信。就是那封信，决定了侯振挺毕生的道路……

华罗庚的信，我也收到过呢。那是我查到了他最早的数学论文——发表在 1930 年《科学》杂志上的《苏家驹之代数的五次方程式解法不能成立之理由》。我曾听他说起手头已没有这篇文章，就复印一份送他。区区小事，他也亲笔复信：

叶永烈同志：

　　由大庆回来后，今天又将去呼和浩特，桌上见到有您寄来 50 年前拙作的复制品。

　　高谊至感，行色匆匆，聊书几行以谢。

华罗庚

1983.8.8

他在"行色匆匆"之际，还要"聊书几行"，真令人感动。从那有点潦草的字迹似乎可以看出，他并不光给我复信，而是一口气亲笔回复了许多封信——连信封上的地址也都是他自己写的！

是的，是的。我们的数学巨匠毫无架子——因为他来自平民，他在名震世界之后依然保持着平民的品格。在我的心目中，华罗庚的形象是非常崇高的——这不光因为他在数学上开一代先河，而是他那样纯朴、那样率真。他与"架子"无缘！

苏步青的笑与不笑

在我的印象中，理科大学里，物理系、化学系、生物系学生要做实验，地理系学生要野外考察，天文系学生要蹲在天文望远镜旁通宵不眠，唯有数学系学生终日枯坐，一支秃笔，一张草稿纸，写满 x、y……我想，数学大师的面孔应当是世界上最为严肃的。

不料，苏步青却总是笑眯眯的，眼角皱起很深的鱼尾纹。他讲话，常常像相声演员，不时抖响"包袱"，令人忍俊不禁……

人家总是尊称他为"苏老"。他却说，"苏老"跟"输老"、"酥老"同音，不妙哪！

他年已八旬，走起路来快如风，被荣幸地选为全国十位"健康老人"之一。他却说，人老了，都讲"头也白了"。我如今头发都掉光了，分不清白发、黑发，我属于"超级老人"！

我采访他的时候，曾问道："您的名字苏步青，据说取义于'数不清'谐音，从小就要当数学家？"

"哪里，哪里。"他连连摇头，"我的名字，是我爸爸取的。'步青'，就是'平步青云'嘛，就是'出人头地'的旧思想。跟数学毫无关系！什么'数不清'，完全是瞎编瞎传！我小时候在穷山沟里，做梦也想不到会当数学家。"

他是浙江温州市平阳县人。在一次温州籍人士聚会上，他曾历数温州籍的数学家：复旦大学

◎ 苏步青

◎浙江平阳苏步青故居

数学系系主任谷超豪教授，厦门大学数学系系主任方徒植教授，西安交大数学系系主任徐桂芳教授，杭州大学数学系系主任白正国教授，美国宾州大学数学系系主任杨忠道教授，上海华东师大副校长李锐夫教授，美国普林顿大学项式忠教授，美国加州大学项武义教授⋯⋯

他又以浓厚的故乡情意回忆说："温州出黄鱼。小时候，我最喜欢吃的就是咸菜烧黄鱼，真鲜哪！"

与会者大笑。

不料，有人向苏步青提问道："温州出了这么多数学家，听说跟吃黄鱼有关系！"

又是一阵哄堂大笑。

◎苏步青（中）与桥梁专家李国豪（左）、生物学家王应睐在一起

◎右起：陈望道、苏步青

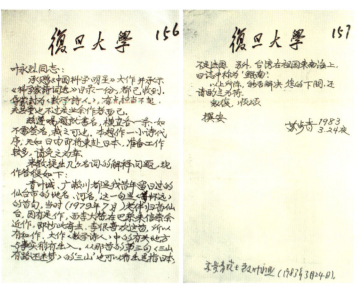

◎ 苏步青致函叶永烈（1983 年 3 月 24 日）

　　此刻，我们的数学大师反而不笑。

　　等大家笑够了，他满脸严肃的神色，一本正经地答道："数学家跟黄鱼没有什么关系。我们研究数学，那是因为当时我们穷，国家也很穷，而研究数学只需要一支笔，一张纸。我们是奋斗出来的！"

　　谁也不笑了。在苏步青说出那句掷地有声的话时——"我们是奋斗出来的！"猛然间，他的形象清楚地"显影"了！

　　他，为人风趣、开朗，而在事业上刻苦、认真。

　　他的诗词热情奔放，他的数学论文一丝不苟——哦，如果你有机会看一下他的手稿，每一个字都像刻蜡纸似的端端正正！

钱学森梦圆飞天

2003 年金秋 10 月，从浩瀚无垠的太空，传来中国人进军的脚步声。千年敦煌飞天之梦，终于在今朝化为现实。

在炎黄子孙欢呼雀跃之际，在北京，一位九十有二的耄耋长者坐在病榻上，目光久久地注视着正对面书架上的"神舟号"飞船模型，眼角皱起了鱼尾纹，舒心地笑了，甜甜地笑了。

他，便是有着"中国航天之父"美誉的著名科学家钱学森。2003 年国庆节，中共中央政治局常委曾庆红看望的第一位归国知识分子便是钱学森。

钱学森一生有过激动的"三笑"。

头一回是在 1955 年 10 月 8 日，他经过五年的坚持与斗争，终于从美国回到祖国母亲温暖的怀抱，过度的喜悦使他热泪盈眶。美国当局当时千方百计阻挠他返回新中国，尽管有着这样那样的"理由"，而五角大楼海军副部长金贝尔（Dan A. Kimbeel）所说的一句话，可谓"高度概括"之语："无论如何都不能让钱学森回国。他太有价值了，抵得上 3 到 5 个师的兵力！"然而由于周恩来总理的直接过问，在中美华沙谈判桌上，美国政府代表这才不得不同意让这位杰出的导弹专家回到新中国。其实，钱学森的价值远远超过 5 个师。他回国后才 5 年，在他的主持下，中国自己制造的第一枚导弹就顺利升空，意味着中国朝着国防现代化迈出历史性的一步。

第二次开怀大笑，是在 1970 年 4 月 24 日，中国第一颗人造地球卫星上天。在他回国后的第十个年头，即 1965 年 1 月，他向中央提出人造卫星研制计划，这一重要计划也就因此被命名为"651 工程"。在他的运筹帷幄之下，只用了 5 年时间，就成功地把中国第一颗人造地球卫星送上太空。中国从此敲开了太空的大门。

他第三次心花怒放，便是在如今中国第一位宇航员昂首阔步太空之际。企盼了多少年，这一闪光的时刻，终于在他有生之年到来。

我有幸零距离目击这位中国"航天元帅"的风采。那是在 1979 年 2 月 23 日，我忽然接到他的秘书柳鸣的电话，说是他来到上海，约我一谈。事情的起因是我当时担任《向宇宙进军》一片的导演，这是一部一个半小时的影片，共分三辑，我把拍摄提纲寄往主管部门——国防科委以及第七机械工业部审查，没想到当时担任国防科委副主任兼第七机械工业部副部长的

◎ 叶永烈著《钱学森》一书封面

钱学森亲自看了拍摄提纲，乘来沪之际跟我谈谈他的意见。当天晚上，我如约前往上海延安饭店。柳鸣领着我来到楼上一间会客室，我刚坐定，穿着一身军装的钱学森就来了。他摘下军帽，露出宽广丰满而白净细嫩的天庭，书生气质十足。一双眼睛，射出睿智的目光。虽说他出生在上海，由于 3 岁时便随父亲前往北京，所以满口京腔。他谦逊地自称"笨人"，"对艺术外行"，却对影片提出诸多建设性意见。

钱学森说，影片的开头应该表现中国古代对太空的美好幻想：从马王堆汉墓出土的立轴上的月亮、太阳、神仙，到嫦娥奔月神话、敦煌飞天壁画。在历数古人的飞天之梦时，钱学森还建议，这一组镜头最好以古筝配上中国古典乐曲……其实，渊博的钱学森对艺术十分在行，尤其是音乐。他当年在上海交通大学就读时，曾是校乐队的主力圆号手，何况他的夫人蒋英是留学奥地利、德国的女高音声乐家。

钱学森告诉我，"航天"一词是他首创。他把人类在大气层之外的飞行活动称为"航天"，是从航海、航空"推理"而成的。他说，最初是从毛泽东主席的诗句"巡天遥看一千河"中得到启示。他还提出了"航宇"一词，亦即"星际航行"，他在《星际航行概论》一书中详尽地论述了行星之间以至恒星之间的飞行。如今，如果说"航宇"一词对于普通百姓还有点陌生的话，"航天"一词已经是家喻户晓了。

◎ 钱学森上海交通大学毕业照（1934 年）　◎ 钱学森

　　我当时最感棘手的是影片的第三辑《载人航天》。虽然我知道中国早在1971年就开始秘密选拔宇航员（亦即航天员），但航天训练基地是处于严格保密的所在，无法进去拍摄，所以我只能准备采用美国和苏联的载人航天电影资料。出乎意外的是，钱学森说，那个航天训练基地属于国防科委主管，他支持我们前去拍摄。钱学森一锤定音。一个多月之后，我就率摄制组进入中国航天训练基地，在那里拍摄了半个月。这部《载人航天》影片，记录了中国航天事业的艰难历程。

　　钱学森非常健谈，一口气谈了两个多小时。从那以后，我与钱学森有了多次交往，有时在北京他的办公室，有时在他家中。每一回去北京送审影片，他总是亲自看，一边看一边谈意见，而我则坐在他的旁边做详细记录。

　　时隔20多个春秋，在中国即将奏响太空凯歌的前夕，我又一次前往北京那个门口竖着"军事禁区"牌子的大院，手持铜质"中华人民共和国国防部通行证"，来到钱学森办公室。宽大的办公桌后面的椅子现在空着。由于双腿行动不便，钱学森已经很久没有坐在那张椅子上。接待我的是他的老秘书涂元季以及两位年轻的秘书。涂秘书在钱学森身边工作了20多年，现在就连他也皓首飞霜。跟涂秘书聊天，是一种享受，他在不经意之中，讲述了一个又一个关于钱学森鲜为人知的故事。

在我的新著《飞天梦》里，打算选用钱学森与毛泽东主席在 1956 年的一帧合影。这张照片，引出了涂秘书的话题。他说，有人曾经在文章中这么讲起这帧照片的来历：毛主席宴请钱学森，而钱学森来晚了，一见面就连声向毛主席道歉，因为他工作实在太忙。涂秘书说，这简直是胡说八道！钱学森向来守时，凡是出席会议，总要提前几分钟到达，从不迟到，更何况是毛主席宴请，钱学森怎么可能迟到？！其实，这张照片是在钱学森回国后三个多月拍摄的。那是在 1956 年 2 月，全国政协举行二届二次会议期间，毛泽东主席宴请全国政协委员。钱学森收到了大会的请柬，上面写着他的席位在第 37 桌。到了宴会厅，钱学森在第 37 桌却找不到自己的名字牌。这时，工作人员领着他来到第一桌，在紧挨毛泽东座位的右面——第一贵宾的位置，写着钱学森的大名！这是怎么回事呢？后来才知道，毛泽东主席在审看宴会来宾名单时，用红铅笔把钱学森的名字从第 37 桌勾到了第一桌。那张照片，就是在宴会上拍摄的。钱学森回国才三个来月，就被毛泽东如此看重，表明新中国的领袖深知钱学森的不凡。半个月后，钱学森就向国务院郑重递交了《建立我国国防工业意见书》，最先为我国火箭技术的发展提出了关键性的实施方案。

记得，20 多年前，我总是称钱学森为"钱副主任"，因为当时他担任国防科委副主任，大家都这么称呼他。也有人喊他"钱副部长"，因为他也是第七机械工业部副部长。据说，钱学森喜欢"副"职。他的一生，担任过一连串的副职，从"副主任"、"副部长"到"副主席"。其实，1956 年 10 月，当国防部第五研究院——中国第一个火箭导弹研究机构成立之际，钱学森被任命为首任院长。然而，不久之后，他却主动要求当副院长。这是因为担任院长要花费很多精力处理日常行政事务，而他希望集中精力从事科学研究工作。领导上终于同意他担任"副"职的请求，派了空军副司令员王秉璋当院长。通常，人们视副职转正为仕途升迁，而钱学森反过来从正转副，只求有利于工作。此外，他不参加剪彩仪式、鉴定会、开幕庆典，也不为人题词、写序，不兼任任何顾问、名誉顾问之类荣誉性职务。

在涂秘书那里，我见到一帧钱学森与相声大师侯宝林的合影，他俩喜笑颜开，谈得眉飞色舞。钱学森怎么会跟侯宝林如此"亲密接触"？这不光是因为钱学森小时候喜欢到北京天桥听侯宝林的相声，而且还有一番外人莫晓的内情：那是 1975 年 1 月，在四届人大召开前夕，周恩来总理来到湖南长沙，向毛泽东主席请示工作。他递交了四届人大代表名单。这时，病中的毛泽东说："不看了。但是我想起两个人，一个是钱学森，一个是侯宝林，请你查查

◎ 钱学森在美国讲课

◎ 钱学森参观延安
毛泽东主席故居

人大代表里有没有，如果没有，就把他们补上。"周恩来一查，钱学森在"文化大革命"中是保护对象，所以仍在人大代表名单之中，而侯宝林则还被关在"牛棚"里呢，于是，急急下令解放侯宝林。后来，钱学森与侯宝林在人民大会堂喜相逢，彼此都心知肚明是毛泽东主席"点名"予以特别关照的两个人，所以才会那样谈笑风生。

钱学森深厚的科学功底，令"两弹一星"系统的科技人员打心底里佩服。当时发射现场几度发生重大疑难，众说纷纭，莫衷一是，是钱学森作为主帅力排众议，作出果断而准确的决定。事实三番五次证明，钱学森的结论是正确的，他带领科技人员走出困境，闯过难关。很多人除了敬佩钱学森的天才之外，不明白钱学森为什么在科学上能够有一双洞察迷雾的火眼金睛？1993年夏天发生的一件事，才使许多人明白钱学森学问的来历。那是钱学森的学生、中国科学院学部委员郑哲敏从美国回来时，带回重达36千克的钱学森手稿。这批手稿是钱学森在1955年离开美国时不便于带走而留在美国的。美国友人马勃教授知道这是钱学森心血的结晶，精心加以保护。直到马勃教授要退休了，仍挂念着这批无价的瑰宝。他决定完璧归赵。除了交由郑哲敏带回一部分之外，马勃教授还亲自把余下的手稿送到中国。这样，总数达15000多页的钱学森手稿，展现在中国科技人员面前。这是钱学森在美国20年间留下的工作记录。令人叹为观止的是，全部文稿用英文端端正正书写，字迹娟秀，简直是一页页艺术品。手稿分门别类装在一个个牛皮纸大信封里，有条有理。这些

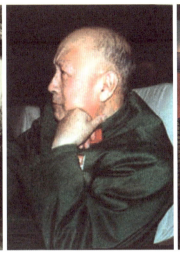 

◎钱学森观看火箭发射　　　◎叶永烈与钱学森之子钱永刚教授（2009年12月5日）

手稿，涉及应用力学、喷气推进、工程控制论、工程科学、物理力学等方面。如此众多的手稿，无声地说明了钱学森那广博深邃的学问是怎么得来的。

钱学森一丝不苟，对于工作人员的要求是非常严格的。能够受到钱学森的表扬是很不容易的。酒泉导弹发射基地的一位新战士，却受到了钱学森的表彰。这位新战士发现弹体内有一根大约5毫米长的小白毛，担心因此造成通电接触不良，就用镊子夹、细铁丝挑，都未能取出小白毛。最后，战士用一根猪鬃终于挑出了小白毛。钱学森把这根小白毛小心翼翼包起来，带回北京，希望从事"两弹一星"工作的科研人员都向那位新战士学习。曾经在钱学森手下工作多年、后来担任国家体委主任的伍绍祖回忆说，他最初当参谋的时候，受到钱学森的一次表扬。那是因为钱学森看到他总是随身带着笔记本，随时进行工作记录。钱学森的表扬，使伍绍祖从此一直保持这一良好的工作习惯。

钱学森为中国航天事业奋斗了一辈子，今日飞天梦圆。在锣鼓喧天的欢腾时刻，我不由得记起他发自肺腑的一句话："我作为一名中国的科技工作者，活着的目的就是为人民服务。如果人民最后对我的一生所做的各种工作表示满意的话，那才是最高的奖赏。"

61

钱伟长写歌词

饮水思源。年逾古稀的钱伟长教授，不忘60多年前就读的江苏省无锡县荡口中心小学。1985年，他为母校校歌作词：

鸿山苍苍，鹅湖荡荡，江南水乡，人间天堂。果育、鸿模、怀芬、荡小，歌唱我校，源远流长，多少人才在这里成长。今日幼苗，明日栋梁。我们是祖国的希望，树立共产主义的远大理想，为建设祖国奋发图强，天天向上！向上！向上！

我对科学家诗词很有兴趣，已编印出版了《科学家诗词选》一书，正在编续集。所以看到钱伟长教授写的歌词，当即收入续集。不过，其中"果育、鸿模、怀芬、荡小"一句，读者不易理解，需要注释，我向钱伟长教授请教。

◎ 钱伟长

◎ 钱伟长为家乡无锡题词

◎ 前右为钱伟长，中为钱穆（摄于1940年）　　◎ 叶永烈为钱伟长故居留言，左为钱伟长侄子

没几天，他便亲笔复函：

　　所询"果育、鸿模、怀芬、荡小"注释事，原系现在荡口小学发展过程中不同阶段的名称，我是20年代在鸿模读书的。

　　我对果育、怀芬等情况并不了然。因此我将来函转寄荡口小学黄校长，请他给你回信作全面的介绍（说明各个名称的年代，以及培养出的人才，显示出"源远流长"），最为妥善。

　　四天之后，我便收到荡口小学黄振源校长的来信，除了详细介绍荡口小学80年校史，还介绍了这所小学培养的人才，其中有：中国科学院学部委员、中国科技大学校长钱临照，中国社会科学院副院长钱俊瑞（已故），音乐家王莘（《歌唱祖国》作者），漫画家华君武，历史学家钱穆（曾在中国台湾任历史研究所所长），物理学家钱临煦等。这，正如钱伟长在歌词中所写的："多少人才在这里成长！"

　　钱伟长教授是力学家，他居然为母校校歌作词，说明他"能文能理"。钱伟长走马上任上海工业大学校长，曾大声疾呼理工科学生"必须具备一定的文学艺术方面的素养"，提倡"文理兼优"。他这么主张，自己也是这样做的。他从小就注意文理并重。在他考大学时，清华大学的历史试卷，出了一道题目：写出二十四史的作者、注者和卷数。很多人答不出来，他却考了满分！

归来的"朝圣者"——汪猷院士

他曾是一个"朝圣者"。

"圣地"何在？德意志！

1824年，24岁的德国青年维勒第一次用人工方法合成了有机物——尿素，世界为之震惊。从此，德国崛起为世界有机化学研究中心。维勒曾十分感叹地说："有机化学可以使随便哪一个人入迷或发生极大的兴趣。我仿佛走进了一片密林，这密林里充满奇妙的物质。不论你大胆地闯到哪里，它都永远无止境！"

一大批德国化学家闯进这片密林：李比希成为农业化学开山鼻祖，霍夫曼打开了人工合成染料的大门，欧立希合成了"六〇六"，闯入人工合成药物的领域……也就这样，德国独占有机化学鳌头。谁想闯荡有机化学，谁就得前来德国领取"真经"。在众多的"朝圣者"之中，有一位来自世界东方的黄皮肤、黑眼珠的小伙子，他便是汪猷。

1935年10月，25岁的他来到德国慕尼黑，在明兴大学化学研究所，攻读有机化学博士学位……

1990年夏日，我多次访问了汪猷院士。他向我讲述了他的人生故事：

他是在"狗年"——1910年6月7日，出生在杭州一家书香门第，于是有了一个带"犬"字的名字。他的二哥属马，命名为"汪骉"。这种别具一格的命名法，多少反映出秀才出身的他的父亲汪知非的古典头脑。汪猷喜欢写旧体诗，其文学根底也是部分受乃父潜移默化影响的结果。

完全意想不到，引导汪猷步入化学之门的，居然也是他父亲。汪知非是"末代秀才"，受西洋文化影响，进过清末上海的"理科学习班"，学了两年。结业后，他把一堆化学仪器带回家中。这么一来，那些玻璃漏斗、烧瓶、试

© 汪猷院士

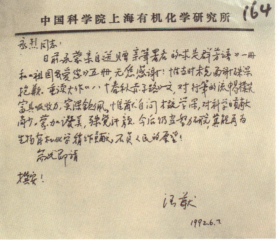

© 汪猷院士致叶永烈函（1992 年 6 月 7 日）

管、试纸、滤纸，成了汪猷小时候不可多得的"玩具"！就是在捣鼓这些"玩具"时，他便钟情于化学。

12 岁那年，小学毕业，他考入浙江省立甲种工业学校应用化学系，从此正式走上化学之路。

他一级台阶一级台阶迈向化学殿堂。16 岁的时候，他步入南京金陵大学工业化学系。慢慢地，他摸进了那片有机化学的密林。他和同班同学丘玉池开始平生第一项化学研究，写出了毕业论文《一所大学学生膳食的调查》。1931 年，他毕业了。

一位名师深刻地影响了他，那便是北京协和医学院的吴宪教授。他的毕业论文，是受吴宪的《中国的膳食分析》的影响而产生的。他追随吴宪，进入北京协和医学院当研究生。

从早上 7 时到晚上 6 时，他在实验室里做实验。晚上 7 时至 10 时，他在图书馆里读书。他的时间表总是排得满满的。为了做动物实验，他还养鸡、养小白鼠。居然，他硬是挤出时间学德语——他已经在做前往德国"朝圣"的准备了。他无暇到正儿八经的德语学校学习。正巧，一位清末翰林的德国夫人，愿收几个学德语的中国学生。他就在那里进修德语，而且学会写德文文章，写罢请她帮助修改。

生活像绷紧了的发条。好在他正年轻，朝气蓬勃，每天坚持洗冷水澡、打八段锦和太极拳这几门"常课"。

65

在他看来，"朝圣"是必要的。当时的中国科学落后，他想前往有机化学的"圣地"德国，以求取得"真经"。这样，1935 年 8 月，当他在北京协和医院完成了四年的生物化学研究工作时，已经与德国取得了联系。

他的运气真不错。就在这个时节，第十四届国际生理学大会在苏联莫斯科召开。吴宪教授要出席会议，也就提携汪猷，要他一起去开会，然后由苏联前往德国。

迢迢万里行，1935 年 9 月，汪猷终于来到了"圣地"德国慕尼黑，成为明兴大学化学研究所里的"稀有元素"——黑头发的研究生。

◎ 汪猷夫妇年轻时

他在浙江省立甲种工业学校、在金陵大学、在"协和"，已经打下扎扎实实的化学基础，英语流利，德语也不错。他很快就适应了德国的生活，开始在有机化学的密林中求胜探宝。

不过，就在他埋头化学之际，窗外不时响起刺耳的噪声。一个留着小胡子、近乎疯狂的 40 多岁的奥地利人，居然在 1933 年坐上德国总理的宝座。他是德国最大的政党——国家社会党（简称 Nazi，亦即"纳粹"）的领袖，名唤阿道夫·希特勒。此人最初是在慕尼黑发迹的。这样，慕尼黑也就成了这位"元首"的基地。汪猷恰恰在这第三帝国的发祥地攻读博士学位。他处于先进科学和反动政治的双重矛盾氛围之中。

这里确实是有机化学的"圣地"，名师荟萃，精英云集。一位戴着金丝眼镜、前庭开阔而两道浓眉总是习惯地皱着的德国教授，成了他的导师。这位年近花甲的教授，是一颗耀眼的化学明星。早在 1911 年、1912 年，由于他对有机化合物中不同形式的氮和肼的合成与性质的研究，就引起世界化学界的注目——那时，汪猷尚在牙牙学语。后来，他由于对胆酸化学结构的研究，于 1927 年荣获诺贝尔化学奖，他就是维兰德（Heinrich Wieland，1887—1957）。在这位化学大师指点下攻读博士学位，是汪猷的荣幸。汪猷进入了维兰德最擅长的领域，即研究不饱和胆酸和胆醇化学。在浓密的有机化学之林中，汪猷找到了甾环内引进共轭双烯的改进方法……

屋里窗明几净，烧瓶、分馏柱、冷凝管一尘不染；屋外却血肉横飞，战火正烈。希特勒宣布《纽伦堡法》，视犹太人为"劣等民族"。纳粹德国东征西讨，自诩为欧洲的霸主。

而日本军国主义的铁蹄，正在蹂躏着汪猷的祖国。他的黑眼珠的同胞们在奋起抗日，他怎能在日本的"盟国"——德国安之若素？谁都挚爱自己的母亲，祖国就是加了"S"的母亲——复数的母亲。作为祖国之子，汪猷关切着祖国的命运……

1937年4月，汪猷来到奥地利首都维也纳北郊，颇感口渴。正巧路边有一家小酒店，便走了进去。

"日本人？"酒店伙计打量着他。

"不是，是中国人。"汪猷答道。

酒店伙计顿时露出不屑一顾的神色，问他："卖什么？做领带生意？"

"我不卖什么！"汪猷脸上火辣辣的，尽管他未曾喝酒。

虽说是小事一桩，但那种"优等民族"对中国人的歧视，被看作"三等民族、四等公民"，还是深深地刺伤了汪猷的心。

半个世纪之后汪猷还记得当年的情景。他颇为感叹地说："当年在欧美人的心中，中国人还是拖小辫子，裹小脚，抽鸦片，小商，小贩，一盘散沙。

◎ 1936年汪猷（左）在德国慕尼黑大学实验室

67

一句话，落后的民族，人家瞧不起我们。在那种情况下，我和很多同辈的中国人一样，憋着一股气，要为国家搞一番事业。我们的心愿是只有中国人团结起来，富强起来，科学、经济兴旺起来，才能扬眉吐气"。

正是为了能使祖国扬眉吐气，汪猷在慕尼黑勤奋学习。1937年冬，他荣获最优科学博士学位。这时，他年方27岁。

翌年9月，汪猷博士转到德国海德堡城威廉皇家科学院医学研究院有机化学研究所，担任客籍研究员。在那里，又一位名师指导着他的研究工作。这一位新的导师名叫库恩（Richard Kuhn，1900—1967），虽然他只比汪猷大10岁，但是已经发现了8种类胡萝卜素并制成了纯品，享誉化学界。就在他担任汪猷的导师才3个月，他突然成了新闻人物：瑞典宣布，由于库恩在类胡萝卜素方面的突出贡献，授予他本年度诺贝尔化学奖金。然而，纳粹德国正处于与瑞典敌对状态，阻挠库恩前去领奖，一时间世界舆论大哗！（直至第二次世界大战结束库恩才领到奖金。）

在库恩的指导下，汪猷着手研究藏红素化学，在短短的几个月里，他合成了十四乙酰藏红素。库恩十分赏识汪猷的才华，要他留在那里工作。

汪猷这么叙述当时的情景：

"我的回答却出乎他的意料之外。我婉言辞谢说：'我将去英伦，作短期

◎陈嘉庚奖颁奖大会上，汪猷（左五）和丁肇中（左四）在一起（1991年11月6日）

研究工作后即回国去。'

"'但是中国正在和日本打仗！你回去干什么？回国去还能搞研究工作吗？'库恩感到莫名惊诧。

"'回去抗日救国，并且和北平协和医学院生物化学系有约。'我回答道。

"'你在这里也可以为中国效力。'

"'不一样，要身临其境，回去抗日。'"

库恩无法理解这位中国青年的心意，只觉得汪猷的离去甚为可惜。

他的 4 年"朝圣"终于结束。4 年间，国外名师的指导、熏陶，使他受到进一步严格的训练，养成严肃、严谨、严密的科学作风，在学业上打下了坚实的基础。

经过 3 个星期漫长的航行，上海杨树浦码头出现在眼前。汪猷终于回到了祖国。

几年离索，一怀愁绪，顿时烟消云散，汪猷喜泪横流。

20 多年后，汪猷成了新中国合成牛胰岛素的主将——这一有机化学的杰出成就，被西方视为新中国的三大科学硕果之一，即与新中国制成人造卫星、原子弹相提并论……

谈家桢院士的"两落两起"

身材颀长，大胡子，前额微秃，双眼闪耀着睿智而坚定的目光，美国遗传学家摩尔根在 1933 年荣获诺贝尔奖金。他是继遗传学的奠基人——奥地利遗传学家孟德尔之后，世界遗传学界的泰斗。

就在摩尔根获得诺贝尔奖金之后的第二年，即 1934 年，一个中国留学生横渡太平洋，来到美国加利福尼亚理工学院，有幸成为摩尔根的研究生。

此人便是谈家桢。

谈家桢在摩尔根手下进行了 3 年研究，发表了十几篇论文，获得博士学位，于 1937 年回国。

从此，谈家桢成为摩尔根在中国的"嫡传弟子"，成为摩尔根学派的一员……

1984 年 12 月，我采访了谈家桢，他说起从美国回到中国之后的曲折经历——

◎谈家桢院士

1952 年，谈家桢调到上海复旦大学，任生物系主任。

正当谈家桢打算大展宏图、探索遗传学的奥秘的时候，却从北方刮来一阵"寒流"。

这"寒流"来自苏联，来自李森科。

李森科从 1929 年起因搞小麦"春化"而声名显赫，逐渐爬上苏联生物学界"权威"的地位。他拉米丘林的大旗作虎皮，"创立"了所谓"米丘林—李森科主义"。

其实，由于人们对自然现象的认识不同，

◎谈家桢与摩尔根

在一门学科中产生不同的学派，是完全正常的。在遗传学范畴，便存在着孟德尔—摩尔根学派和米丘林学派。然而，李森科这地地道道的学阀，把经典的孟德尔—摩尔根遗传学体系打成"伪科学"，扣上"唯心"、"资产阶级反动理论"的大帽子，公然提出"消灭孟德尔—摩尔根主义"，把反对他们观点的科学家打成"科学上的反动派"，轻则撤职，重则判刑以至流放，死于不毛之地。

新中国成立初期，中国科学界受苏联影响，照搬了苏联科学界的某些错误做法。例如，当时中国化学界便照搬苏联，开展所谓对美国化学家鲍林的共振论的批判，把"共振论"称为"马赫主义"和"机械主义"，而在生物界则批判起孟德尔—摩尔根学说来了。谈家桢通过自己的长期实践，坚信孟德尔—摩尔根学说是正确的。早在1948年，谈家桢在瑞典出席第八届国际遗传学会议时，他发觉原定担任会议主席的苏联著名遗传学家、列宁农业科学院院长凡维洛夫没有出席会议，一打听，才知凡维洛夫的理论在国内被李森科指责为"资产阶级唯心主义的伪科学"，遭到"批判"，凡维洛夫受到迫害。这时，许多人便劝谈家桢不要回国，因为李森科的那套学阀作风使人心寒，恐怕中国也会这样。谈家桢却坚定地回国了，因为他热爱自己的祖国。他认为，共产党总比国民党好，中国共产党不一定会学李森科那一套。

然而，在新中国成立初期，在那批判孟德尔—摩尔根的浪潮中，谈家桢首当其冲。

有关部门凭借行政力量，不准谈家桢在复旦大学开设讲授以孟德尔—摩尔根学派观点为基础的遗传学课程，强令改学米丘林遗传学说。就这样，谈

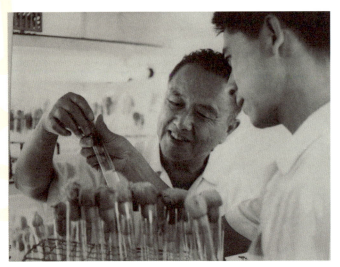
◎ 谈家桢在实验室

家桢关于基因和染色体遗传学的研究，被迫停了下来。

这件事，引起了毛泽东主席的关注。

1956年，毛主席为了繁荣我国的科学和文化，提出了著名的"双百"方针。这一年夏天，在周恩来总理亲自关怀下，在青岛召开了遗传学座谈会。根据"双百"方针，谈家桢在会上阐述了对国内片面强调米丘林学说、压制孟德尔一摩尔根学说的意见。

1957年3月12日，毛泽东主席在中国共产党宣传工作会议上讲话的当晚，便在中南海怀仁堂接见了谈家桢。

一见面，毛泽东主席第一句话便说："你就是遗传学家谈家桢先生啊！"

接着，毛泽东问起他的工作和身体状况，问起青岛的遗传学座谈会。谈家桢一一作了汇报。毛泽东听后说，你们青岛遗传学会议开得很好。过去我们学习苏联有些地方不对头，应该让大家搞嘛，可不要怕。

1957年7月，毛泽东主席第二次见到谈家桢时，一眼就认出他了，说道："谈先生，老朋友！"

1958年1月6日毛泽东主席用他自己平时乘坐的飞机，把谈家桢等三位知识分子从上海专程接到杭州，在西子湖畔的一个庭院里，共进晚餐，并作长时间的畅谈。

毛泽东主席关切地问："谈先生，把遗传学搞上去，你觉得还有什么障碍和困难吗？"

　　谈家桢如实地回答：毛主席提出"双百"方针后，尽管在复旦大学可以开设孟德尔—摩尔根遗传学说课了，可是大多数人仍以为米丘林学说才是"正统"，让他开课只是"统战"的需要，是对高级知识分子的一种"照顾"。正因为这样，要真正开展现代遗传学的研究工作，困难还不少呢！

　　毛泽东听了，热情地鼓励他："有困难，我们一起来解决，一定要把遗传学搞上去！"

　　那晚，毛泽东兴致很浓，和谈家桢等一直谈到凌晨3点。临别，还亲自把他们送到西湖边。毛泽东指着高挂在夜空的明月，说道："今晚的聚会，也可以算是一段西湖佳话吧！"

　　就在那年，复旦大学生物系设立了遗传学专业。谈家桢劲头十足地干起来了。

　　1961年五一节前夕，毛泽东主席来到上海，再一次接见了谈家桢。毛泽东主席紧握着谈家桢的手，问道："你对把遗传学搞上去，还有什么顾虑吗？"

　　这时，站在一旁的上海市委领导说："我们大力支持谈先生在上海把遗传学研究搞起来。"

　　毛泽东笑了，点了点头说："这样才好呀！要大胆搞，不要怕。"

　　在毛泽东主席的鼓励下，复旦大学1961年年底成立了遗传学研究所，谈家桢任所长。就这样，谈家桢带领一批中青年人向着遗传学高峰登攀。

　　谈家桢学习了摩尔根的治学方法，培养了一批又一批有为的遗传学工作者——盛祖嘉、施履吉、徐道觉、刘祖洞等，分别从事微生物遗传学、细胞遗传学、人类遗传学等方面的研究。

　　谈家桢"教而不包"，着重培养青年一代的独立工作能力。在谈家桢的领导下，从1962年到"文化大革命"前夕，复旦大学遗传学研究所共发表了论文50多篇，出版了专著译作、讨论集等16种。外国朋友见了，都欢喜地说："新中国的遗传学家们，正在急起直追。"

　　正当谈家桢及其同事们瞄准国际先进水平急起直追的时候，却又"被绊脚石绊了一跤，摔倒在地上"。本来正在缩小的差距，重新拉大了。

　　这"绊脚石"，就是从1966年开始在中国大地掀起的"文化大革命"。

　　"打倒反动学术权威谈家桢！"的大字标语，贴满复旦大学。

　　"四人帮"用尽一切恶言毒语，嫁罪于谈家桢，污蔑谈家桢坚持摩尔根学派观点，是"在生物学外衣下宣扬'天不变，道亦不变'的形而上学世界观"，是"宣扬'龙生龙，凤生凤'的资产阶级血统论"，攻击谈家桢进行人类和医学遗传的研究是搞"希特勒种族主义"。

谈家桢的助手们也受牵连了。谈家桢领导的遗传研究所被污蔑为"谈氏小朝廷"、"资产阶级土围子",研究工作被迫停止了,设备和仪器也遭到破坏。

谈家桢遭到了多次抄家。更不幸的是,谈夫人多次被斗,受尽折磨,于1966年9月自尽,含冤离开人世!谈家桢被弄得家破人亡,但是,为了祖国的遗传学事业,他坚强地活了下来!

谈家桢被下放到农村,参加农业生产劳动。

谈家桢一边劳动,一边仍不忘遗传学的研究工作。有一次,他看到生产队的棉花遭到了严重的枯萎病害,便把幸存的棉桃种子收存起来,想来年在这块带菌的大地上播种。看看新一代的棉苗是否仍是具有抗病能力,以便从中培育抗病的良种。

谁知这件事,竟被当作"阶级斗争新动向",谈家桢又受到了批判。

在那艰难的岁月里,谈家桢不仅无法从事遗传学的研究,就连这种结合生产实际的试验都无法进行!但是,他坚信,真理总会战胜强权,科学总会进步的。

1968年11月的一天,正当谈家桢在田里锄草,有人特地找他,附在他耳边说:"你明天不要来劳动了。"直到后来,谈家桢才明白了事情的真相。

原来,毛泽东主席在中共八届十二中全会上谈到了谈家桢,指名应当解放他。毛泽东主席说:"谈家桢还可以搞他的遗传学嘛!"

谈家桢终于又回到了复旦大学。可当时,在"四人帮"牢牢控制的复旦大学,开展遗传学的研究谈何容易!

1970年,王震同志曾两次托人写信给谈家桢,约他一起到全国各地考察育种工作。谈家桢欣喜地把信交给了当时的复旦大学党委,结果却是不被理睬。

可是不久,那些人却主动找上门来,又是"请教",又是"指点",围着他团团转。

这又是怎么回事呢?原来,姚文元在一份材料上看到这样的报道:用微量电刺激棉花植株,据说可以使棉纤维的长度增加,从而使普通棉花转化成长绒棉。姚文元对遗传学一窍不通,居然写下了如下"批示":"要通过电刺棉花走中国遗传学发展的道路"!

于是乎,忙坏了一班人,又是开现场会,又是搞展览会,又是找人写捧场文章。但他们发现，捧场者中，唯独没有遗传学家。于是，便要找谈家桢当吹鼓手。

谈家桢没有昧着科学家的良心去参加他们的啦啦队。所谓"电刺棉花"热闹了一阵子，也就成为泡影。

这时，又有人远道而来，找谈家桢了：四川的某人说棉花可与蓖麻杂交，搞什么"有色棉花"。这件事又吹起来了。

谈家桢专程来到四川，在那里"学习"了两个月，他看不出什么科学依据。然而，那位试验者却是一位在当时不可一世的"火箭式"人物，有着"中共中央候补委员"、"四川省革委会副主任"的头衔。此人明知自己的试验没有科学根据，却硬要在自己所写的"论文"上添上谈家桢的名字。他想，一旦加上他谈家桢的名字，在《植物学报》上一发表，这"谈家桢"三个字便是"论文"的科学依据。这么一来，他的"政治资本"就更加雄厚了。

谈家桢是有骨气的科学家。在科学上，他毫不含糊。他很坚决地对那位"中共中央候补委员"说："我无功不受禄，请不要把我的名字放上去！"

谈家桢久久地感叹：如今，真科学不许搞，伪科学却在中国盛行。

谈家桢痛心疾首。

◎ 叶永烈与谈家桢院士（1980 年 3 月同去北京出席中国科协第二次代表大会，摄于上海机场）

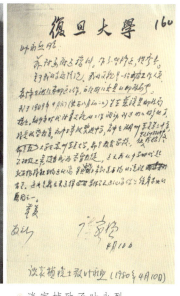

◎ 谈家桢致函叶永烈（1980 年 4 月 10 日）

就在这时，毛泽东主席在病中托王震同志带来了口信。王震同志对谈家桢说："毛主席很关心你，问这几年为什么没有见到你发表文章？"

毛泽东主席的问话，勾起了谈家桢的满腹辛酸。可是，当他想到自己在复旦大学的处境，到了嘴边的话不得不重新咽了下去，只是托王震同志转告毛泽东主席："谢谢他老人家，我是要搞啊！"

痛苦的日子，终于一去不复返了。在科学的春天里，谈家桢的脸上露出了多年未见的笑容。

"文化大革命"给谈家桢带来巨大的痛苦。他并不计较个人的委屈，只是痛惜新中国的遗传学研究事业遭受到挫折。他回顾了历史，深刻地用"两落两起"四个字来概括：

新中国成立初期，受李森科的影响，新中国的遗传学研究"落"了一次，由于毛泽东主席的亲自关怀和"双百"方针的贯彻，从"落"转为"起"；

然而，当新中国的遗传学之花含苞待放，却又遭"文化大革命"霜打，从"起"转为"落"，粉碎"四人帮"之后，再度由"落"转"起"。

跳蚤专家李贵真院士

俗话说："十个指头按十个跳蚤，结果一个也按不住；十个指头按一个跳蚤，就容易按住。"这话不假。"跳蚤专家"李贵真便是如此。她花费了40多年功夫专门研究一种小小的昆虫——跳蚤，专一不二，成为中国著名的蚤类专家，中国科学院院士，为创建中国蚤类学作出了贡献。

1984年12月，笔者在采访这位女院士时，她一谈起跳蚤来，便滔滔不绝……

跳蚤，只有芝麻粒儿那么小。它善蹦善跳，不易捕捉。

跳蚤是一种寄生昆虫。李贵真院士很生动地说，跳蚤把人体和动物体当成"旅馆"和"饭店"！人身上有跳蚤，狗、猫、鼠、鸡、麻雀、燕子身上也有跳蚤。

1937年，李贵真从齐鲁大学生物系毕业之后，便来到贵州、云南的深山老林之中，翻山越岭捕兽捉蚤。

捕捉跳蚤，居然也要动用猎枪！当用猎枪将野生动物打死以后，李贵真就赶紧跑过去，因为跳蚤都有这样的习性——一旦动物尸体冷了以后，跳蚤就"树倒猢狲散"，蹦蹦跳跳离去。

李贵真把动物尸体放在白布上，细细寻找着躲藏在动物毛发间的跳蚤。跳蚤一受骚动，马上跳了起来，落在白布上，目标就暴露了。李贵真立即用蘸了酒精或哥罗仿（氯仿）的棉花把跳蚤按住，跳蚤被麻醉了，老老实实躺在那里。李贵真马上小心翼翼地把跳蚤装在玻璃瓶或者紧口的小布袋里。李贵真眼明手快，能够一只不漏地一网打尽动物身上的跳蚤。

李贵真拜猎人为师，还学会了挖陷阱捕捉活的小动物，捉住以后，关在铁笼里，再把铁笼放在水盆上。这样，跳蚤一跳，便会跌落在水中。李贵真

◎ 跳蚤专家李贵真院士

常常长时间守候在水盆旁边，抓住那一只只掉进水里的跳蚤。

也有的时候，李贵真在山中抓住了野兽，干脆把野兽整个儿放进麻袋，往袋里扔进蘸了酒精、乙醚、氯仿之类麻醉剂的棉花。没多久，野兽被麻醉了，野兽身上的跳蚤也被麻醉了。这时，李贵真把野兽放在白布上，用梳子轻轻梳，用毛刷轻轻刷，聚精会神地工作着，绝不放过一只跳蚤。

她不仅从野兔、野鸡、獐子、穿山甲身上找到跳蚤，甚至在一只猫头鹰身上抓住一只"雌性不等单蚤"，在一只雕身上发现一只"雌性犬栉首蚤"。李贵真认为，猫头鹰、雕身上有蚤，是因为它们常常捕食田鼠，跳蚤就从田鼠那里"搬"到它们身上居住了。

李贵真还发现，在野兽的洞穴里，常常有许多跳蚤。为了研究跳蚤，李贵真钻在那又臭又脏的洞穴里，细心地捕捉跳蚤。有时，从一个洞穴中，竟能捕获上百只跳蚤。

在捕获跳蚤之后，还要经过许多道手续，把跳蚤制成透明的标本，放在显微镜下观察、鉴定。李贵真一边观察，一边在纸上一笔一画地画下跳蚤的形态图，画下跳蚤的眼、触角、气孔、臀板、爪、腿骨、触须、梳齿……

研究跳蚤，又平凡又单调，既要细心又要耐心。李贵真数十年如一日，发现了一种又一种新跳蚤，为中国蚤类学补上了空白。

就连在"文化大革命"期间，她被关进"牛棚"，一有机会，仍悄悄地溜进实验室，把酒精和福尔马林注入那些干燥了的跳蚤标本。她的心中，仍在

◎ 李贵真和丈夫金大雄在实验室里

记挂着研究跳蚤！

李贵真专于蚤类学，精于蚤类学。她的成功，就在于矢志不移地一辈子钻研一门科学。

值得顺便提到的是，她的丈夫金大雄教授则是花费了一辈子的精力，研究虱子，成为虱类学家。

研究跳蚤、虱子要专一不二，做别的工作也不可三心二意。

从一做起，专于一，精于一，锲而不舍，则金石可镂！

蚊子专家陆宝麟院士

战场，总是硝烟弥漫；战士，总是手持钢枪。

我来到一个奇特的战场采访。这里没有硝烟，这里不见钢枪，然而，战斗却是那般炽烈，那般紧张……

夜幕降临。敌军派出大批"微型战斗机"，偷袭我军。雷达对这些敌机居然视而不见，高射炮火对它们无可奈何。敌机频繁地袭击我军战士，不断地俯冲，射击，再俯冲，再射击……

我军开始反击了。反击战的指挥官年近古稀，然而，却有着一头发亮的乌发，双眼射出坚定的目光。他的军装外，穿了一件白大褂，使红色的帽徽和领章显得更加鲜艳。他指挥若定，一派大将风度。他成功地领导了我军的反击战，一举全歼夜袭的"微型战斗机"。

1984年1月17日，我访问了这位指挥官。他，不是将军，却是穿军装的教授，穿军装的中国科学院院士！他叫陆宝麟，中国人民解放军军事医学科学院著名的"蚊子专家"。他花费毕生的精力，跟那些"微型战斗机"——蚊子，较量，拼搏，拼搏，较量……

尽管在20世纪初人们才发明了飞机，但是，"微型战斗机"——蚊子，很早就卷入战争。

在古代，罗马曾称霸欧洲，南征北战，东伐西讨，威名远震，势不可当。可是，当罗马军队远征阿拉伯，俘虏了许多当地的土人回来以后，死神的阴影却笼罩了罗马的将士——因为蚊子传播着来自阿拉伯的恶性症疾，使罗马帝国的军威大衰。

在中国，《三国演义》中绘声绘色描述了诸葛亮七擒孟获。其实，曾使当年蜀兵备受困扰的"瘴气"，便是蚊子传播的症疾。

◎ 陆宝麟院士　　　　　◎ 叶永烈采访陆宝麟院士（1984 年 1 月 17 日）

往事越千年。蚊子介入了现代战争。

照片记录着珍贵的镜头。陆教授拿出一张发黄的照片给我看。哦，那是在 1951 年，一个由许多国家学者组成的"关于美国细菌战国际科学调查团"，在沈阳调查的情景。美军把带菌的蚊子、苍蝇当作"武器"，向朝鲜民主主义共和国和我国东北投撒。陆宝麟作为中国代表团的成员，在沈阳国际法庭上庄严发言，论述了在中国东北发现某些来自美洲的昆虫……

紧接着，1953 年，中缅边境响起了国民党残余部队骚扰的枪声，而那儿的蚊子又推波助澜，传播症疾，时时夜袭我军战士。"蚊子专家"又星夜赶往那里。

当中缅边境的战斗还未结束，浙江沿海发来急电。国民党军队盘踞着一江山岛、大陈岛，而丝虫病又威胁着我军。于是，"蚊子专家"又风风火火来到东海之滨，跟传播丝虫病的蚊子摆开了决战的阵势……

蛇医传奇

一代名医——季德胜，度过了 80 个春秋，不幸于 1981 年 10 月 16 日去世。

消息传来，我深深感到内疚。1966 年 4 月，我曾专程到江苏南通采访他，准备为他拍摄电影。老人很热情地接待了我，详细地向我叙述了自己传奇式的一生。南通市委、卫生局、中医院和南通制药厂的许多朋友，也热心地介绍了老人的情况。回到上海以后，当我写好了剧本提纲，一场众所周知的政治风暴开始了，拍摄电影的计划当然化为泡影。如今，老人已经离开人间，无法再用电影胶片来记录他的形象。在这里，我只能用文字记述老人不平凡的经历，算是对这位来自民间的名医的纪念。

季德胜，中等个子，看上去像个普通的农民，略长的脸上留着胡须，双眼格外明亮。当我来到南通陆家井季德胜家里采访时，那里有小院，有宽敞的住房，生活条件相当不错。

"你应当到天生港去，看看我原先住在什么样的地方！"季德胜用浓重的苏北口音，对我说道。

我遵从他的意思，来到南通天生港——位于长江边上的一个小镇。在小镇北面的田野上，找到一座又矮又小、孤零零的土地庙。季德胜说，过去，他的一家就住在土地庙旁的一间草屋里，住了十多年！

季德胜显得有点激动，谈起了自己的经历……

1901 年，季德胜生于江苏宿迁。父亲季明扬以捕蛇、治疗蛇毒为生，贫穷潦倒，人称"季生侉子"。

季德胜 6 岁的时候，宿迁大旱，全家被迫逃难。他的母亲和弟弟季德利死于途中。季德胜和父亲走南闯北，从小就尝够了生活的艰辛。他父亲摆摊卖药，光顾者寥寥无几，没办法，就叫季德胜表演活吞蛇头，招徕顾客。

季德胜入深山，进密林，在父亲的指点下，学习捕蛇的本领。那时候，人们称捕蛇为"玩命"，稍一疏忽，便会丧生。捕蛇者要胆大心细，眼明手快。季德胜成天价跟各种毒蛇打交道，摸熟了它们的脾气。比如，他看到毒蛇两腮鼓起，高昂着蛇头，就知道毒蛇正在发怒，

© 蛇医季德胜（陈达林画）

要暂时避一避；当毒蛇的两腮没有鼓起，安详地躺在地上，他就走过去，先用手轻轻抚摸几下它。当毒蛇正感到"舒服"的时候，季德胜一把擒获了它。

父亲还教季德胜辨认草药，把已经传了五代的治疗蛇毒秘方，悄悄告诉了他。这祖传秘方，是他们的"饭碗"，绝不外传。但是，父亲留下的蛇药处方非常凌乱，有几十种，而且中药味数多，用量大，在治疗过程中很不方便。季德胜决定改革旧方，找出一种稳定、简单、效果好的处方来。为了验证蛇药的性能，他常常用自己的身体做试验。他拿手臂、大腿、舌头，让蝮蛇和竹叶青去咬，再将蛇药内服和外用，一味药、一味药地试验，手上的伤口有一百多处。有一次他用眼镜蛇做试验时，蛇毒发作，昏迷过去，后来一连喝了1000毫升自制的五毒酒，才苏醒过来，但左手大拇指已被眼镜蛇咬断一节，致残了。

唐代著名作家柳宗元曾写过《捕蛇者说》，记述了捕蛇者在那"苛政猛于虎"的年月里难言的辛酸。季德胜和他的父亲，过着比柳宗元笔下的"捕蛇者"还要艰难的生活。在季德胜25岁那年，父亲连吐鲜血，病死于去如东县岔河镇的途中。

从此，季德胜孑然一身，孤苦伶仃。他浪迹江湖，走南闯北，流落到浙江、广东、云南、贵州、福建等南方各省，在海南岛捉过25千克斤重的蟒蛇，金门岛、香港等地也留下过他的足迹。在这些江湖岁月中，他破帽遮颜，衣衫褴褛，捕蛇为生，人们讥笑他是"蛇花子"。40多岁了，他还是光棍一条，上无片瓦，下无立锥之地。为了糊口，他常捕些奇形怪状的蛇，到上海、

广州去卖。

有一年，当他正在苏州玄妙观卖蛇药时，偶然结识了沈根妹。沈根妹也是一个苦命人。共同的命运，把他们的心连在一起。1945 年春，他们在苏州结婚，然后，就流浪到南通，看中天生港那座破旧的土地庙，搭起草屋，住了下来。

一天，一个捕鱼的人被毒蛇咬伤，伤口红肿，渐渐不省人事。人们知道季德胜是卖蛇药的，就请他去治。季德胜在患者伤口四周敷了药，还让患者用酒冲服药饼。很快的，那位捕鱼者脱险了。季德胜见捕鱼者跟自己一样穷困，就分文不收，回土地庙去了。

这下子，人们都说："想不到'蛇花子'有真本事哩！"

渐渐的，四周的乡亲，都知道土地庙里住着个会治蛇咬伤的人。

不久，天生港的一个巡官的儿子被毒蛇咬伤；不得已，只好派人来请"蛇花子"。季德胜对于做官的，摆出另一副面孔，开口以一包半纱为价。那巡官起初不肯，可是儿子病重，没有办法，只得照办。经季德胜一治，巡官的儿子果真死里逃生。

那时候，季德胜虽然穷，但穷得有骨气！

1956 年 3 月，一辆汽车停在土地庙附近。几个"城里人"走下车，朝草屋走去。

季德胜以为城里大约有什么人被蛇咬伤了，特地派车来接他看病。可是完全出乎意料，来者竟是南通市卫生局的领导同志！

原来，当时南通市正在筹建中医院，卫生局领导听说季德胜绝技在身，特地前往茅庐访贤求教。这，季德胜连做梦也没想到。他们热热乎乎地攀谈起来，那么亲切，那么随和。

临走，季德胜拉着他们，说是要到镇上去喝一盅。这是季德胜对贵客的最友好的表示。客人们逊谢了，可是，他们却常常地被季德胜的真挚的情谊所感动。

如果说季德胜是"千里马"的话，那南通市卫生局领导就不愧为"伯乐"。他们善于发现人才，敢于起用人才。

这年 8 月，季德胜正式被聘请为南通市中医院医师。一个在旧社会低人三分的"蛇花子"，如今穿上了白大褂，坐在中医院的诊室里，怎能不使季德胜热泪盈眶？

出于对党的感激，对人民的信任，季德胜决定献出祖传秘方，这件事，又反过来使南通市卫生局的领导激动万分。

季德胜是文盲，斗大的字也不识，他说出来的秘方，只是许多土名。中医院深知这是祖国医学的珍宝，便专门派人帮助季德胜进行整理，反复用实物核对，这才把配方确定下来。根据这配方制成的，就是著名的"季德胜蛇药片"。

自从季德胜在南通中医院担任医师以后，名声大震，各地来函索药者数以百计。本来"季德胜蛇药片"是靠手工捏成的，供不应求。1957年8月，南通制药厂建立了，开始用机器大量生产"季德胜蛇药片"。

很快地，"季德胜蛇药片"畅销全国，屡试屡灵，获得很高的声誉。紧接着，东南亚各国纷纷订购此药，被誉为"最佳蛇药片"、"家庭必备良药"。不久，又出口到欧洲、非洲、美洲等13个国家，饮誉世界。

季德胜被聘为医学科学院特约研究员，被选为省政协常委、全国医药卫生经验交流大会主席团成员。他，受到周总理的亲切接见。

如今，在飞行员、地质队员、战士、渔民身边，都常常带着"季德胜蛇药片"。据统计，印度每年被毒蛇咬伤的人达21000多人，美国为22000多人，巴西为25000多人。"季德胜蛇药片"大量生产，把许多被毒蛇咬伤的人从死神手中夺了回来。

从国内外寄给季德胜的感谢信，足足有一箩筐！这些热情洋溢的信，是"季德胜蛇药片"最好的"说明书"。

季德胜虽然离开了人世，但是，"季德胜蛇药片"将永存人间。

"季德胜蛇药"，是中华民族千万朵智慧之花中的一朵。十亿神州，人才济济。只要我们善于识别人才，发现人才，一定可以从民间找到更多的"季德胜"，使我们的事业更加兴旺发达。

"千手观音" 陈中伟

在绣花厂里，女工们的手飞针走线，像在花丛中飞舞着的一只只蝴蝶……

在音乐会上，钢琴演奏者的手指，像急骤的雨点般敲打着琴键，而琵琶演奏者那只拨弦的手，由于动作太快，在水银灯下看上去成了一团白色的虚影……

在体操表演时，一个运动员擎起另一个运动员，那只手是何等健壮有力……

邮递员用手飞快地分信……

纺织女工用手在一眨眼间打好断纱的一个结头……

玉雕工人用手巧夺天工地雕出精美的玉石花篮……

战士用黑布蒙着眼睛，用手迅速地把拆散的零件装成一挺机关枪……

击剑运动员用手挥舞着银闪闪的利剑，刺向对手……

手，是多么的重要！如果没有手，那将给一个人带来多大的痛苦和损失！

1963年1月2日，一个工人被送到上海第六人民医院急诊室。他的右手在腕关节以上3厘米的地方被冲床完全切断了。按照惯例，医生对于这种外伤病人，只能把伤口包扎起来，手断了也只好断了，无法挽回。

然而，34岁的外科医生陈中伟却和其他几位医生共同合作，在世界上第一次创造了断手再植的奇迹！一年后，这个工人的右手恢复正常。

1983年，我采访了这位创造人间奇迹的陈中伟大夫——

1929年陈中伟出生于浙江宁波。他的家庭，可以说是一个"医学之家"：父亲是县医院院长，母亲是药剂师；他的姐姐、姐夫、太太、岳父、岳母以至女儿，也全都是医生！

陈中伟小时候，常常好奇地从父母那里接过显微镜观看，他开始明白什么叫细胞，什么是红细胞。本来，他以为脓那么脏，一定是病菌，后来从父亲那里知道，脓是白细胞与细菌打仗牺牲后的"尸体"。

◎陈中伟院士

陈中伟学着父亲的样子，拿着解剖刀，解剖青蛙之类的小动物。他甚至不放过家中宰鸡剖鱼的机会，借机解剖动物、了解动物构造。

不久，陈中伟考上了宁波第一流的中学——效实中学。著名生物学家、中国科学院院士童第周也毕业于这所学校。

在中学时，陈中伟很喜欢体育运动，是学校的篮球队员、羽毛球选手。高中一年级时，曾获浙江省羽毛球双打冠军，单打亚军。在铁饼、标枪比赛中，他获宁波市第一名和第二名。

陈中伟从小把学问当作"桑叶"，认为只有不断吃进"桑叶"，将来才能"吐丝结茧"。在中学时代，陈中伟的生物课成绩，一直在90分之上。他也很喜欢英语。

中学毕业后，陈中伟考入上海第二医学院医疗系。在大学里，他特别注意学好解剖学。他认为，侦察员要对地图了如指掌，对于外科医生来说，解剖图就是地图。他亲自动手解剖了十几具人体，从此脑中有了一张立体的解剖图，为医学工作打下了坚实的基础。

1954年秋天，陈中伟毕业于上海第二医学院，开始在第六人民医院担任骨科医生。

1963年，他创造了断手再植的奇迹之后，在8月7日晚上，受到周恩来总理的亲切接见。周恩来总理伸出手，紧握陈中伟那双灵巧的手。

周恩来总理鼓励他，要再接再厉！

要再接再厉！陈中伟和他的同事们，不断创造新的奇迹——断指再植、断管再植、拇指再造、带血管游离腓骨移植……

要再接再厉！陈中伟和他的同事们，手把着手，把断手再植技术教给外国友人，使这朵奇异的花开遍全球。

笔者在陈中伟教授家中采访，据他的夫人告知，陈中伟常在家中飞针走线，用他那双手巧妙地缝制衣服，做得比他夫人还好。陈中伟还用他那双手

科技群英

87

◎ 陈中伟院士在进行学术交流

切肉剖鱼，也十分在行。因为他连在做家务的时候，也始终没有忘记——把手锻炼得更加灵活，以便能做好手术。

在动手术的时候，陈中伟的心比绣花女工还细，手比绣花女工还巧。如今，他采用新技术进行断手再植，这新技术叫"显微外科"——手术在显微镜下进行。因为手的小血管非常细小，只有在显微镜下才能清楚、准确地进行手术。由于采用了显微外科新技术，现在，断指再植的成功率从原来的50%，提高到90%！

人们常用"明察秋毫"来形容精细，显微外科手术无愧为"明察秋毫"的手术。陈中伟所用的针、线，只有头发的1/3那么细，一掉在地上就找不到了！那针往布上一插，针尖也会碰断！

为了使双手能够在显微镜下进行如此精细的手术，陈中伟不论在挥汗如雨的炎夏，还是在寒风刺骨的严冬，每天坚持用大白鼠做试验，缝合那纤细如丝的小血管。练着，练着，手越练越灵活，越练越细巧。

医学界有句行话："一个好的外科医生，要具有狮子般的心、鹰般的眼睛和女人般的手。""狮子般的心"是指敢于下手开刀，"鹰般的眼睛"是指目光敏锐，"女人般的手"指手非常细巧。陈中伟正是从无数次手术和试验中，才磨炼出这三项。

美国科学作家赫纳汉在为美国《科学年鉴》撰写的《显微手术》一文中，

高度评价了陈中伟的成就：

"毫无疑问，断指、断肢再植成功病例最多的还是在中国大陆。中国的显微外科医生在 1964 年首次成功地再植了断指。最早在一只手上再植上四个断指的也是他们……最近访问过中国的原美国医学学会主席托德说：'他们（指那些中国外科医生）的本领比我们在美国见到的高超得多。'"

"他们的技巧之所以精湛，其原因之一可能是由于中国人在全国各地建立了一些显微外科中心，每个中心都为千百万人服务。世界上最大的这样一个中心就是上海第六人民医院。在那里，中国最早的显微外科医生之一的陈中伟，从 1966 年以来，再植了 300 多个手指。"

在中国古代神话中，有一位"千手观音"。如今，陈中伟成了真正的"千手观音"。

不过，神话中的"千手观音"，她的一千只手长在她自己身上；而陈中伟却是用自己的双手，使成百上千人的手失而复得！

为陈中伟院士扼腕而叹

2004年3月23日傍晚，当我打开《新民晚报》，第一版上《陈中伟院士今坠楼身亡》这十个黑体字，使我深深地震惊！记得，不久前为了庆贺《文汇报》记者倪平先生康复，那天我和陈中伟院士都参加了在文新大楼的小聚，一起聊天、拍照，恍如昨日。

我与"断手再植之父"陈中伟院士相识，是在20年前为了采写关于他的报告文学《千手观音》。那时候在他家中，他一本正经地谈，我一个劲儿地记。我所认识的，只是一个表情严肃的外科医生。

很偶然，1984年12月，我在北京出席会议，他和我都是代表，在报到时相遇，他说："我们一起住吧！"于是，我和他住在一个房间。几天朝夕相处，我发觉，我心中的陈中伟形象变了，变得幽默风趣、有血有肉。

清早，他那只放在床头柜上的电子表发出嘟嘟声，他就起床了。大冷天，他只穿着三角裤衩、背心，在屋里做起体操来。他的体操，似乎是自己"创作"的：先活动活动头颈，然后伸伸臂，弯弯腰，下蹲，起身，踢腿……做罢，这才戴上电子表，穿上外衣。

他很注意仪表。他每次穿好衣服，便从衣袋里掏出一把梳子，把头发往后梳得整整齐齐，一丝不乱。然后，用电动剃须刀把脸刮得干干净净。他穿中山装，领扣也总是扣得整整齐齐。接着，他开始整理床铺，床单拉得平平，没有一点折纹。

他身材颀长，动作敏捷。好几次，我们同入餐厅，可是等我回到房间，他早已坐在那里看书了。他很会利用时间。会议休息时，我常看见他回到房间伏案写作。一问，才知道他在用英文写作一篇论文，总结他的最新研究成果。他讲英语很流利。在国外，他用英语作过多次学术报告，人们对这位

⊙ 叶永烈夫妇与"断手再植之父"陈中伟夫妇在上海（2002 年 9 月 24 日）

来自中华人民共和国的医学专家给予很高的评价，称他为"断手再植的奠基人"。他送给我一大本显微外科专著。他说从小就把学问当作"桑叶"，认为只有不断吃进"桑叶"，才能"吐丝结茧"。他的这本厚厚的专著就是"茧"。

闲暇的时候，他爱聊天，非常健谈，常常边说边笑，眯起了眼角。我问他在西方访问了那么多国家，有什么感受。他用一句英语，非常精辟地形容资本主义世界："No money no told."（"没有钱就免开尊口"）在那里，同行们常常问起，在中国做一次手术，医生有多少报酬？他们说，陈中伟如果在西方的话，早已成了"千万富翁"——因为那里手术费昂贵，尤其是名医，收入相当可观。陈中伟却坦然一笑："我是新中国培养的医生，我的成功是属于我的祖国的。"

他喜欢文学，爱看电影、电视。有时，他已经上床，就躺在那里看电视。看罢，跟我说长道短，评论一番。

他精力充沛。他说，做断指、断肢再植手术，往往一口气要干五六个小时，没有健康的身体是无法胜任的。他身高一米八十，上中学时曾获浙江省羽毛球双打冠军、单打亚军，还曾获宁波市铁饼第一名、标枪第二名。他是学校排球队主力队员，游泳也很不错。

他也非常细心。他做手术所用的针、线，只有头发的 1/3 那么细，一掉在地上就找不到了！那针往布上一插，针尖也会碰断！在家里，他飞针走线，用他那双手巧妙地缝制衣服，还用他那双手切肉剖鱼。他连在做家务的时候，也始终没有忘记——把手锻炼得更加灵活，以便能做好手术。在动手术的时候，他的心比绣花女工还细，手比绣花女工还巧。因为手的血管非常细小，只有在显微镜下才能清楚、准确地进行手术。

聊起音乐，他颇在行。他自幼会拉小提琴，在工作之余喜欢奏一曲。

他非常随和，跟谁都合得来。找他的人挺多。熟悉他的人，总是称他"陈医生"，他笑盈盈地答着。只有十分陌生的人，才称呼他"陈教授"、"陈院士"，他反而显得拘束起来。

那时，他刚从美国回来。会议还没结束，上海来了电报，他匆匆离京。他告诉我，回上海办完急事，还要赶往别的地方。一年之中，他的工作节奏总是那样的紧张……

万万没有想到，这位"千手观音"由于一时的疏忽遭到如此不幸，不仅是中国医学的重大损失，也是世界医学的重大损失。我深为陈中伟院士扼腕而叹！

运动员派头的汤佩松院士

北京的初夏,不算太热。上午 8 点,我来到了中国科学院植物研究所。我注意到,那里进进出出的人,差不多都穿着长袖衬衫、长裤。然而,当我走进所长办公室,对一位女秘书说明要求访问汤老时,从身后传来十分洪亮的声音:"找我?"

我回头一看,只见一个头发花白、前额宽广的老人,从摊满手稿的办公桌旁站了起来。他穿着短袖衬衫、西装短裤、身体壮实,一副运动员的派头。哦,他就是中国科学院植物研究所所长、中国植物学会理事长、中国科学院院士、著名植物生理学家汤佩松。

我记得,在前一天曾打电话给汤老,约定采访时间。他说,上班时间,我都在所里。果真,一大早,他就已经坐在办公室里了。这位年近八旬的老人,精力充沛,像年轻人一样上班、下班。

汤老爽朗地笑着,跟我握手,手很有力,采访的话题,就从他为什么年老而体不衰谈起。

汤老很风趣地告诉我,他生于 1903 年 11 月 12 日,嘿,孙中山的生日也是 11 月 12 日,他为自己的生日跟"大总统"相同而感到荣幸。他由于学业优秀,小学毕业后就考入当时的清华留美预备学校,高士其是他的同班同学。他于 1931 年在美国约翰·霍普金斯大学获博士学位。

汤佩松年轻时爱学习,也很爱体育运

⑤ 汤佩松

动。他颇为得意地说：在清华读书时，马约翰教授称我是他的"高足"。马约翰是中国体育界的老前辈，当时是他的体育教师。在马约翰的悉心指导下，汤佩松成为清华足球队的主力，而且还是清华网球队、棒球队、田径队、游泳队的主力。

汤佩松是一个富有幽默感的老人，他一边哈哈大笑，一边回忆起令人捧腹的往事：

"那时候，我还爱好一种特殊的'体育运动'——爬树。我爬树爬得很快。

"有一年，清华园里在盖大礼堂，搭起高高的脚手架。我和高士其从旁边经过时，心里痒痒的，想爬上去看看。那时候高士其还未得病，身体健壮，也是个爬树能手。我们俩爬上了脚手架，来到了屋顶旁边。那屋顶表面镶着黄铜，闪耀着金色的光芒。我想看个究竟，就爬了上去。谁知上得去，下不来，因为屋顶表面光滑，下来很困难，我急得哭起来了。

"高士其比我'老实'，他没有上屋顶，就在脚手架上大喊大叫。

"这样一来，惊动了老师和同学，好多人站在下面看热闹。后来，一位建筑工人爬上脚手架，拆下一根毛竹，把毛竹的一头递给我，我扶着毛竹，这才下了屋顶。

"'屋顶事件'轰动了清华园，我成了那里的'名人'！"

汤佩松说罢，又朗朗大笑起来。

是呵，爱好体育，为人乐观，是汤佩松年老而体不衰的"秘密"。壮实的身体，使他有了充沛的精力，长时间从事科学研究，发表了200多篇（部）论著，作出了重大贡献。如今，这位年近八旬的老人，每天的工作时间甚至比小伙子还长。他经常出国访问，1981年8月21日，他去澳大利亚出席第十三届国际植物学大会，作了题为《中国植物学现状》的学术报告，大厅里座无虚席，连台阶上都坐满听众。

汤佩松认为，生物学不是"死物学"，学习科学不能死读书，一定要注意锻炼身体。没有健康的身体，是无法登上科学高峰的。

是呵，在学习上，"少小不努力，老大徒悲伤"，其实，从小不锻炼好身体，也会"老大徒悲伤"的。特别是在今天，青少年们在学习上都很努力，更应注意加强体育锻炼。

亲爱的读者，愿你在紧张的学习、工作之余，像汤老当年那样，踢足球去，长跑去，游泳去！

顾功叙从村童到院士

1984年12月，中国科协二届三次全委会在京召开。一天中午，我去拜访出席会议的地球物理学家、中国科学院学部委员顾功叙教授。本想约一下采访时间，没想到，他说自己中午不休息，马上就谈吧，下午还有别的工作。他已近八旬高龄，工作日程竟排得这么满。

他个子矮胖，满头飞霜，眼角有很深的鱼尾纹。他沉思了一会儿，用浓重的浙江口音对我说："我本是浙江农村的一个孩子，能够成为一个学部委员，道路是曲折坎坷的……"

他回首往事。他有着很好的记忆力，十分清楚地叙述着他的经历。

他，别名奎生，1908年7月5日（阴历五月二十七）生于浙江嘉善洪溪，父亲是小学教员（后来当校长）。他两岁的时候，母亲便病故。父亲每月薪金8块大洋，有时学校还发不出薪水，他生活艰难。

顾功叙小学即将毕业时，父亲已替他说好在嘉兴一家绸缎商店当学徒，以减轻家中的负担。

没想到，他的一位表弟顶替了他进店学徒。这样，父亲只得请顾功叙的姑父、姑母给予资助，让他到嘉兴上秀州中学。

1926年，顾功叙中学毕业，考入上海大同大学理科。他的姑父、姑母的经济力量也有限，凑了点钱，送他启程。

大同大学四年制。为了尽早毕业，早

◎ 顾功叙

日独立谋生，他寒暑假不回家，留校学习，终于提前一年毕业。

他面临着"毕业即失业"。很巧，由于他父亲的一个朋友在浙江大学物理系当系主任，他总算到那里当上助教。

1933年夏，他考取清华大学留美预备生。1934年秋赴美，入科罗拉多州矿业学院学习地球物理勘探，1936年，获硕士学位，转入加州理工学院，成为地球物理专业研究生。1938年他学成回国，经香港、越南到达昆明，在当时迁往那里的"北平研究院物理研究所"担任研究员，所长为严济慈教授。同年9月，他与在大同大学求学时的同学王素明结婚。

在昆明工作了9年，1947年，他随"北平研究院物理研究所"迁到北平，并在北京大学、辅仁大学等处兼课。

新中国成立后，他担任中国科学院地球物理研究所研究员、副所长（赵九章为所长），兼任中国地质工作计划委员会矿产地质勘探局物理探矿处处长、地质部物探局副局长、总工程师。他的足迹遍及全国各地，每年大半时间在野外探矿中度过。他参加了勘探大庆油田的工作。

1966年邢台发生地震，周恩来总理指示，要重视地震研究，顾功叙立即转入地震研究工作。

1974年，顾功叙多次率领地震考察团，前往美国、加拿大、法国、英国、澳大利亚考察，进行学术交流。1978年1月起，任国家地震局地球物理研究所副所长。

顾功叙为开创中国的地球物理研究事业作出了贡献，现为TUGG中国委员会主席、中国地球物理学会理事长、中国地震学会理事长、中国石油勘探地球物理学会名誉理事长、国家地震局地球物理研究所名誉所长、《地震学报》主编。他还被选为历届全国人大代表。

顾功叙领导、组织了全国金属、煤、石油的地球物理探矿普查，发表了多篇学术论文。目前，正在总结毕生的经验，写作50万字的《地球物理勘探基础》和20万字的《地震预报》两书，另外，还在写回忆录。他是我国地球物理界德高望重的老前辈。

在搜寻彭加木的日子里

　　1980 年 6 月 17 日，著名科学家彭加木在新疆罗布泊地区考察时不幸失踪。消息传来，我匆忙飞往乌鲁木齐，在那里只住了一夜，立即换乘越野车及直升机，深入到罗布泊地区，参加搜寻工作。

　　到了那里，我显得非常狼狈：脚上只穿一双塑料凉鞋，连草帽、水壶、墨镜都没有带去，而沙漠中最高地带温度达 60℃ 左右，气温高达 50℃ 左右，暑热逼人。我只得临时借了这几样"宝贝"，总算将就对付着。

　　库木库都克是一片荒无人烟的地方，我们在沙漠里搭起了帐篷。由于中午太热，我们一般在上午 12 点以前或下午 4 点以后（在新疆，12 点相当于内地 10 点，4 点相当于内地下午 2 点）出发搜寻。有一次，我们在疏勒河故道里找到一行单行的脚印，高兴极了。为了避免这行脚印与搜寻者的脚印混淆，我临时想出了一条"妙计"：我的腰间，挂着一袋饼干。我便在每一只脚印中放一块小饼干，以资区别。可惜，找到 200 来米时，地面变硬了，脚印消失了，无法继续追踪。

　　经过一个多月，我们分 3 批进行搜寻，仍未找到彭加木的下落。这一状况，引起了全国人民的关切。

　　彭加木究竟在哪里？

　　会被野兽伤害了吗？那一带只有骆驼、黄羊、野兔，都不会伤人。在

◎ 彭加木

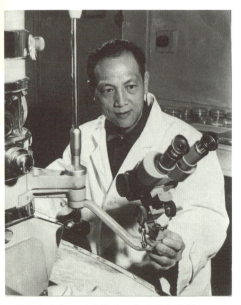

◎ 彭加木在电子显微镜前工作（臧志成摄）

敦煌一带，搜索队曾发现地上有白色的枣子般大小的粪——狼粪，但那里离库木库都克远着呢！

会陷入沼泽地吗？在库木库都克一带，干旱缺水，就连偌大的罗布泊也全部干涸，结成坚硬的盐壳，我们的直升机曾在湖中心降落，根本不可能陷入。何况，彭加木同志是一位富有野外工作经验的科学家，他曾对新的考察队员说过："如果你陷入沼泽，切莫乱挣扎，越挣扎陷得越深。你应当马上卧倒，然后用游泳的姿势游出来！"

会被风沙埋掉吗？如果在沙漠里，是可能被风沙埋起来的。因为那里常刮大风，飞沙走石。

据 1960 年到 1970 年这 10 年间平均统计，罗布泊地区每年风速大于 10 米每秒（即 5 ~ 6 级）的刮风时间为 150 天，风速大于 14 米每秒（7 ~ 8 级）的刮风时间为 80 天，而最大风速则可达 30 米每秒（10 级）以上。如果彭加木同志倒在沙漠中，可能会被沙埋起来。不过，他在 6 月 17 日上午 10 点 30 分离开时，曾留下字样，明确写着"我往东北去找水井"。当时他们水不够了，用电报向新疆驻军告急，部队答应迅速派直升机运水，彭加木担心用飞机运水代价太大，试着到附近找水井——地图上标明疏勒河故道一带有水井。这样，他只会在疏勒河故道找水井，不大可能跑到沙漠中去。

会被坏人劫持或暗害吗？当然并不完全排斥这种可能。不过，那里荒无人烟。我曾坐着直升机在那一带上空盘旋，茫茫大地不见人迹。何况那里非常干旱，人要在那一带生活，必须携带充足的水。

那么，彭加木的命运究竟如何？

他，是在 5 月 3 日离开乌鲁木齐的，经过一个多月的长途跋涉，已经异常劳累。在失踪前，因接连遇上夜里刮大风，他已经 5 天没睡好觉，每夜只睡 3 ~ 4 小时。在失踪前一夜，他为了给队员们煮骆驼肉，一直工作到凌晨 2 点多！他是那么劳累，又是在骄阳似火的时候外出找水，很可能在半途中暑、昏倒。他随身只带一壶水，只能维持半天，充其量维持一天。

如果他牺牲了，为什么没有找到他的尸体？

就我现场所见，疏勒河故道地形非常复杂。那里沙丘起伏，星罗棋布。在搜寻时，每遇上一个沙丘，必须绕一圈，不然的话，看不见背面的情况。疏勒河故道最宽处有二三十千米，最窄处也有六七千米。搜索队员只有几十个人，怎能找遍如此宽广的故道？

我也曾坐直升机参加搜寻。飞机离地近，可以看清地面，但是可见范围小；飞得高，搜索面积大了，但不易看清地面。另外，动的东西易被发现，不动的东西不易察觉。我在飞机上曾亲眼看见奔跑的野兔，但是当野兔一停下来，便看不见了！

在那一带，曾发生过多起失踪案件，有的被救，有的找到尸体，有的下落不明。例如：

1979年，云南某地质队28人因汽车故障，在半途遇险，水喝光了，濒于死亡，不得不以小便止渴。3天后，驻军闻讯，出动直升机。尽管大卡车目标很大，但是飞机找了好久，在返航时才找到，28人全部生还。

几年前，某地质队3人坐汽车经过这里。汽车水箱漏水，他们不知，以为水箱中水不够，便把水壶中的水都倒入水箱，水全部漏光，3人渴死。空军7天后闻讯赶来，因有汽车，目标大，找到3人尸体，从遗书中得知遇难经过。

驻军某团一位战士与一位班长同去打柴。那里的红柳根较多，可做柴禾。回来时，战士在前，班长在后。走了一段时间，战士回头，不见班长。回去

◎1980年7月叶永烈（左四）在罗布泊搜寻彭加木

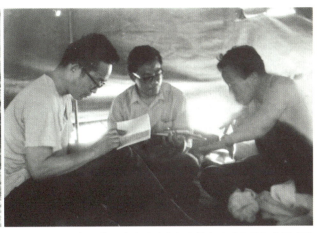

◎1980年7月，叶永烈（中）在罗布泊采访彭加木同事夏训城（李广宽摄）

叶永烈长篇纪实文学

追寻彭加木

叶永烈 著

作家出版社

◎叶永烈著《追寻彭加木》由作家出版社出版

报告后，出动一个连，未找到，出动直升机，也未找到。

又有某部一战士独自外出，失踪。出动部队搜寻，未找到，用飞机搜寻3～4架次，也未见踪影。

彭加木为了找水井，为了节省国家的开支，为了边疆的科学事业，失踪了。人民在关怀着他，在继续搜寻着他。

他的失踪，不由得使我记起一段往事：1958年，当他奇迹般战胜了癌症——"胸腔纵隔部恶性肿瘤"，大病初愈，立即打报告支援边疆工作。他来到新疆，咬着牙齿，克服病痛，坚持工作。7月19日，这位当时只有33岁的年轻的中国共产党党员，在写给上海生物化学研究所党支部的信中，有这么一段话——

"……我在离沪时已下了最大的决心，一定要把工作搞起来，并准备让我的骨头使新疆的土壤多添一点有机质！"

在一次闲谈中，他还曾对自己的女儿说过：

"我患过癌症，我又战胜了癌症，成为医学史上的特例。我死了之后，请把我的遗体献给医院解剖，以对医学科学作出我的最后一点贡献！"

1980年5月初，当他率队奔赴罗布泊地区前夕，在与一位朋友告别时，这么说过：

"我要走了，实验室工作你自己搞吧。我这次去考察，那里是艰苦的，是骆驼也要渴死的地方！"

彭加木是经历过多次死的考验的人，不论在癌症面前，还是在牛棚隔离审查室里，他都没有向死神屈服过。他常笑着说："我早就可能死了。我现在的时间，是'捡'来的！"

他，是一个视死如归的人；他，是一个勇往直前的人。他的献身精神，将鼓励着千千万万向科学进军的战士。

相约名人·科技与科普专辑

科普之星

Kepu Zhixing

追寻高士其的足迹

人生的道路，是一步一个脚印走过来的。因此，在给一个人写传记时，就需要沿着他的历史足迹，追溯往事。1978年我在为孩子们写作长篇传记《高士其爷爷》一书（少年儿童出版社1979年出版）时，便沿着高士其走过的道路追索了一番……

高士其，孩子们最初称他"高叔叔"，后来叫"高伯伯"，后来喊"高爷爷"。高士其则自称为孩子们的"老朋友"。在他家里，光是孩子们送给他的最珍贵的礼物——红领巾，便达几千条之多！

高士其终生从事科普创作，用科学的乳汁哺育了千千万万的青少年。

高士其是福州人。他的父亲高赞鼎先生是一位诗人，出版过《斐君轩诗钞》一书，收录了他写的200多首诗，其中大都是五言诗。高士其曾留学美国，初学化学，后攻细菌学。23岁时，在实验时不慎，病毒传入他的身体，他患上了甲型脑炎，后来，留下严重的后遗症，逐渐病重，以致全身瘫痪。现在，他已白发苍苍，连胡子都是银白色的。他的脚不能走路，要靠人扶着走或背着，外出时坐上特制的手推车。他的舌头像木头一样僵硬，牙齿不能咀嚼食物，平时吃些煮得稀烂的食物，靠人用筷子拨进食道。他无法清楚地发音，只能"嗯嗯喔喔"地说话，只有他的爱人、秘书才能听懂，所以高士其戏称自己的话是"高语"。他的手指僵直地并拢在一起，仿佛一

◎中年高士其

102

◎1979年叶永烈采访高士其（张崇基摄）　　◎叶永烈与高士其

直抓着一撮盐似的。手发抖，不能写字，他写作全靠口述，由秘书忠实地一字一字笔录。偶尔遇上人名或专用名词，秘书听不懂，高士其只好用发抖的手吃力地握着 6B 软铅笔，写出歪歪扭扭的字，几乎只有秘书才能看懂，所以高士其戏称自己的字是"天书"。

高士其跟病魔搏斗了 50 多年，顽强地坚持写作。他的眼睛颇好，上了年纪看书不用戴老花眼镜。他的左耳听力尚不错，能听清楚别人的话。高士其虽然瘫痪，但颇风趣、幽默，笑称自己是一架"收报机"，而发报机则差不多坏了。

我很想请高士其自述往事，以便获得第一手材料。可是，虽然我们曾长时间地交谈，似乎工作效率甚低，常常整整一个上午只谈了几件事。于是，他就不断向我提供线索，要我去采访了解他的历史的亲属或老朋友。谁知就连这样的工作也十分吃力。有一次，他要我去采访一个人，连说了十几遍，才听出来是叫"侯乌潭"，是上海第二军医大学校长。我到这个学校一问，根本没有这样的人。立即写信去问高士其，高士其又跟秘书讲了好久，甚至不得不抖抖索索握笔写字，才弄明白叫"何武坦"。我又去打听，方知原来是现任校长向进同志，曾名何武坦。向进同志在延安时，曾住在高士其隔壁的一个窑洞，了解不少情况。高士其知道我终于找到了何武坦，滞板的脸上露出了一点笑意。他笑称我的采访工作是"外调"。

我最担心的是《高士其爷爷》中的"童年"和"求学"两章，讲的是几十年前的事儿了，很难"外调"清楚。很庆幸的是，高士其的生母——何咏阁老太太当时还健在，96 岁高龄了。

我专程来到福州，采访何咏阁老太太。我沿着一条小巷，来到一座古老

◎ 1978年叶永烈在福州采访高士其的九旬母亲 ◎《高士其爷爷》出版了，右为高士其之子高志其（1980年3月于北京）

的大院。这房子共有7间，据说建于明朝末年。我到那里已是中午一点半，只见走廊上放着一张躺椅。一位头发稀疏的老人，正在熟睡之中，发出轻微的鼾声。我向厢房里的一位中年妇女打听"何咏阁老太太住在哪里"，那在躺椅上熟睡的老人居然立即欠起身来。

这时，我才知道，原来她就是何老太太！她竟站起来给我端凳子，甚至拿着热水瓶给我倒水，那利索的动作使我非常吃惊。老人身体很好，满口真牙，居然还能咬得动螃蟹。我很担心听不懂福州话，而老人居然用普通话跟我交谈。她边讲边笑，沉醉在回忆之中。她一口气向我讲了高士其小时候许多有趣的故事。她笑着告诉我：她常教高士其写毛笔字。一天，高士其写了好多，她说写得不好。第二天，高士其仔仔细细又写了好多，她仍说写得不好。第三天，高士其照着字帖认认真真写，她还说写得不好。高士其沉不住气了，问她哪儿写得不好。这时，她一一指出，哪几笔写得不好。这下子，高士其服了，从此写字更加认真。其实，她也知道高士其每天都在进步，只是不肯轻易表扬他，她以为只有"严律"方能出"高徒"。

直到这时，我才知道何老太太写得一手好字。在我到福州前，曾收到一封用毛笔写的信，字字苍劲有力，我以为大约是别人给何老太太代笔的，谁知竟是她的亲笔！她一边说，一边写字给我看。那么大的岁数，不戴老花眼镜。如今，她是福州市政协代表、妇女代表，不久前还去参加会议呢。我说她一定能活到100岁，她听了很不高兴："活到100岁？那我只能活4年？我要活到150岁！"说完，哈哈大笑起来。

在福州，高士其的挚友马宁，热情地领着我到各家采访。马宁也70多岁了，是位老作家，曾写过《铁恋》、《椰风胶雨》等8部长篇小说，担任福建省文联主任。我劝他只要告诉我怎么走就行了，不必亲自当向导。他笑笑说："老马识途哪！"谈起高士其来，马宁兴致勃勃地说："我们俩互为'救命恩人'。在八年抗战时，高士其有一次遭偷，窃贼不仅把财物全部卷走，而且把门反锁起来。高士其躺在床上不能动弹，差点饿死。幸亏那天我去看望他，才发现他处于险境之中，救了他。至于他救我的命，那是在'文化大革命'中，我在福州被揪斗，就溜到北京高士其家里躲起来，哈哈，谁也不知道！"马宁是那么爽朗、健谈，仿佛是个小伙子似的。

为了写好《求学》一章，我遍访高士其当年的同班同学。这些同学都年逾古稀，有的是教授，有的是系主任。当我去访问中国科学院植物研究所所长汤佩松时，他虽皓首银发，但仍健步如飞，每天照常上班。他的头一句话便说："我深为自己是高士其的同学而感到荣幸，他是一个坚强的人！"汤老娓娓动听地讲述起往事，笑声不绝……在"五四"运动时，他俩一起拿了点国产的牙膏、牙刷到城里去卖，算是提倡国货，抵制日货。想不到一个商人指着他俩的阴丹士林蓝长衫说，你们身上穿的也是日货呀！他俩气坏了，从此发誓不穿那"日货"……

汤老还顺便讲了一件小事，给我留下很深的印象：那是新中国成立之初，汤老从上海调到北京工作，行李托运多日，竟找不到，心急如火。正在这时，高士其却托人打电话来，说是在某处看到汤佩松的行李。原来，高士其是一次坐车外出，无意中看到一堆行李，上写"汤佩松"三字，立即请人查问汤佩松的电话，告知此事。汤佩松非常钦佩，一个连生活都无法自理的瘫痪病人，竟会如此热心助人！

为了弄清楚高士其在20世纪30年代，怎样在陶行知、李公朴、艾思奇的影响下，开始写作科学小品，我走访了人民教育出版社社长戴伯韬。我刚一坐下来，便问起他的名字究竟是"戴白桃"还是"戴伯韬"。老人笑了，告诉我一件趣事：在20世纪30年代，他曾用过笔名"戴白桃"。有一次，他接到通知，去开一个会。一到那里，发现全是妇女，才知人家误以为"白桃"是女名，把他也请来了！从此，他再也不用"白桃"这笔名了。戴伯韬也是高士其的多年至友，在他所著《陶行知的生平及其学说》一书中，专门有一节是写高士其与陶行知之间的友谊。当高士其刚从美国归来时，口角常常流口水，头颈发硬，头不能自如转动，讲话吃力，人们都说高士其患传染病，远而避之。唯戴伯韬不怕，与高士其住在一起，照

◎ 高士其八十大寿，左起：方毅、高士其夫人、康克清、周培源（1985年）

料他的起居。有一次，天黑了，仍不见高士其回来，戴伯韬焦急万分。直到快10点钟，高士其坐了一辆人力车回来了，兴冲冲地告诉戴伯韬，原来他今天在城里买了一大堆书，回来晚了。当夜，他们聚精会神地看起新买的书，把睡觉都忘了。

　　高士其是在革命最艰苦的岁月里奔赴延安的，受到毛泽东、周恩来的亲切接见。1938年底，高士其光荣地加入中国共产党。高士其的入党介绍人之一是邹文宣——邹韬奋的弟弟。可惜，他已被林彪、"四人帮"迫害致死。为了弄清楚高士其入党的经过，我访问了北京建筑学院党委副书记张若萍，他是高士其在延安时的老战友。张若萍不仅回忆起高士其入党时，在党小组会上那感人的发言，而且回忆起许多高士其在延安的事迹：高士其因病住在延安中央干部疗养所，张若萍当时是所长。疗养所里要挂一条标语，写什么好呢？高士其提议，写"这里是病人的战场！"高士其把养病当作战斗任务，傅连暲称赞他是"不倒的病号"。尽管高士其当时病倒了，吃饭要别人喂，可是，他尽可能少麻烦别人。比如，上厕所，他怕又臭又脏，从不叫别人陪，总是自己挣扎着去。然而，他写文章，却不怕麻烦别人。有一次想到一句好诗，半夜里叫醒张若萍，请他代为记下，补充进去。第二天，高士其连连向张若萍表示歉意，张若萍说："没关系。鲁迅不是说过，文章写好以后，至少要改三遍吗？"说得高士其呵呵大笑。

高士其的一生，确实感人肺腑。我采访了几十位高士其的亲友，差不多都是六七十岁的老人，也有的已八九十岁了，有的甚至在病床上接见了我，讲一句，停一会儿，再讲一句。

老人们都非常热情，很关心这本书的创作。原教育部副部长董纯才是高士其的多年老朋友，意味深长地对我说："你一定要写好党和高士其之间的关系——没有党，就没有高士其；而高士其无限忠于党，把自己的一切献给了党。"这话，也可以说是对高士其战斗的一生的高度概括。

当我沿着高士其的足迹，完成了"外调"任务，写出了《高士其爷爷》初稿，又一件意想不到的事情发生了：这位可敬的老人因病住院了。然而，他竟在病床上审看了这部厚厚的手稿，他无法翻稿子，每看完一页，就哼哼起来，他的爱人金爱娣同志立即帮他翻过去。高士其花了一个多月时间，全部审看了书稿，细细帮助修改。他的记忆力十分惊人，就连我把他小学时同坐在一条板凳上的小朋友"陈龙田"错写成"陈农田"，也给他看出来而加以改正。

当我拿到那本经过高士其精心订正后的稿子，心里久久不能平静：他的意志，的确是用钢铸成的！

高士其最后的日子

耗尽了生命的最后一滴油，他走了。

那是 1988 年 12 月 19 日清晨 6 时 30 分，在北京医院高干病房底楼，他那跳跃了 83 个春秋的心脏一动也不动了。稀疏的白发，长长的眉毛，双目紧闭，他看上去如同安详地熟睡一般，睡得那么深沉。

他的遗体被安放在小车上，沿着长长的地下甬道，缓缓地推向太平间。他的夫人正身罹重病，泪珠盈眶，蹒跚地跟在车后，送他前往人生的终点站……从太平间里出来，夫人没有回家，久久地独坐在那人去屋空的病房里，回味着他最后的难忘的岁月。

他，高士其，曾经深刻地影响了一代又一代青少年。他是全国 3 亿少年儿童公认的"爷爷"。自从 1928 年，23 岁的他在美国攻读微生物学时，不幸因实验不慎染上甲型脑炎，留下严重后遗症。从此，他"被损害人类健康的魔鬼囚禁在椅子上"。他以惊人的毅力，以颤抖的手（后来不得不改为口授），写下数百万字生动活泼的科普读物，成为中国科普界一面鲜艳的红旗。1984年 12 月，我在北京人民大会堂参加了高士其科普创作 50 周年庆祝会，他在红领巾和鲜花拥戴下，端坐在轮椅上，白发如霜，双颊红润，看上去宛如一位"知识老人"。那时正值庆贺他虚龄 80 大寿，由于练了气功，他居然又能亲手握笔，每天写 3000 字！他给我看了 10 本回忆录手稿，全是他亲笔写下的。我非常敬佩他的拼搏精神……

就在庆祝会结束才两个月，我去北京，打电话到他家，吃惊地得悉他病重住院了。我当即赶往北京医院，他正处于高烧之中。40℃高烧 8 天 8 夜，然后降至 39℃又连续烧了一个月。这对于常人也难以忍受，他却挺过来了。在高烧中见到我，他"嗯嗯唔唔"地说着他的"高语"，双眼射出明亮的光芒。

◎晚年高士其（张崇基摄）

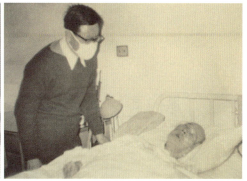

◎叶永烈探望病中的高士其（1988年）

　　此后他竟以北京医院为"家"。夫人支起小床，也住在他的病房里，日夜照料他。我一次又一次去探望他，他的病情日益加重：呼吸不畅，气管被切开，在喉部开了一个口，从此他再也无法"嗯嗯喔喔"了；无法下咽，改为鼻饲，橡皮管从鼻孔插入胃部，灌药、灌酸奶。每当鼻饲之际，我见到他眉头紧皱，强忍着痛苦；他神志清醒。每当我俯下身子看他，他便连连眨着眼皮——这成为他表示感情的唯一方式⋯⋯

　　过度的劳累，夫人的白发骤增，不久查出乳腺癌，做了切除手术。手术刚愈，她又来照料高老。我再去探望他，他连眨眼皮的气力都没有了，仍在做最后的奋搏。

　　1988年12月16日夜，由于输氧管爆裂，供氧不足，高士其病情急剧转危。一向明亮的眼睛，失去了往日的光辉。翌日开始抢救。他的心律不齐，血压上不来。抢救无效，他终于去了⋯⋯

　　我正在北京，赶往高士其家。他的夫人已由乳腺癌转骨癌，并已扩散，向我痛诉心中的苦楚——失去了高士其，她失去了精神支柱。他在离去时，只是留下几十本著作，留下一堆有待整理的文稿，留下几千条红领巾，留下上万封少年儿童写给"高爷爷"的信⋯⋯他没有职称，没有"官衔"（只挂着中国科协荣誉委员虚名），没有什么遗产，他的遗孀每月只76元工资。当年，他从原名："高仕锜"改为高士其时，便说过："丢了人旁不做官，丢了金旁不要钱。"他果真是这样结束了艰难而又漫长的一生。在这"官"念深重、物欲横流的世界里，他真可以称得上"出污泥而不染"。他的心纯净得像一颗水晶。

　　他去了。上千人拥往八宝山为他送行。他，永远活在千千万万读者心中。

109

周建人的"大自然之歌"

对于"克士"这名字，我是很熟悉的。在翻阅以前的旧书刊时，我常常看到署名"克士"的科学小品。可是我并不知道"克士"是谁。

1962年，我在北京拜访高士其的时候，问及了克士。高士其用"嗯嗯喔喔"的声音回答着，他的秘书高仰之把他的话翻译给我听，说道："克士就是周建人。"这样，我才知道，原来克士就是鲁迅之弟周建人的笔名。

我很喜欢克士的科学小品，读来如聊家常，毫无吓人的科学"架势"。他总是从身边的事情说开去，在不知不觉中把读者引入科学的殿堂。譬如，1934年9月20日，《太白》半月刊在上海创刊时，主编陈望道约周建人写了篇科学小品《白果树》。这篇《白果树》读来犹如一篇优美的散文。一开始，作者埋怨上海里弄的嘈杂。打牌声，留声机声，爆竹声，馄饨担声，声声入耳，闹醒了作者，无法入眠。忽地，作者却喜欢内中卖白果的声音："糯糯热白果，香又香来糯又糯，白果好像鹅蛋大，一个铜板买三颗！"作者在描绘了一幅上海里弄的风俗画之后，借卖白果的叫喊声，说起了白果，读来使人感到非常亲切。

作者写白果树，绝不用植物学专著上那样"学名、分布、形态"之类的"程式"，却借用各种故事、典故、传说，娓娓道来。比如："它又称银杏，有些讲花木的书上又叫它公孙树，意思是说它的成长很慢。阿公种植的白果树，须到孙子手里才开花结子。"他借解释"公孙树"这一俗名的来历，把白果树生长缓慢的特性写得非常生动、形象。

◎周建人

◎ 1934年科学小品《白果树》发表在《太白》创刊号上

作者很擅长于比喻，用读者日常熟悉的东西，诸如塔伞、"火扇"、杏子之类，来比喻白果树的枝、叶、胚珠。例如：

"它幼时的树形像座塔，后来枝条散开，成了伞状的大树。"

"叶身很像内地扇炉子用的'火扇'。"

"胚珠长大起来后，变成一个种子，形状很像杏子……"

苏联作家伊林曾说："不仅是诗人需要比喻。比喻也常常帮助科学家。"周建人正是借助于比喻，把科学小品写得通俗易懂。

周建人的科学小品，差不多都是生物小品。要么写动物，要么写植物。他是受鲁迅的影响，才爱上生物学的。他在为《鲁迅和自然科学》一书（科学出版社，1976年版）中所写的代序中回忆道：

鲁迅在杭州的浙江两级师范学堂教生理和化学时，经常到西湖附近的山上去，做采集植物标本的工作。他写信要我也学着做，说研究植物

111

采集标本比较容易，对农业又有益处。到绍兴府中学堂教书时，他把一叠一叠的植物标本带了回来。他常常和我一起，出城六七里，到大禹陵后面的会稽山采集植物标本。有一次，先在一座小山上采集了两种植物，后来又攀上陡峭的山岩，采到一株叫"一叶兰"的稀见植物。还有一次，我们一起到镇塘殿观海潮，潮过雨霁，鲁迅见芦荡中有野菰，正开着紫花，他就踏进泥塘，采了几株，皮肤也让芦叶划破了……

正是从小受了家庭中文学气氛的熏陶，后来又受了鲁迅影响，爱上生物学，周建人开始专攻生物学。他把文学与生物学结合在一起，写出一批以生物学为题材的科学小品。他的科学小品，是文笔轻快、亲切的散文。在他的笔下，大自然变得那样有趣、动人。他唱着动听的"大自然之歌"。他的风格是清淡的，他的科学小品像一杯淡淡的龙井绿茶。

为了了解周建人写作科学小品的经过，我在1980年秋曾托一位朋友代向周老询问，1980年10月1日，周建人的女儿周瑾在一封信中答复了我的有关问题。最近在整理旧物时，我找到了这封信。这封信是颇为珍贵的史料，现照原文抄录于下：

今天又和爸爸谈了一下，他简单地谈了一下写科学小品的历史，他说：

"民国初年在绍兴，有鲁迅的学生等编辑出版的《越铎日报》，经常写些短文，有科学小品往往是植物学方面的东西，也写些小故事如《茶店闲话》等。

"后来到北京。当时孙伏园办《晨报》，内有副刊，经常登些科学小品。有时也写稿。

"到上海以后，生活书店曾有杂志《读书与出版》，也曾投稿，如写过植物分类学的文章，以及'武松打虎'等等。

"在写科学小品时，有时信手写来，如在上海时听到楼下弄堂里炒白果，就写了一篇关于白果的文章。但有时也是有意识写的，如在1929年时在鲁迅主编的《语丝》杂志上曾登过一篇《论'达尔文的适者生存'》，大意是不同的社会适合于不同的人生存，是骂国民党的。"

贾祖璋与《花儿为什么这样红》

自从电影《冰山上的来客》上映之后，那首明快动听的插曲《花儿为什么这样红》顿时传唱四方，成了名副其实的"流行歌曲"。不过，那首歌在反复咏叹"花儿为什么这样红"之后，只是高唱"红得好像燃烧的火"，"红得使人不忍离去"，因为"它象征着纯洁的友谊和爱情"，"它是用了青春的血液来浇灌"。

《花儿为什么这样红》这支歌，其实并没有真正回答花儿为什么这样红？

"桃花一簇开无主，可爱深红映浅红。"古往今来，红花人人爱。然而，就连"花痴"林黛玉，也未必能够回答：花儿为什么这样红？

科普老作家贾祖璋先生巧妙地借用"花儿为什么这样红"为题，在1979年7月11日的《光明日报》上发表了一篇科学小品。

"花朵的红色是热情的色彩"，作者从这一话题引发开去，对"花儿为什么这样红"作了一番"科学的解释"。

他从红花的"物质基础"，从"物理为原理"，从"生理上的需要"，从"进化的观点"，从"达尔文自然选择学说"，从"人工选择"，层层剥笋一般，剖析了花儿为什么这样红的原因。有作者的归纳，有作者的创见，他把这个"人人眼中常见，个个未究其详"的问题，说得一清二楚。

作者用了一系列排比段落，再三重复提出"花儿为什么这样红？"从不同的角度，用不同的学科，进行了详细的说明。

作者是中国第一代科学小品作家。他早在20世

◎ 贾祖璋

113

◎贾祖璋著《花儿为什么这样红》　◎贾祖璋著《鸟与文学》

纪 20 年代，就已经致力于生物学与文学的结合。他在 1927 年写的《鸟与文学》一书，直到 20 世纪 80 年代之后还在重印再版。他爱花，爱鸟，爱虫，爱鱼，爱兽，爱禽，他也爱文学。他用文学笔调写生物，写大自然。他的散文总是饱含科学的滋养。

我结识贾祖璋先生是在 1978 年，那时全国科普创作座谈会在上海举行。从此，我们有了联系。特别是在 1979 年我写《论科学文艺》一书以及 1983 年编《中国科学小品选》，曾得到过他的许多帮助。

一次又一次，我去福州看望贾老先生。当我见到他写字的模样，不禁大吃一惊，原来他的鼻尖都快要碰到纸上，好几秒钟才能写好一个字。他总是伏在桌上，把笔握得低低的，双眼几乎贴着稿纸，在那里一丝不苟地写作。他写给我的信，每一个蝇头小字都写得端端正正。我这才明白，他给我写过那么多的信，每一个字都是这么伏案写出来的。

他的写作态度是极端认真的。他写了大量的笔记，每一篇文章中的每一个论点，都有根有据，从不想当然。

《花儿为什么这样红》是在他 78 岁时写的。他的科学小品，常常富有诗意，给人以美感。《花儿为什么这样红》是一幅色彩斑斓的画，是一首科学的诗。贾祖璋先生写的科学小品，往往渗入他自己对科学的见解，读来富有新意，别具一格。

《花儿为什么这样红》发表之后，受到读者的赞赏，曾被收入各种各样的

◎ 贾祖璋与叶永烈等在福建省科普创作协会第二次代表大会期间亲切交谈
（1982 年 8 月 24 日）

选集，还在 1981 年获得了全国"新长征优秀科普作品奖"一等奖。当那次获奖的作品集出版时，书名就叫《花儿为什么这样红》。

"姜是老的辣"。反复赏读《花儿为什么这样红》，我发觉作者的文笔是那样老练，遣词造句严谨，通篇成为一件完整的艺术品。这是他数十年科学功底、文学修养的结晶。是"老树新花"！

贾老在 1981 年为了扶掖中青年科普作者，倡议出版《科普新作丛书》。他给我来信，要求我协助他做约稿工作。他亲自制定《科普新作丛书》的约稿计划，着眼于"新秀"、"新作"。他亲自看稿，亲自定稿。他，向中青年一代，伸出了热忱的手。

贾祖璋先生在 1988 年去世，终年 87 岁。2001 年是他百年诞辰，我在 2001 年 9 月 15 日向福建省科协、福建省科普作家协会发去贺函：

在纪念著名科普作家贾祖璋先生诞辰一百周年的时候，欣闻《贾祖璋全集》首发，这是中国科普界的喜事，也是对贾祖璋先生的最好缅怀。

贾祖璋先生是中国最早、最有成就的科普作家之一。尤其是他创作的科学小品，文笔优美，生动活泼，熔文学与科学于一炉。更令我感动的是，他甘为人梯，热情帮助、鼓励年轻一代，我便是曾经受到他的诸多鼓励的后辈之一。

我明日将飞往昆明出席全国第 12 届书市。临行之前，写此短函，祝贺贾祖璋先生诞辰一百周年，祝贺《贾祖璋全集》首发。

被江青下令逮捕的公盾

忽地接到来自北京的电报："公盾病故。于明。"

我十分震惊，因为前些天还收到他寄来的新著，怎么那样快就离开人世？我打长途电话给他的夫人于明，才知详况：1990年10月，他的颈部长了一个包。经检查，是癌症，已经晚期！不久，他住入北京钓鱼台医院。1991年4月16日病故，终年72岁。

他姓郑，发表文章时往往只署"公盾"，我平时也喊他公盾。他个子不高，方脸，讲带有明显福建口音的普通话，待人和善。1979年，当他听说我写了一部20多万字的《论科学文艺》，马上给我来信，要我寄给他。那时，他担任科学普及出版社总编辑。他很快就拍板，把我的书稿付梓……

那时，我只知道他是科普出版社的"老总"。后来，我收到他寄赠的上、下卷两大册《水浒传论文集》，40万字，才知他早在1949年以前便已研究《水浒传》。他还出版了《后水浒传》校点本。他笔耕颇勤，不时寄我新著，一本接着一本，对文学、社会科学的许多领域进行探索，不过，我并不知道他的身世。

有一回，在北京查阅当年"中央文化革命小组"文艺组的档案时，我惊讶地发现，有几份文件的签发者为"郑公盾"，那铅笔字迹，跟他的签名一模一样！他，当年怎么会在"中央文革"工作呢？我去他家看望时，顺便说及我的"发现"。不料，我的一句话，

◎郑公盾

◎ 叶永烈在北京访问郑公盾（1988 年 12 月 2 日摄于郑寓）

勾起他对往事的痛苦的回忆……

　　他，生于 1919 年，福建长乐人。1936 年起，他参加学生进步运动，在中国共产党领导下从事地下工作。新中国成立后，《红旗》杂志创办，他调往那里工作。"文化大革命"开始，"中央文革"从《红旗》抽调工作人员，把他也调去。"中央文革"文艺组工作了才半年，1967 年 11 月 16 日，他便突然被捕，被入秦城监狱。内中的原因是他向周恩来总理写了一封信，反映"中央文革"的一些问题，被江青得知，下令逮捕了他。此后的苦难生活，如他所说："'坐飞机'，断齿，'石壁光阴销岁月，铁窗灯火伴晨昏'。何止我一人，家人皆与焉！"8 年囹圄，把他壮实的身体折磨成半残废。1975 年 5 月 12 日他终于出狱时，全身浮肿，高血压，糖尿病……

　　在粉碎"四人帮"之后，他的冤案得以平反。为了夺回失去的光阴，他加倍地工作着。"老总"的工作担子不轻。在本职工作之余，他埋头写作，他的几万册个人藏书在"文化大革命"中荡然无存，这时他又开始买书、读书、写书。每一回出差归来，行囊沉甸甸，总是装满了新买的书。在他的书房里，我见到一个个书柜"挤"满了书。他还"四面出击"：应好几家大学的邀请，前去讲学。他又出访外国。他的英语不错，便于进行国际交流。向来穿惯蓝色或深灰色中山装的他，穿起了西装。在这般忙碌的时刻，他居然写出了长篇传记《茅以升》，写出论著《鲁迅与自然科学》、《科学技术史话》、《萤火

117

集》……

1985 年，他着手把自己讲学的内容，写成一部 90 万字的书。就在他写了 40 多万字的时候，脑血栓使他病倒，住进了医院。出院后，他到日本他的儿子那里休养了一年多。在日本，他看到日本杂志译载我的作品，寄来赠我。1987 年 3 月，他一回国，又开始日夜工作，才两星期，再度住院。他变得步履蹒跚、记忆衰退。但他仍坚持写作。大约他已意识到余日不多，于是写下了一篇又一篇对革命战友的怀念文章，结成一集，这便是在他去世前不久寄赠我的新著《缅怀集》。

他的夫人于明在电话里对我说："公盾是一头'老黄牛'，一直到倒下去，才放下手中的笔。"他的老朋友、作家李英儒曾在一封信中写及："公盾这几年来的成就非常大，值得我们学习。"他的"老黄牛"精神，是令人赞叹的。谨以此文，缅怀《缅怀集》的作者。

访科普元老卢于道教授

卢于道先生是复旦大学生物系教授，上海市政协副主席，上海市科普创作协会理事长。

1983年12月26日，我给卢老寄去一封信，想约个会面时间。好几天不见回音，过了元旦，我给卢老打电话。电话通了，是卢老接的。他说耳朵不好，听不见，叫夫人来听。夫人也听不清。过了好一会儿，叫来儿子，总算听清了，当场跟卢老约好1月4日下午见面。

刚吃过中饭，才12点多，我就出发。来到远离市区的复旦大学第一宿舍，已经2点了。

门是卢师母开的。她一看到我就先发问："你是叶永烈同志？"她看上去虽然年已古稀，倒十分灵活，反应也快，讲一口上海话，中等个子。

她领我进底楼的房间。卢老是认识我的，视力还好，一眼就认出我来了。

那是一间十几平方米的房子，墙角放着卢老的床，床边紧挨着的是一张小小的写字台，卢老正坐在写字台前的藤椅上。家具大都已很旧，只有一对红色的新沙发很醒目。

屋里点着煤气红外线取暖器，再加上是地板地，倒还暖和。我赶紧脱掉大衣。卢老却穿着蓝色对襟中式棉衣，戴着蓝呢干部帽，眉毛也已花白，气色还好，讲话声音特别大。我想，这大抵是因为他在课堂里惯于大声说话所形成的教师职

◎ 卢于道

业习惯。他讲普通话。

他很抱歉地说，那天接到电话之后，再去找信，才看到你的来信。年纪大了，精力不济了，写字 20 来分钟，就头昏。最近还在生病、呕吐，大小便也不好。说着，他给市政协打电话，希望明天上午派车送他去医院看病。他的痰较多，说着说着，就要站起来往痰盂里吐痰。

我问他哪年出生。他说自己属蛇。说着，从抽斗里翻出 1984 年的小月历本，那上面已在属蛇一栏里的"1905 年"几个字下，画上蓝道道。他生于浙江宁波。

他说起自己的大致经历：1921 年毕业于上海澄衷中学，同年入南京东南大学心理系。

1925 年，他毕业于心理系，又入该校生物系，于 1926 年毕业，同年入美国芝加哥大学医院解剖科，专攻神经解剖学。1930 年他获美国哲学科学博士，回国任中央大学医学院（在上海，第一医学院的前身）教授，主讲实验解剖学。新中国成立后，一直任复旦大学生物系教授。

我说，在 1923 年左右的《时事新报》副刊《学灯》上，便曾看到过他的文章。他十分惊奇地问："你怎么会看到那些文章？"我说，我常查阅旧期刊，偶然看到那些文章，好像是整版整版的，连续刊登。

卢老很有兴致，回忆道："那时候，我只十七八岁，还在东南大学念书。德国的杜瑞斯（Driesch）来讲学。由别人口译，我当笔录。《时事新报》跟我约好，要登这些讲演稿。我就寄给他们，在上海发表了。如果这也是科普工作的话，那么，我从事科普工作的年头就不短喽。"

我说起在新中国成立前的《科学画报》上，常看到他的文章。我还把他在 1950 年《科学画报》第一期上所写的《卷头语》复印件递给他，卢老说，他跟《科学画报》有着多年的关系。1932 年，他就参与了《科学画报》的筹备工作。1938 年 8 月 1 日，《科学画报》创刊，他常为其撰稿，参与编辑工作。当年，有的科学家看不起科普工作。他不那么看，认为科普工作很重要，"科学救国"嘛。他热心于科普工作。抗战期间，他在四川担任中国科学社代理总干事。抗日胜利后回到上海。原先的那位总干事不干了，他担任了总干事。1950 年他担任上海市科普协会主席，直至 1958 年。1979 年起，他被选为上海市科普创作协会理事长。

他说，他虽是生物系教授，但学术专长是神经解剖学。1931 年，他写了学术专著《神经解剖学》。这本书写得很吃力，因为许多专业名词在当时没有中译名。一位朋友懂日文，帮助他借鉴日译名，再考虑拟出恰当的中译名。写好之后，出版社不愿出，原因是这样的专著销路少，而书中图版多，印刷费高。很巧，就在这时，他在法国储蓄会得奖了，拿到 1000 元奖金，自己再添上钱就自费印刷了这本《神经解剖学》。那时候，自己跑印刷厂，样样事要自己干，出本书真不容易！

中国科学社是在 1914 年成立的。到 1934 年，正好 20 周年。他参加编辑纪念文集《科学的民族复兴》一书，为此书写了文章，由中国科学公司出版。

1939 年，他在广西，空闲的时间比较多，就写了《活的身体》一书。这是一本 5 万字的科普读物，用辩证唯物主义和历史唯物主义观点解释生理现象。这本书署笔名"日新"，由生活书店出版。

1940 年，他写了《科学概论》，10 万字。生活书店不要，就由中国文化服务社出版了。这本书署真名。

抗战期间，他讲过《脑的进化》，得过二等奖，讲稿未出版；1950 年，在复旦大学讲《自然科学史》，讲稿未出版。

1953 年至 1954 年，他曾作为中国科普代表团成员，访问了苏联。当时，苏联科普工作者以英国培根的名言"知识就是力量"为口号，给他留下很深的印象。上海科普界办起科学画廊，搞农村幻灯，劲头很高。他认为，科普要面向广大群众，面向工农业生产，才是真正的普及。

他对有些科学家瞧不起科普工作，表示很不为然，他说即使在国外，博士养白鼠、学吹玻璃，有的是。不养好白鼠，怎能做好生物实验？不会吹玻璃，怎能做好化学实验？中国有些人看不起科普，以为科普跟养白鼠、吹玻璃一样，不是科学家需要干的。这是很错误的。这些人总爱说要学外国。其实外国科学家不是这样的。他们养白鼠，吹玻璃，而且也搞科普。罗素就搞科普。科学不搞普及，怎能发挥科学的作用？

我谈起，有一本 20 世纪 40 年代出版的科幻小说《庞大的智星》，似乎是卢师母译的。卢老马上点说，是的，是的。他拿起手杖，到外间把夫人喊来。师母来了，眯起眼睛，笑了。她扳着手指头，过了一会儿，说道："那是 1935 年，《科学画报》主编杨孝述拿了《庞大的智星》给我，说这本书很好，叫我译出来，给《科学画报》连载。我就译了，不断在《科学画报》上登出。"卢老补充说，在 20 世纪 40 年代，出了单行本，销路还很不错哩！

卢老说，他身体不好，不能出席中国科普作协"二大"。我请他谈谈对大会的希望，他说了两点：

第一，科普，是党的一项重要事业。要大力培养一批"科普专家"，寄希望于年轻一代；

第二，科普，不能局限于知识的普及，还要重视启迪智慧，开发智力。

过了一会儿，他补充说：在科普界，那种"票友"要不得。科普也是一种专业，要有"科普专家"。搞科普的人，最好科班出身，掌握扎实的专业知识。

他还顺便谈及，像高士其那样，就是"科普专家"。高士其的精神，很值得学习。他很早就认识高士其。那时，他和高士其都在美国芝加哥留学。他还去高士其的实验室里看过。那时候，高士其还没有生病，身体很灵活。

最后，我问及他的家况。他告诉我，他有一子一女。女儿欧琳在上海文艺界工作，52岁了，是《天山的红花》的编剧；儿子宋琳，45岁，从美国学习回来，现在原子核研究所工作。

临走，卢老拿起糖盒，一定要我带走几颗糖。我说，糖是给孩子吃的。他笑了。在他这位80老人看来，我还是个孩子呢！

回家之后，我又重读了卢老为1950年第一期《科学画报》写的《卷头语》。在文章中，卢老提出了办好《科学画报》的12个大字，即"不垄断，不关门，大家学，大家干"。他深刻地指出：

不垄断——"垄断之事，是追求私人利润的资本家所干的事……要谨防垄断的习气。譬如我们为了热心科学社与科学画报，有没有自大自满，自己秘藏起来，或是为了希望自己成功乐看别人不成功的想头？有这种想头就是垄断的习气。"

不关门——"在这个时代里，思想上、作风上、政治认识上，以及取材内容上需要学习改变者很多……进步分子带了头，希望他们不要关了门，让落后分子永远落了后。"

大家学——"现在新时代来得这么快，并且转变得那么快，并且又转变得那么大，因此学习的空气弥漫了全国。因此在科学画报园地里，非但是为了给读者学，亦希望读者回过来给编者、作者学；非但从事于自然科学工作者将自然科学工作给人家学，同时自己亦学习社会科学以及工作经验。如果不是这么互相学习、互相结合，我们就没有资格去参加普及科学这个任务。"

大家干——"普及科学之事，必须要大家干。"

弹指一挥间，34年过去。如今，卢老的12个大字，卢老的这些话，对于科普工作仍有着指导意义。

相约名人·科技与科普专辑

两代编辑情

出版过那么多的书，发表过那么多的文章，我曾经得到过成百上千的编辑的帮助。然而，内中最令我难以忘怀的是，母女两代，都成为我的责任编辑。

2003年盛暑，当我完成了新著《飞天梦——目击中国航天秘史》，责任编辑蓝敏玉说好到我家取书稿。当我打开大门的时候，令我非常惊讶的是，年近八旬的她的母亲曹燕芳也一起来了！

我曾经说，我很幸运，在创作道路上遇到了三位恩师：我在11岁时投稿，稚嫩的小诗落在编辑杨奔老师手中，发表了，他成为我的第一位恩师；

◎ 叶永烈夫妇与曹燕芳以及女儿女婿

我在 19 岁时写出第一本书，被编辑曹燕芳所看中，出版了，她成为我的第二位恩师；我在 22 岁时走访著名作家高士其，得到他的大力帮助，他成为我的第三位恩师。"一道篱笆三个桩，一个好汉三个帮"，我正是在三位恩师的提携之下，走上文学之路。

曹燕芳是上海少年儿童出版社的编辑。1959 年，正在北京大学上三年级的我，写了一本书，打算投给少年儿童出版社。我当时不认识少年儿童出版社任何人，按照"上海市延安西路 1538 号"这地址寄去。书稿是在 9 月 15 日从北京寄出，10 天之后我就接到回信，"你的稿子我们即按收稿先后进行审读，约在 10 月下旬可把处理意见告诉你。"10 月 13 日，我收到少年儿童出版社来信，告知书稿经过审读，准备采用，但是要作若干修改，信末盖着"第三编辑室"公章。按照当时少年儿童出版社的工作习惯，编辑写给作者的信函，一律不署编辑的名字，而且编辑的信要由编务誊写，盖上公章发出。10 月 20 日，我寄出修改稿。从此，我与"第三编辑室"书信频频。我并不知道写信给我的编辑是谁。我非常幸运，从投稿开始只过了 5 个多月，1960 年 2 月，平生第一本书《碳的一家》就出版了，在当时是非常快的出版速度了。这时，我还不知道责任编辑是谁。直到 1960 年暑假从北京回故乡温州，路过上海，我去少年儿童出版社拜访"第三编辑室"，接待我的就是这本书的责任编辑，名叫曹燕芳。记得，她当时虽然已经 35 岁，却仍然扎着两根辫子。

那时候，第三编辑室正在编辑《十万个为什么》。曹燕芳负责编辑化学分册。她非常喜欢我活泼的文笔，便约我参加《十万个为什么》化学分册的写作。化学分册总共175个"为什么"，我写了163个。此后，我又应约参加《十万个为什么》天文气象、农业以及生理卫生分册的写作。就这样，20岁的我，为《十万个为什么》挑大梁，成为《十万个为什么》第一版最年轻同时又是写得最多的作者。

◎ 叶永烈与《十万个为什么》编辑曹燕芳（2005年12月15日）

曹燕芳由于编辑了《十万个为什么》、《科学家谈二十一世纪》等广有影响的书，后来成为上海市"三八红旗手"、少年儿童出版社副总编辑。

时光飞逝，曹燕芳的女儿蓝敏玉从华东师范大学中文系毕业之后，也走上编辑岗位。不过，我已经从科普写作转向纪实文学创作，所以与在上海科普出版社工作的蓝敏玉几乎没有合作的机会。在"神舟五号"载人飞船即将升空的日子里，我完成了《飞天梦——目击中国航天秘史》一书。虽说这本书也是一部纪实文学作品，但是毕竟写的是科学题材，可以考虑由上海科普出版社出版。这样，我给蓝敏玉打了电话，她非常高兴。于是，便出现了本文开头所写的一幕，她与母亲曹燕芳一起到我家取书稿。从1959年曹燕芳编辑我的第一本书《碳的一家》，到蓝敏玉编辑我的这本新著，前后整整44个年头。据蓝敏玉告诉我，知道她要编辑我的作品，曹燕芳特地拿出保存了40多年的《碳的一家》的第一版样书，郑重其事地交到她的手中，仿佛把一根接力棒交给了女儿。

真是有其母必有其女。蓝敏玉工作细致而认真，很快编好了《飞天梦——目击中国航天秘史》。在上海科学普及出版社的大力支持下，这本书在"神舟五号"发射的那天付印，翌日，当杨利伟从太空归来时，书也出版了，首次印刷2万册。用一位读者的话来说，这本只用一天时间印出的书，是以"火箭速度"出版的。

路明印象

1961年"六一"节，当《十万个为什么》第一版上市的时候，作者名字的顺序是按照姓氏笔画排列的。当时《十万个为什么》五册一套。我的名字在第二册《化学》和第四册《农业》排在第一名，而第一册《物理》作者中的第一名是路明。

从此，我注意起路明这名字。我常在《中国青年报》、《解放日报》、《新民晚报》上见到署名路明的科学小品。随着"文化大革命"的临近，路明这名字在报刊上消失了。从此，我再也没有见到他的科学小品。

"文化大革命"结束之后，在北京的一次科学技术会议上，一位名叫许钟麟的工程师特地找到我，跟我紧紧握手。经他自我介绍，我才知道，他就是路明——他当年发表科学小品时署笔名路明。他年长我5岁，祖籍安徽，1935年出生于苏州，1959年毕业于清华大学。在写《十万个为什么》的时候，我是北京大学化学系的学生，他则是上海同济大学的研究生。

除了《十万个为什么》把我们联系在一起之外，我们还有一位共同的老师——《十万个为什么》编辑曹燕芳。

我是在19岁的时候给少年儿童出版社投寄了科学小品集，落在曹燕芳手中。她不仅迅速出版了我的平生第一本书，并因此看中了我，约我为《十万个为什么》撰稿。

那曹燕芳是怎样发现许钟麟的呢？原来她在《人民日报》上读到署名路明的物理小品，非常喜欢，就约这位年轻人参加《十万个为什么》物理分册的写作。

我们都很感激曹燕芳，能够把编写《十万个为什么》的重任，压在我们两个学生身上——当时，我20岁，许钟麟25岁。

由于许钟麟后来一直做工程技术工作，没有再写科学小品，所以那一回在北京相见之后，就多年没有联系。

2005 年 5 月 10 日，我接到同济大学出版社老编辑吴惟龙的电话，说是许钟麟来到上海。我当即通过他约许钟麟翌日一起看望曹燕芳。

那天，许钟麟和吴惟龙先来我家，然后我们一起到曹燕芳老师家。

© 叶永烈与路明（2005 年 5 月 11 日）

时间过得真快，这次相见，许钟麟已经是古稀老人。不过，他的身体很不错，居然每天照常去上班。

许钟麟从事科学技术工作多年，已经是中国首屈一指的空气洁净技术与工程专家。关于他的介绍是这样的："我国洁净技术理论奠基人；中国建筑科学研究院空气调节研究所研究员；中国洁净技术学会空气专业委员会副主委。"他的名字出现在 2003 年 8 月 26 日公布的增选中国工程院院士首轮候选人名单之中（虽然最终由于名额有限而未能当选中国工程院院士），2004 年 6 月 4 日他荣获中国"光华工程科技奖"，获得了 15 万元人民币的奖金。在 14 名获奖者之中，13 人为院士，惟许钟麟非院士。此外，他还获全国科学大会奖两项，国家发明奖一项，国家科技进步奖一项，部级二等奖两项，三等奖六项，发明专利四项。

这一回，有机会跟许钟麟聊天。我问他"十万零一个为什么"，为什么取笔名"路明"？他笑道，因为妻子（当时是女朋友）姓路嘛！

许钟麟告诉我，他从小身体孱弱，在 10 岁之前，只能吃稀饭和胡萝卜。中药罐伴随着他，无法正常上学，只能两天打鱼三天晒网。那时候，他读《古文观止》，也很喜欢看《科学画报》。在初二的时候，他对几何测量发生兴趣，居然写了一本关于几何测量的书。尽管这本稚嫩的书没有出版，但是表明小小年纪的他已经喜爱写作。初三的时候，他写了一本关于修辞的书，同样没能得以出版，不过，父亲替他工工整整地抄录了一遍，至今他还珍藏着这部手稿。

◎ 左起：路明、曹燕芳、叶永烈（2005 年 5 月 11 日）

后来，他考入苏州中学高中。这是苏州的名牌中学。苏州中学不久前庆祝建校 1000 周年——据考证，学校的创办人乃宋朝诗人范仲淹。苏州中学高中三年，给许钟麟打下扎实的学业基础，使他得以考上清华大学。

在北京，他才查出多病的原因在于脾脏，于是动了切除脾脏的大手术。当时医生"预言"他最长只能再活 25 年，想不到他如今年已七十还精神抖擞，像"空中飞人"般穿梭于全国各地。

上大学时，他看见一篇建筑方面的论文的数据似乎有误，便用计算尺（那时候没有电子计算器）计算，证实那数据是错误的。于是他写了一篇文章，寄给那家学报。他的文章发表了，引起了老师的注意。他还得了 37 元人民币稿费，这在当时相当于一个普通干部一个月的工资。

许钟麟有着不错的文学基础。这时候开始创作科学小品。

许钟麟在清华大学毕业时，被保送到同济大学读研究生——那时候研究生不是通过报考录取，而是靠学校保送。就这样，他从北京来到上海。也就是在这个时候，曹燕芳找到他，请他参加《十万个为什么》物理分册的写作。

虽然后来许钟麟一直做科学技术工作，但是他告诉我，多年的科普写作，锻炼了他的文笔，他的科学技术专著写得流畅、易懂，从 1983 年以来出版了《空气洁净技术原理》等七部专著，一版再版，深受读者欢迎。他以自身的体会，深切地说道，科学家做点科普工作，对于科学研究其实很有帮助。

最近，他想整理出版年轻的时候所写的科学小品。我想，与读者久违了的路明重返科普文坛，一定会受到读者的欢迎。

数学 + 文学

　　谈祥柏教授是数学家，我的多年文友——因为他在业余喜欢写作数学科普作品。1961年，我写《十万个为什么》化学分册的时候，数学分册主要就是由他完成的。

　　不过，当时我在北京，他在上海，并不相识。后来，我到上海工作，在会议上结识他。在上海的科普作家之中，他是佼佼者。

　　他比我年长11岁。

　　谈祥柏有深厚的数学功底，又有很好的文学基础，加上精通英语，所以他的科普作品非同凡响。

　　他住在上海东北角，我住在上海西南角，正好是"对角"，相距甚远。正因为这样，平常只是在会议上相见。

　　1981年7月7日下午3时许，谈祥柏先生第一次来访。他说，下了公共汽车之后，足足找了一刻钟才算找到我家，满头大汗。

　　他当时已52岁，头发明显秃了，牙齿也开始脱落。他穿短袖衬衫、短西装裤，他一进门，就从包中取出他新译的《简明数学全书》赠我，上面已题好字。

◎ 谈祥柏

　　当时，谈祥柏是上海第二军医大学数学副教授，多年以来，业余从事科普创作，能熟练阅读英、日书籍，懂德文、俄文。他说，最近有五六本书在出版之中。

他谈起自己的苦衷：

家与学校相距甚远。每天来回要坐3个多小时公共汽车。他是学数学的，善于利用零碎时间，于车上背外文单词。有几次因心思在外文，以至钱包被小偷偷去也不知道。

教学任务甚重：别人教50学时课，他则要教140学时的课，还要带研究生。他属部队，是军人，纪律甚严，上班不可迟到一分钟，有签到制度，亦不可早走。

他异常勤奋。他的科普创作纯用业余时间，每夜6小时睡眠已足，有时只3～4小时。他每天早上5点多就要起床。

他的父亲是文盲，职业为花农，收入颇多，所以在过去购买了一座房子。本来，谈祥柏住房宽敞。但在"文化大革命"中，受到冲击，四户人家迁入他家。现在，他一家四口，只住一间房子。生煤炉，睡地铺。晚上，他常开夜车，与子女彼此干扰。家中书多，亦无处可放。

他祖籍浙江海宁，生于上海，讲话甚慢，尾音很长，往往两句话之间很少有空隙，为人热情而又谦虚。

他希望能调回上海财经学院，那里教育工作不至于过重，教师不坐班，可有较多时间从事科普创作。不过，他目前属部队系统，调动工作恐怕不易办到。

正好我妻子买到西瓜，便请他吃，略微解渴。

谈话时，他不时看表，时间观念甚强。5时许，告辞，送他到车站。

汽车开动了，他还站在车上频频向我挥手，非常热情。

科学童话作家鲁克

我跟鲁克相识多年。鲁克是他的笔名，本名邱建民。

在我国科学童话创作队伍中，鲁克的贡献是多方面的：

他从 20 世纪 50 年代起开始创作科学童话，已发表几十万字的科学童话；

他主编了多种科学童话选集，如《科学童话选》、《科学童话选（续集）》、《中国科学童话选》，对于总结我国科学童话创作经验、推动科学童话创作向前发展，起了一定的作用；

他对科学童话的创作理论进行了研究，发表了一些文章，提出了自己的见解。

就鲁克的科学童话创作而言，他早期的作品，大多数属于生物童话。《谁丢了尾巴》便是其中的一篇。《谁丢了尾巴》通过小猴子寻找尾巴的失主，向小读者介绍了动物的种种尾巴的形态及用途。这样的以"找"展开故事的手法，在科学童话中是常见的。就科学内容来说，这篇科学童话所介绍的尾巴知识，属于生物范围，亦即生物童话。

小猫小狗是孩子们的"老朋友"，小花小草也是他们所喜爱的，正因为这样，小读者们爱看生物童话，有一种天然的亲切感。在今后，生物童话仍将是科学童话创作的重要部分。

时代在前进。科学在发展。生物学领域之外的种种新科学，成了一大片有待于科学童话作者去笔耕的处女地。写作非生物童话，写作科学新知识、新领域的童话，使小读者从小就打开眼界，注视科学王国新信息，已成为科学童话的新课题。

读了鲁克的一些科学童话近作，我欣喜地注意到，他把笔伸向了科学的新领域。

◎ 叶永烈与稽鸿（中）、鲁克（左）在上海作家协会大会（2007 年 11 月 27 日）

　　《苔藓姑娘的烦恼》，通过金毛狮所主编的《科学童话报》，揭示了环境污染对动植物造成的危害，向人类呼吁消灭酸雨、保护环境。

　　环境科学是一门崭新的科学。作者以科学童话形式，向小读者生动地介绍了保护环境的重要性。这样，使小读者从小就知道什么叫环境污染，为什么要保护环境。

　　鲁克还写了《童牛金鱼出世记》。"童"，即童第周；"牛"，即牛满江。作者在科学童话中，介绍了童第周、牛满江这两位著名生物学家用遗传工程培育的新金鱼——"童牛金鱼"。遗传工程也是一门新兴科学。作者敏锐地注意到遗传工程的新成就、新进展，迅速写入科学童话，这种精神是十分可贵的。

　　鲁克的童话《蔗林里的战斗》，则以新兴的生物治虫为题材，写了红蚂蚁战胜蔗螟的故事。这也是来自科学王国的新进展、新成就。

　　《神秘的谷地》，则写了火山附近的山谷，由于弥漫着硫化氢，造成对生物的危害。这样的内容同样给人以新鲜的感觉。

　　鲁克时时留心于科学新成就、新发现，使自己的科学童话具备 20 世纪

80 年代的鲜明特色。

鲁克的科学童话题材广泛。他这种及时反映新科学的精神，是值得提倡的。

不过，如何写好反映新科学的科学童话，是一个正在探索中的问题。这方面的作品还不很多，作者也不多。就鲁克的生物童话而言，一般具有较浓的童话色彩。然而，这些闯入科学新领域的新童话，却往往童话色彩较淡，有的段落出现"知识硬块"。这有待于积累经验，有待于更多的作者去探索。鲁克的探索是可贵的，为大家提供了一定的经验，也明显地出现了一些需要解决的问题。

科学常新。童话常新。科学童话只有不断地反映新事物，新科学，才会闯出新路子，产生新的一代别具一格的作品。

穿白大褂的作家——冰子

冰子，女性的名字，加上这名字又常常印在给娃娃看的低幼儿童读物上，我一直以为作者是位娇小纤弱的女士。后来，在作家协会的一次会议上，有人介绍我与一位身高肩宽、熊腰虎背的男作家认识。一听他的名字，使我吃了一惊：他就是冰子！

我们从此建立了"外交关系"。不过，虽然同在上海工作，也只在各种会议上见面、点头而已。1985年11月上旬，我应邀前往出席安徽省少年儿童读物出版工作会议。我刚刚步入合肥稻香楼宾馆，咦，冰子穿着一件浅绿色灯芯绒夹克衫，朝我伸出了粗大的手。

那几天，我们有机会经常聊天。更巧的是，我和他都因有急事，未等会议结束，便一起赶回上海。我们在晚上8点多匆匆踏上火车，临时买不到卧铺票，就买硬席座票，没法睡觉，在车上聊了一通宵。

他非常健谈，精力又充沛，他谈我听，讲话的声音又颇响。子夜，坐在对面座位上的女乘客曾指了指手表对他说："同志，你真能讲，刚才你不停地讲了两个半小时！"冰子笑笑，毫不介意，又滔滔不绝地说下去。一路上，他跟我谈创作，谈身世，谈家庭，谈思想。经过这次长谈，我才真正开始了解他……

冰子的作品是怎么写出来的，简直可以编成一本非常有趣的《冰子创作生涯故事集》。

他写过一篇令人捧腹的童话——《猩猩理发店》：猩猩开了一爿理发店，披着"长波浪"的狮子光顾。狮子一边看报，一边让猩猩理发。理完了，狮子放下报纸，对着镜子一照，咦，理了个光头！狮子大怒，要训斥猩猩。不料，猩猩不慌不忙，拉着狮子来到理发店门口。

原来，那里挂着牌子，上面明明白白写着"本店只理光头"！

小读者读罢，在笑声中懂得了做事不能粗心的道理。

冰子是怎么写出这篇童话的呢？原来，他的创作，来自生活：他的一位男朋友在北京北海公园游览，忽然小便甚急，匆忙之中竟朝女厕所奔去，幸亏一位女同志正从里面出来，才使这位朋友大吃一惊，知道自己差点跑错门……

冰子从这个真实的笑话中得到启示，想用童话来讽刺粗心的人。于是，写出了《猩猩理发店》。

又有一次，他的儿子在家打了个

© 冰子

喷嚏，冰子的妻子也打了一个，最后冰子忍不住了，打了个很响的喷嚏，震得窗玻璃都哗哗作响，全家都哈哈大笑……

冰子竟在笑罢进入了"角色"，构思了一个童话《越打越响》：在森林里，刺猬打了个喷嚏，引起长颈鹿在"高空"打了个很响的喷嚏。接着，大象打了个震惊森林的喷嚏。于是，森林里的动物一齐打喷嚏，那响亮的声音使树叶震落一地！

上海人民广播电台播了《越打越响》，一下子收到几百封小听众来信。孩子们非常爱听，从中懂得了种种动物的特性。

他的童话《没有牙齿的大老虎》，曾给我留下很深的印象：大老虎的牙齿真厉害。大家都害怕老虎，只有狐狸说："我不怕，我还能把老虎的牙齿全拔掉呢。"狐狸用什么绝招呢？他给老虎送去了世界上最好吃的东西——糖。他还劝老虎别刷牙，因为把牙齿上的糖全刷掉了多可惜！就这样，老虎的牙齿全被蛀坏了，痛得直叫："谁把我的牙拔掉，我让他做大王。"

狐狸虎口拔牙，拔掉老虎所有的牙齿。老虎居然还感谢狐狸哩："还是狐狸好，又送我糖吃，又替我拔牙。"

我问冰子，这么有趣的童话是怎么写出来的？原来，他见到许多没有牙齿的孩子——因贪吃糖牙齿被蛀坏了，触动了他的创作灵感，写了《没有牙

135

齿的大老虎》。

有一次，他读一本关于梦的医学专著。书中说，如果做了梦，很快就醒过来，那么做梦者记得的梦境是彩色的；如果过了好久才醒过来，那么所记得的梦境是黑白的……他对这段话很感兴趣，想写成童话，一时却又没有很好的构思。他随手在笔记本上写了"彩色的梦，黑白的梦"几个字。后来，过了半年，他忽然有了好的构思，一口气写出了童话《彩色的梦》。

就这样，他不断从生活中撷取闪光的浪花，编成金色的童话。如同契诃夫所说，作家是用特殊的眼光观察世界。冰子正是这样。他时时不忘为孩子们写作，所以他时时用特殊的眼光观察着世界。也正因为这样，不论聊天、看书以至打喷嚏，都会引发他的创作火花。

我听了冰子自述的种种创作故事之后，向他建议道："今后你出童话集，应当在每一篇童话后面，附一个创作故事——你是怎样写出这一篇童话来的。"他哈哈大笑，笑罢，居然点头道："可以考虑！"

冰子的童话富有儿童情趣，颇为幽默，使小读者在笑声中受到教益。然而，他所从事的，却是极为严肃的职业——医生。在手术室里，他一声不吭，全神贯注地做手术，不苟言笑。

冰子是他的笔名。他的真名叫严才楼，上海人，算起来比我大一岁——生于1939年，1981年获医学硕士学位。他是上海第一人民医院整形外科主治医师，中国作家协会上海分会会员。后来，他还被选为上海作协儿童文学小组副组长。

我问起他的笔名的来历和含义。他抓了抓头发说："冰子就是冰子，我也说不出有什么含义，反正是个笔名吧。我最初用过笔名冰波，后来发现有个诗人也叫冰波，我就用冰子作笔名。"

他朗朗大笑，又说起关于他自己的有趣的故事来：他为孩子们写作已经多年，一直用笔名发表作品，而他的写作又纯属业余。在医院里，他是"严医生"——名副其实的满脸严肃的医生。他从不跟同事说起写作，所以谁也不知道他是个儿童文学作家。直到最近两三年，他的作家的名声渐渐大起来，常有编辑到医院找他约稿，而且他成了上海作协的会员，有时要去开会，要向领导请假。"严医生"的身份才渐渐"暴露"了。这时，他的同事们才吃惊地得知，"严医生＝作家冰子"！

于是乎，医院常常派他特殊的"差使"：本院的手术要拍录像片，找他写个脚本。医院要写院史，又理所当然落到这位穿白大褂的"秀才"头上……

他跟我聊起了他怎样走上儿童文学创作之路的。

他在上中学的时候，就喜欢文学，喜欢写作。他一心一意想报考电影学院，希望将来当个导演。念高中时，他曾花了两年时间，看了一大堆电影艺术书籍。他在谈及这段往事时，迄今仍颇为感叹："唉，我认为，中国电影的大导演之中，少了个冰子，是件非常遗憾的事！"

高中毕业时，他又想走鲁迅的道路——从医学走向文学，他放弃导演梦，考上医学院。从此，中国不是多了一位导演，而是多了一名外科医生。毕业后，他被分配到山东医学院工作。

"身在曹营心在汉。"他身穿白大褂，却对文学创作心向神往。从1962年起，他开始儿童文学创作。他的处女作是一篇低幼童话——《骄傲的黑猫》，一炮打响，发表后，被译成多种外文出版。

他在高中时自学的电影知识，对他的创作也产生了影响。他为孩子们写了许多美术片剧本。

1964年，他的童话《冰上遇险》被拍成美术片。从此，他与美术片结下深缘。1979年，他把《骄傲的黑猫》改编成美术片《黑公鸡》，搬上了银幕……

电影，甚至影响了他的创作方法。他告诉我，在构思的时候，他常常闭上眼睛，把未来的作品像"过电影"似的，在脑海中预映一遍，满意了，这才下笔。正因为这样，他的童话总是富有形象性、动作性、视觉性，电影导演乐于把他的作品拍成影片，画家则乐于把他的作品绘成画册。

从晚上8点多，一口气谈到清早四五点钟，别说讲的人该多么累，就连我听着听着，也感到吃力，冰子却毫无倦色，反而精神焕发。他说："我每天5点就醒了，所以现在我一点也没有睡意。"

他告诉我，每天清早5点

◎叶永烈与冰子（左二）

137

到 6 点，是他构思作品的黄金时间。他躺在床上，脑海中不断"过电影"。如有所获，立即在小本子上记下几句话，然后在晚上写成作品。他的许多作品，都是这么构思出来的。

他致力于儿童文学。在儿童文学中，他主攻幼儿文学。如今，社会上所重视的是成人文学，有的作者写了几篇儿童文学作品之后，很快就"转向"，转入成人文学。冰子呢？恰恰相反，他"越写越低"，转入幼儿文学。他有一颗纯洁的心，跟孩子们的心越靠越紧。

他真诚地说出了这样的话：

"对我来说，最快乐的事情莫过于工作之余为孩子们写童话了。我的正式职业是医生，写童话是我的副业。我给孩子们解除病痛，也给他们带来欢笑。"

"现在搞幼儿文学的人太少了，觉得小猫、小狗的太'小儿科'，实际上写好一篇幼儿文学并不容易，我很喜欢写幼儿文学而且越写越小了，我觉得给学龄前儿童看的作品应该写得更短些，音节更自然，就像他们自己的语言。"

他对儿童文学，有着自己独到的见解。他说：

"真正的儿童文学，是为 9 岁以内的孩子写的。"

"儿童文学作品应当是欢乐的，幽默的，充满希望的。绝望与儿童文学无缘。"

"我对自己的要求是两个字——创新。不能雷同于别人的作品，也不能雷同于自己过去的作品。在创作上我永远不满足于自己已发表的作品。"

他提出要科学地研究儿童文学的创作规律。他把小读者划分为四个阶梯：3 至 5 岁，6 至 7 岁，8 至 9 岁，10 至 12 岁。他研究了不同年龄小读者不同的心理、生理特点。他写作时，读者对象是很明确的——为哪一阶梯的小读者而写。

我问他是怎样熟悉幼儿生活的？他说，他有一群真正的"小朋友"。在上海，到了星期天，他常到一家幼儿园去，跟小朋友们交朋友。那里的小朋友都熟悉这位"大块头"的冰子叔叔。冰子呢？则说这些小朋友是他的老师！冰子写了作品，常请小朋友"指正"。

有一次，冰子念到"世界"两个字时，小朋友们不懂。后来，改成"大自然"，小朋友就说懂了。

他念《小蛋壳历险记》，念到小蛋壳死了，小朋友们很不高兴。小朋友以为，小蛋壳不应该死。其实，冰子也没有让小蛋壳死掉，后来死里逃生了。小朋友的话，使他明白自己的构思暗暗符合小读者的心理，不由得高兴起来。

当他知道低幼孩子爱看画，就把自己的作品改为以图画为主；当他知道低幼孩子爱念儿歌，就把自己的作品写成儿童诗，小朋友们念起来朗朗上口。

他性格随和，爱说笑话，一点也没有"叔叔"的架子。正因为这样，他跟小朋友们挺合得来，成了一位"大块头小朋友"！也正因为他有一颗童心，他的作品充满了儿童情趣。

很自然的，我问起了他为什么行色匆匆？

他的答复很简单："下星期的今天，我已经坐在飞往美国的班机上。"

他去美国探亲，同时也进修业务，为期一年。

当我问及他去美国探什么亲，他笑了，由此竟又讲出一连串关于他的家庭的故事……

他的妻子叫林桃珍，在上海一家研究所工作。前些日子她到美国纽约州的一家研究所工作。

冰子上美国探亲，也就是看望妻子。

冰子说起了自己的恋爱故事："文化大革命"前，他在山东，她在上海。冰子思念她，常常写一些关于爱情的寓言，放在信中寄给她。她呢？把这些寓言端端正正抄在一本笔记本上，还配上插图哩！

没想到，这些寓言闯下了大祸！在"文化大革命"中，有人悄悄从她的抽屉里偷走了这本寓言集，当成"大毒草"上纲上线。"造反派"把林桃珍狠狠地"批判"了一遍。寓言集上是她的笔迹，"造反派"把账算在她的头上。后来，"造反派"得知是冰子写的，立即派人前往山东，冰子也挨整了……

冰子有两个孩子。他非常爱孩子。不幸的是，大孩子本来聪明伶俐，却在一场大病中因注射了过多的链霉素而双耳失聪……

谈到这里，冰子神色黯然。他说："我是医生，又是父亲，我对孩子深深感到负疚。"他尽一切力量教孩子识字、读音、发音，使孩子能够像正常人一样讲话。他花费了很大的精力。

他还以孩子的经历为素材，写出了中篇童话《小蛋壳历险记》。

如今，他的大孩子已经在上海美术电影制片厂工作。尽管这样，他仍不放心。他对我说："我归心似箭，巴不得早一点见到我的孩子——我把孩子托付给我的哥哥。尽管我离开上海才四天，我很想知道，这四天里两个孩子生活得怎么样。因为我马上要远行，如果孩子们在这四天里生活很好，那我去美国才会放心……"

冰子身高一米八，体重近两百斤，我一直以为他理所当然身强力壮。他却苦笑："真是飞来横祸哪——如今，我是一个没有左肺的人！"

他的体质本来很好，唐山大地震发生时，他参加了医疗救护队。在那里，几乎所有的救护队员都患上了痢疾，唯有他安然无恙。不幸的是，1983年，他患了肺结核，可是，居然被误诊为肺癌。为了防止"癌扩散"，他被切除了三叶左肺，切下来一看，才知道并非癌症。然而，已经切下来的肺，无法再装回原处了……他大病一场，休养了一年多。他生性乐观、豁达，竟把病假当"创作假"，写了许多童话。那篇《没有牙齿的大老虎》，就是他在病中写的，而且荣获1983年的上海儿童文学园丁奖，并拍成美术片。

他勤于笔耕，不断给小读者献上精美的精神食粮。他写的科学童话《孙悟空人体历险记》，获得1982年度文化部少儿优秀作品奖。他写了长篇连载系列童话《猎狗利利》、《嘟嘟的童话》。最近，他还将出版《冰子童话》一书。他专心致力于幼儿文学，愿意写一辈子童话。

我问起他去美国以后的打算。他从包里拿出一本《汽车驾驶员手册》，使我记起在合肥的日子里，每逢外出，他总坐在司机旁边。他正在学习驾驶汽车。他的手提包中还放着收音机，即使在合肥，他每天早、晚仍坚持收听英语广播。他说，他到美国，不愿像妻子那样，老是闷在一间实验室里工作。他希望到各处走走，开阔眼界，增加生活积累，以便将来能为孩子们写出更好的作品——屈指算来，幼儿属"第六梯队"。他愿为培养"第六梯队"而写作，为21世纪的建设者写作。

通宵坐车，通宵聊天，我们居然从合肥一直聊到上海。

我们只是闲聊。他谈得非常随便，并没有以为我在采访他。我呢？也压根儿没有想到要采访他。正因为这样，我既没有拿出笔记本，也没有拿出录音机——虽然我的衣袋里正放着一只烟盒那么大小的袖珍录音机。不过，也正因为不是什么采访，我们之间无话不谈，率真相见。

回到上海，我倒头便睡。一觉醒来，细细回味他的谈话，这时才想起值得为他写篇文章，因为他是一个色彩鲜明的作家，又有着一颗纯真的心。我趁脑子里的记忆磁带尚未"消磁"之际，动笔写下这篇文章，把他推到众多的小读者面前。

"小伞兵"和"小刺猬"

我先是从纸上认识孙幼忱。

记得，1961年，我在北京的书店里买到中国少年儿童出版社出版的科学童话集，书名叫《"小伞兵"和"小刺猬"》，作者的名字第一次引起我的注意——孙幼忱。

书的编者十分推崇孙幼忱的这篇科学童话，不仅用篇名作书名，把这篇作品列为书中16篇科学童话之首，而且还在《编辑后记》中提及："这本集子的名字叫《"小伞兵"和"小刺猬"》，不只因为里面有这样一篇童话，还想借这个题目来说明我们的编辑意图。我们希望科学童话像'小伞兵'（蒲公英的种子）和'小刺猬'（苍耳的种子）一样，到处传播，到处扎根，开出千千万万鲜艳的新的花朵。"

此后，科学童话在中国大地真的"到处传播，到处扎根"。

此后，过了20年，我去北京开会，遇上童话作家孙幼军。他对我说："我弟弟来了！"他的弟弟，便是孙幼忱。

我这才第一次见到孙幼忱。我吃了一惊，他竟用双拐支撑着走路，步履是那样的艰难。他是以双倍于常人的毅力，在儿童文学创作之路上一步步前进。

《"小伞兵"和"小刺猬"》是孙幼忱的科学童话处女作，在1959年发表于《新少年报》，当时他年仅22岁。从那以后，他坚持

◎ 孙幼忱

141

科学童话创作，写出了众多作品。

我读了孙幼忱的科学童话《"小伞兵"和"小刺猬"》，觉得充满诗意，富有儿童情趣，如行云流水一般自然流畅。这篇一千多字的短小的科学童话，如同一篇散文般优美。

作者给科学童话中的两位主角取了形象化的"外号"：

"秋天，蒲公英妈妈的孩子们都长大了。他们每人头上长着一撮蓬蓬松松的白绒毛，活像一群'小伞兵'。"

"小苍耳长得真奇怪，身体小小的，像个枣核，全身长满了尖尖的刺。小伞兵亲热地把他们叫做'小刺猬'。"

"小伞兵"、"小刺猬"这"外号"，取得十分传神，如同《水浒》中把李逵称为"黑旋风"，把时迁称为"鼓上蚤"，把张顺称为"浪里白条"。"小伞兵"、"小刺猬"同时也是十分贴切的比喻。

在科学童话的创作中，如何处理好科学与童话的关系，是创作成败的关键。是机械地组合，还是有机地化合，成为两种不同作品。倘是组合，在科学童话中往往夹着"知识硬块"，作者忽然板起面孔讲起科学知识来了。这样的科学童话，像夹生饭似的，读者"吃"起来倒胃口。

孙幼忱的科学童话，科学知识"溶解"于童话之中，浑然一体，显得很自然，没有那种编造、"加入"的痕迹。这是他的科学童话的一大特色，也是他的成功之处。

他的《"小伞兵"和"小刺猬"》写了秋风吹动了"小伞兵"，小鹿带走了"小刺猬"。于是，到了来年春天，到处有"长着有刺的叶子，开着美丽的小黄花"的蒲公英，还有"长着带锯齿的心脏形的叶子，开着绿色的小花"的苍耳。他把植物种子传播的知识，巧妙地溶化在童话之中，丝毫没有编造、说教之感。

孙幼忱的另一代表作是中篇科学童话《小狒狒历险记》，同样反映了他的创作特色。

《小狒狒历险记》写的是一只淘气的小狒狒离家独自外出，在大森林里经过了一番历险。虽然这样的童话故事是常见的，但是孙幼忱却在小狒狒的这番历险之中，穿插写了森林中各种"居民"的生活习性、各异形态。作者以小狒狒的眼光在看大森林，对什么都感到新奇。作者笔下的种种动物学知识，便在小狒狒的左顾右盼中很生动地写入童话。

孙幼忱的科学童话用儿童语言来写，很有童趣，颇为幽默。以小狒狒巧遇大猩猩的一段为例：

"我是大猩猩。"这只大猴子告诉小狒狒，说完，回过身坐在地上。

小狒狒忍不住笑了。他朝天上看了看，这时不管是大星星，小星星，很亮的星星，黯淡的星星，全没有了。只有一朵朵的白云在蓝天上飘荡。

"大星星"，小狒狒以为大猴子在逗他玩，就笑着问，"你该不是大月亮吧？"

"什么？"那只大猴子更生气了，喊道，"我就叫大猩猩，大猩猩，明白不明白？我不是天上的星星，是树林里的大猩猩！"

真是"秀才遇上兵"，在小狒狒面前，大猩猩讲了半天，小狒狒还是闹不清楚。这里，作者完全以小狒狒的目光来看大猩猩，所以写得很有儿童情趣。科学童话的读者是儿童。只有充满童趣的科学童话，才使小读者读来津津有味，忍俊不禁，爱不释手。

在中国的科学童话作者队伍中，孙幼忱是一位坚持创作多年、形成自己风格的作者。他与哥哥孙幼军有着"童话兄弟"之称。

愿孙幼忱在科学童话园地中取得更丰硕的成果。

顾均正与《和平的梦》

中国另一位早期的科学幻想作家是顾均正先生（1902—1980）。他也是中国著名的科普作家。

顾均正先生1902年生于浙江嘉兴。父亲开米行。顾均正15岁时，父亲破产，家庭生活清贫寒苦，后入浙江杭州第一师范，当时的老师中有陈望道。陈望道调到上海大学之后，顾均正便到那里代课。

顾均正在20岁时，开始发表译作。他最初是翻译安徒生的童话，发表在《小说月报》上。1926年，出版了译作童话集《风先生和雨太太》《水莲花》《玫瑰与指环》，由开明书店出版。1928年出版了译作童话集《三公主》以及《安徒生传》。

1930年，顾均正到开明书店担任《中学生》杂志编译，开始翻译法布尔的《化学奇谈》。1931年起，《化学奇谈》连载于《中学生》杂志，并于1932年由开明书店出版单行本。叶绍钧（即叶圣陶）为书作序，指出：

"这本《化学奇谈》虽然也是一本书，但不是叫人'读'的书，也不是叫人'记忆'的书。

原著者法布尔用巧妙的笔把'试'字的工夫曲曲描写出来，使读者不仅具有化学的知识，并且能作化学的实验，同时又长进了'试'的能力，可用以对付别的事物。'化学'这名词写在课程表里多少枯燥乏味，但在这本书里差不多是最动人的故事了……"

1934年，陈望道创办《太白》半月刊，约顾均正写科学小品。老师约学生写稿，顾均正当然非常努力。于是，顾均正便写了第一篇科学小品《昨天在那里》，从此开始创作科学小品。

顾先生著译甚多。他在新中国成立后曾任中国青年出版社副社长兼副总编辑。他自 1939 年起，陆续写了 6 篇科学幻想小说，发表于他创办的《科学趣味》杂志。其中《和平的梦》、《在北极底下》、《伦敦奇疫》3 篇收成一本集子，于 1940 年由上海文化生活出版社出版，书名为《和平的梦》。

顾均正是在怎样的情况下，想起要写科学幻想小说的呢？为此，我曾写信请教顾均正先生。由于他当时右手有病，不能握笔，由他口授，托唐锡光先生于 1979 年 9 月 8 日复函：

"顾先生的《和平的梦》，是他在抗日战争初期所作的科学小说，这三篇都曾在他主编的《科学趣味》（一种小型的科普杂志，月刊，1939 年在上海出版）上发表过。这是他的尝试之作。他曾读过一些外国杂志上的所谓科学小说，但是，他不满足于它们徒有小说之名，而无科学之实。正如他在该书的序文中所说的'其中空想的成分太多，科学的成分太少'。因而他想利用这类小说的形式，多装一点科学的东西，以作为普及科学教育的一助。顾均正先生的《和平的梦》中的三篇科学小说，就是在这样的情况下写成的。"

顾均正先生注重科幻小说的科学性。看得出，他跟老舍明显不同，他是属于凡尔纳派。

《和平的梦》共收 3 篇科学幻想小说：《和平的梦》、《伦敦奇疫》和《在北极底下》。顾均正先生在《序》中，谈到了他写作科学幻想小说的经过。

自八一三中日战争发生后，威尔斯（H.G.Wells）的《未来的世界》（The Shape of Things to Come）曾经传诵一时。大家喜欢这书，并不是没有理由的。

威尔斯在 1934 年就写成了这册历史的预言，他断定中日战争的必不可免，而且战事发展到汉口陷落以后，就会形成一个相持的局面，这局面长期地拖下去，必使沦陷区域中田园荒芜，农作歉收，从而发生了广大的饥馑与瘟疫，终至使战事无法继续，这些话在战事发生的初期就已应验了一大半，到了现在，更可以说是十不离九。威尔斯不是神仙，他的预言为什么会这样的准确呢？一半是由于他那丰富的想象，一半是由于他那科学的头脑。

威尔斯是以写科学小说著名的，由于这书引起了兴味，我很想读读他所写的科学小说。可是我常常去借书的那个图书馆一半给炮火焚毁了，一半给搬场搬失了，我所能借到的，只有一册英日对译的短篇小说选，在这选集中只有寥寥的五六篇，实在不能餍足我贪饕的欲望。威尔斯的小说，向没有翻版本，原版西书的价钱是太贵了，不得已而求其次，我开始去买专载科学小说的杂志来读。

科学小说 Science Fiction 之有专门杂志，在美国，实创于 1926 年根斯巴克（Gernsback Hugo）的惊异故事 Amazing Stories，其后同样的杂志此起彼仆，到现在共有十余种之多，就我最近所见到尚能记得起的，就有下列五种：

Amazing Stories 月刊

Thrilling Wonder Stories 双月刊

Marvels-Science Stories 双月刊

Science Fiction 双月刊

Dynamic Science Stories 双月刊

对于此种杂志，我在七八年前就曾加以注意，当时总觉得其中空想的成分太多，科学的成分太少。即以威尔斯的隐身人（The Invisible Man）而论，究竟那个隐身的人何以能够隐身，却只有假定的事实而没有科学的根据，结果我们只能把它当《西游记》、《封神榜》看，称之为科学小说，实在是名不副实的。这样一想，我对于科学小说的热望就冷了下去。

最近重新翻阅那一类杂志，却又发生另一种感想。我觉得现在的科学小说写得好不好是一个问题，科学小说值不值得写是另一个问题。这情形正像连环图画一样，现在的连环图画编得好不好是一个问题，而连环图画值不值得提倡是另一个问题。在美国，科学小说差不多已能追踪侦探小说的地位，无论在书本上，在银幕上，在无线电台，为了播送威尔斯的关于未来战争的科学小说，致使全城骚动，纷纷向乡间避难吗？这很足以说明科学小说入人之深，也不下于纯文艺作品。那末我们能不能，并且要不要利用这一类小说来多装一点科学的东西，以作普及科学教育的一助呢？

我想这工作是可能的，而且是值得尝试的。

本集中所选的三篇小说，便是我尝试的结果。

在这三篇小说中，我以为写得最好的是《和平的梦》。

　　《和平的梦》是一篇惊险样式的科幻小说，十分讲究悬念。故事说的是美国间谍夏恩·马林，冒着生命危险在极东国工作。当他返回华盛顿时，却看到人民群众游行，叫喊"极东国是我们的好朋友——我们应不惜任何代价以取得两国和平"。夏恩惊奇地发现，就连出名的爱国分子、那位派他去做间谍工作的部长，也是这么个论调。后来，夏恩进行调查，才发现从收音机中传出一种催眠电波，使美国人睡着了，然后向他们灌输与极东国友好的思想，于是，造成美国人心大乱。夏恩立即连夜驾驶飞机，寻找那个发出催眠电波的秘密电台。后来，终于在美国田纳西州没有人烟的山岭中，发现高高的柱子和蜘蛛网般的天线。夏恩把飞机降落在山谷里，潜入秘密电台。经过一番激烈的搏斗，打死了 3 个人，活捉首犯——极东国科学家李谷尔。那催眠术便是李谷尔发明的。夏恩威逼李谷尔，要他再次发出催眠电波，在使美国人睡觉之后，向他们灌输："极东国是美国的仇敌。美国决不能向极东国屈服。美国必须继续抗战。"经过连续 14 小时的广播，美国那和平浪潮平息了，全国上下一致要与极东国血战到底。

　　这是一篇故事曲折离奇、构思巧妙的科学幻想小说。故事中的"极东国"，显然是指日本。作者在第二次世界大战中写这样一篇科幻小说，深刻地反映了当时的现实。小说以日美战争为背景展开故事，着力塑造美国爱国英雄夏恩的形象。

　　和老舍写《猫城记》一样，顾均正写《和平的梦》，是受了英国科幻小说作家威尔斯的影响。顾均正在《和平的梦》的《序》中，谈及他曾很仔细读了威尔斯的《未来世界》一书："威尔斯不是神仙，他的预言为什么会这样的准确呢？一半是由于他那丰富的想象，一半是由于他那科学的头脑。威尔斯是以写科学小说著名的，由于这书引起了兴味，我很想读读他所写的科学小说……"

　　顾均正曾翻译并创作过许多科普读物，熟悉科学。他接受了威尔斯的影响，却又以为威尔斯科幻小说"其中空想成分太多，科学的成分太少。即以威尔斯的《隐身人》而论，究竟那个隐身的人何以能够隐身，却只有假定的事实而没有科学的根据……"这样，顾均正在《和平的梦》中，便写入一大段关于"环状天线"究竟"是怎样一种天线？它有何功能？"的"科学根据"，甚至画了说明原理的好几幅技术性插图。这表明顾均正对科学小说的科学性十分注重。不过，他在小说中忽然插入一大段"知识硬块"，使作品失去了和谐的统一。

◎ 顾均正著《和平的梦》 ◎ 顾均正著《越想越糊涂》 ◎ 顾均正著《科学趣味》

　　《和平的梦》采用惊险小说的笔法结构故事，一开头便"奇峰突起"，设计了一个大问号——刚从极东国执行间谍任务归来的夏恩，遇上几千市民大游行，要求"与极东国友人停战"。美国向来把极东国视为仇敌，怎么突然吹起了和平的风？为了解开这个谜，作者逐步展开故事，情节起伏跌宕，扑朔迷离——夏恩从无线电广播中，发现了极东国搞的阴谋诡计。然后，层层剥笋，故事逐渐推向高潮，描写夏恩与极东国阴谋家李谷尔之间的尖锐斗争。最后，夏恩摧毁李谷尔的据点，把故事推向高潮。小说情节一环扣一环，除了中间夹杂的那一段"知识硬块"之外，读来令人欲罢不能。

　　小说具有鲜明的反侵略主题思想，在抗日烽火熊熊燃烧的当时，起着积极的社会作用。只是通篇以外国人为背景，人物全是外国人，读来如同一篇翻译小说。这也许与作者长期从事翻译工作有关。倘若故事发生在中国，作品会令中国读者更亲切些。

　　《和平的梦》是以日美战争为背景，而《伦敦奇疫》则是以德——英美交战为背景。《伦敦奇疫》也是惊险式的，简直有点英国作家柯南道尔《福尔摩斯探案集》的味道，故事曲折动人。

　　《伦敦奇疫》写的是在伦敦忽然爆发了流行病。救护车影笼罩着这个英国首都。"街道上渐渐荒凉起来了。救护车接二连三地开过；在没有人住的商店和住宅中，已有红十字会的分站组织起来；最可怕的是巨大的运货车上装满了尸体，直向火葬场开过……"

　　人们弄不清楚，究竟是发生了什么疫病？病状十分奇怪，病人"皮肤发黄，浑身发出酸气，肺脏组织破坏，眼盲，肌肉腐烂"。

这时，美国化学家殷格郎正好路过伦敦，见烟斗中没有烟，却装着小苏打，他以烟斗为线索，找到烟斗的主人斯坦其尔博士。由于他发现这一秘密，立即被斯坦其尔监禁起来。殷格郎巧妙地从牢房中逃出，想驾汽车离开魔窟，却在汽车库里找到地下室的入口处。他潜入地下室，与匪徒们搏斗，获得胜利。最后查明，原来斯坦其尔是德国间谍，潜入伦敦，大量制造一种粉末，扩散到空气中。这粉末是一种化学催化剂，在它的催化下，能使空气中的氧气和氮气化合，变成二氧化氮。二氧化氮与伦敦浓雾中的水珠化合，变成了硝酸，使人生病。

于是，真相大白，原来罪魁祸首不是病菌、病毒，而是这种奇妙的催化剂！

《伦敦奇疫》的构思很独特，故事也很曲折、惊险。相比之下，《在北极底下》比前两篇要逊色些。

《在北极底下》写的是人类学家凯恩的奇遇。凯恩听说北极有一种奇特的人种，便到那里探险，结果在冰上发现一个烟囱。他沿烟囱往下走，在冰下发现有巨大的工厂。在那里，凯恩遇上诺贝尔奖金获得者、磁学家亨利·卡梅隆。

卡梅隆认为指南针之所以指向固定的方向，是因为北极冰下有一块巨大的强磁铁。他想把这强磁铁炸掉，埋到深深的地下，而代之以一块人造磁北极。结果，造成世界上所有船只的指南针都错乱了。

顾均正先生也在《序》中说："《在北极底下》是一篇涉及磁性理论的故事，这篇故事的主要结构虽然已为现代科学所否认，却仍有其历史的价值。因为在南北极探险未成功以前，科学家确曾有这样的假说的。"

老舍的《猫城记》是富有文学色彩和思想深度的作品，并不强调作品的科学性。顾均正的作品则很注意幻想的科学性，每篇作品都花费一定的篇幅讲解科学原理。在中国，顾均正最早提出了通过科学幻想小说普及科学知识的观点。他在《和平的梦》一书《序》的结尾处，这样写道："写好这篇序文，觉得科学小说这园地，实有开垦的可能与必要，只是其中荆棘遍地，工作十分艰巨。尤其是科学小说中的那种空想成分怎样不被误解，实是一个重大的问题，希望爱好科学的同志大家来努力！"

顾均正先生是我国科学幻想小说的拓荒者，这段话正是表露了他在这块"荆棘遍地"的地处女地上拓荒时的艰难情景。

郑文光与《飞向人马座》

新中国第一部科幻小说是张然所写的《梦游太阳系》，1950 年由知识出版社出版。

此后涌现的中国科幻小说作家之中，郑文光是其中具有代表性的一个。

我跟郑文光很熟悉，他个子矮矮胖胖，操广东口音的普通话，戴一副褐紫色深度近视眼镜。他年长我十几岁，我视他为创作上的"老大哥"。

郑文光，1929 年 4 月 9 日生于越南海防市，原籍广东省中山县石桥村，童年和少年时代在越南度过，1947 年回国，翌年入中山大学天文系。1951 年，郑文光来到北京，从此定居北京。

1954 年，郑文光在《中国少年报》上发表了他的第一篇短篇科幻小说《从地球到火星》。此后，他又发表了短篇《第二个月亮》、《太阳探险记》、《征服月亮的人们》。他把这几个短篇汇成一集，于 1955 年由上海少年儿童出版社出版，书名为《太阳探险记》。这本小书，成为郑文光从事科幻小说创作的起点。

1956 年，郑文光加入中国作家协会。

《飞向人马座》是郑文光科幻小说的代表作，初版于 1979 年，荣获第二届全国少年儿童文艺创作一等奖。

那时经过"文化大革命"，冷静地思索了多年的郑文光，爆发出强烈的创作欲，一气呵成了这部长篇。如同久封的佳酿，一旦启封，散出发沁人心脾的清香。

科幻小说是科学和文学的交汇，要求它的作者具备"两栖"本领：既能在科学中游，又能在文学中行。郑文光就是这样的人。他既是科学家，又是作家：他的本职是中国科学院北京天文台研究员，从事天文史研究；他又是

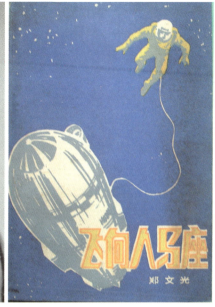

◎ 郑文光　　　　◎ 郑文光的代表作《飞向人马座》

中国作家协会会员，从事文学创作。正因为这样，他把科学和文学融为一体，写出了这部天文学题材的科学幻想小说《飞向人马座》。

《飞向人马座》颇有文采，作者娓娓道来，故事富有传奇色彩，而且很注意刻画人物的形象、性格。至于那特殊的科学环境、诱人的科学幻想，作者走笔行文，游刃有余，因为那正是他的专业范畴，是他驰骋的科学领域。这是作者处于创作顶峰时期的一部佳作。

天道酬勤。郑文光以他辛勤的笔耕，获得丰硕的创作成果，写出了一系列科幻小说《大洋深处》、《神翼》、《天梯》、《古庙奇人》、《命运夜总会》、《地球镜像》等。他的作品不再是早年的"少儿科幻"，而是日渐注重哲理内涵，注视时代命运，比他早年的作品显得思想深刻，从"硬科幻小说"转向"软科幻小说"。

郑文光的文学功底不错。在 20 世纪 80 年代初，他的科幻小说创作达到了高峰期。他的科幻小说在《当代》、《小说界》、《新港》等文学杂志发表，他的长篇科幻小说《飞向人马座》由人民文学出版社出版，这一切都表明了这一点。冈恩教授在美国主编了一套大型的世界科幻小说研究丛书，叫《科幻之路》。他在《科幻之路》第 6 卷收入两篇中国科幻小说，其中的一篇就是郑文光的《地球镜像》。

就在他发炮似的从他的笔杆中发射一颗又一颗科幻之星的时候，遭遇"清除精神污染"运动。当时，我接连受到"批判"，郑文光为我仗义执言。

151

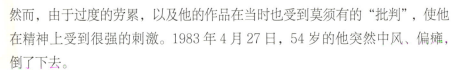

然而，由于过度的劳累，以及他的作品在当时也受到莫须有的"批判"，使他在精神上受到很强的刺激。1983年4月27日，54岁的他突然中风、偏瘫，倒了下去。

我去北京积水潭医院南四楼411室看望郑文光。他因脑血栓右半边身体不能自如动作，讲话困难，只能发出单音节的几声，听觉良好，头脑正常，脸左半边常常斜着抽搐。他的夫人陈淑芬约我一谈，告诉我，郑文光得病前，一家报纸刊出批郑文章，郑几次打电话给那家报纸的编辑，情绪激动。4月26日下午，郑文光与一位编辑在电话中争吵，那位编辑未听完就啪的一声挂上电话。郑文光很生气。当晚，郑文光还给中共中央宣传部一位朋友写信，反映情况。陈淑芬先睡，郑文光当晚已感到手发抖，说话口吃。第二天早上，郑文光起床，连裤带都未结上，就瘫倒地上，不省人事。陈淑芬当即请人帮忙，急送医院……

郑文光这一病，竟然丧失写作能力达20年！当时，他正处于年富力强之际。很可惜，在这写作的黄金岁月，他离开了科幻文坛！所幸，由于夫人的悉心照料，使他病体日渐康复，后来居然能远渡重洋，前往纽约探望儿子。1991年5月，世界科幻小说协会在四川成都召开年会，胜友如云，他在夫人的陪同下，也到会了。他告诉我，他还要继续创作，继续为中国科幻小说的繁荣作出贡献。然而，他毕竟丧失了工作能力，在病痛中度过整整20个春

◎ 叶永烈与郑文光

1978年在上海科普创作座谈会期间的合影，前中为高士其。左起：高志其、刘后一、周国镇、童恩正、叶永烈、郑文光、李宗浩

秋，于2003年6月不幸去世，终年74岁。从此，中国科幻小说阵营损失了一员大将！

1997年4月我因痛失挚友童恩正而陷入久久的哀伤之中。不料，病魔又夺去了郑文光宝贵的生命。我坚信，中国年轻的科幻作家们必将继承、发扬郑文光先生执着坚韧的精神，在新世纪开创中国科幻小说的灿烂未来。

迟叔昌与《割掉鼻子的大象》

1982年9月16日，我在上海锦江饭店出席欢迎Sony名誉会长、日本创造协会会长井深大博士的晚会。井深大博士发表演讲，由一位中国翻译现场口译。起初，井深大博士讲述访华观感时，口译很流畅。然而，到了他讲述Sony新近推出的摄像机的时候，口译者结结巴巴，因为她不知道那些科学名词应该怎么译，面露窘色。就在这时，一位身材修长的东北汉子站出来"救场"，流利地为井深大博士口译科学技术内容，会场上爆发出一阵笑声、掌声……

这位东北汉子，就是我的老朋友、科幻小说作家迟叔昌。当时，他在日本担任Sony公司中国首席顾问。

迟叔昌是在20世纪50年代中期至60年代初期相当活跃的中国科幻小说作家。大约由于"年代久远"，现在的读者不大知道他。有的年轻的科幻作家在写中国科幻历史时，甚至把他的名字错写成"迟书昌"。其实，这是因为他排行老三，按照中国"伯、仲、叔、季"的命名惯例，叫"叔"昌。他的大姐，就叫"伯"昌。

据迟叔昌告诉我，1922年2月13日他出生于哈尔滨。他的父亲在东北开面粉厂，但是酷爱文学，无形之中也培养了他对文学的兴趣。哈尔滨曾经沦为日本殖民地多年，迟叔昌上小学、中学时，日语是必修课。后来他又到日本庆应大学读经济学，所以能讲一口流利的日语。

迟叔昌走上科幻小说创作之路，可以说是一个有趣的故事：

在20世纪50年代，中国有的出版社往往雇了一批"抄稿员"，专门誊抄那些字迹潦草或者没有写在方格稿纸上的书稿。1955年，担任抄稿员的迟叔昌，奉命抄写儒勒·凡尔纳的科幻小说译著。他抄着抄着，竟然入了迷，

◎迟叔昌画像　　　　　　◎迟叔昌著《大鲸牧场》

从此对科幻小说产生了浓厚的兴趣。

不久，他去拜访一位外国女专家，看到她在北京饭店窗台上晒咸鱼，十分纳闷，心想，她这国家太短吃的了！跟女专家一聊，才知道她原来是一位海洋生物学家，晒的干鱼是标本！女专家说起自己小时候喜欢读科幻小说，使她爱上了自然科学……

这两件事使迟叔昌与科幻小说结缘，竟然写出一篇科幻小说"处女作"——《20世纪的猪八戒》，讲的是猪像大象那么硕大。他投寄给《中学生》杂志，杳无音讯。直到一年之后，他的"处女作"被下乡回来的主编发现，帮助他润色、修改，把篇名改为《割掉鼻子的大象》，还加上编者按推荐，发表在《中学生》杂志上。这位独具慧眼的主编，就是叶圣陶之子叶至善。

《割掉鼻子的大象》一炮打响，被收入1957年优秀少年儿童作品选中。著名女作家冰心在序言中写道："迟叔昌把科学道理融合在故事里，引人入胜。"《割掉鼻子的大象》的成功，给了迟叔昌莫大的鼓励。于是，他写出《大鲸牧场》、《科学怪人的奇想》(与叶至善合作)、《旅行在1979年的海陆空》、《三号游泳能手的秘密》、《起死回生的手杖》、《冻虾和冻人》、《人造喷嚏》、《机械手海里得兵器》、《小粗心游太阳公社》、《没头脑和电脑》等许多科幻小说。

迟叔昌的科幻小说，是典型的"少儿科幻"。他的作品的特点是构思奇妙，故事有趣，语言生动而且贴近少年儿童。他注意科学幻想的科学性，总要有一段话讲明幻想的科学依据。他的作品，严格地说属于科幻故事，缺乏小说的特点。

迟叔昌辞去工作，在家里专事写作，当起"职业作家"来。进入20世纪

◎ 叶永烈与迟叔昌

60年代，中国的"阶级斗争"形势越来越严峻，政治运动一个接着一个，迟叔昌的科幻小说无处发表，陷入窘境。紧接着开始的"文化大革命"，更是把他这个"职业作家"推入绝境。他一度不得不去做临时工，手持铁锤去敲三合土，借以维持生活……

迟叔昌终于有了转机。那是他的大姐迟伯昌在日本专门写作中国菜烹饪法的书，叫他这个闲得无聊的"职业作家"帮忙写稿。这样，他在1975年获准东渡。1978年他在日本出版了编译的《中医草药字典》和宣传绍兴酒的小册子，他总算有了稿费收入。后来，他在母校东京庆应大学任教，兼在Sony公司做事，有了稳定的收入。

走笔至此，顺便提一下迟叔昌的家庭：他的夫人王汶，是俄语翻译，曾经翻译了苏联科学文艺作家伊林的许多作品。他的儿子迟方，受父亲影响，后来也成为科幻小说作家。

除了科幻故事外，迟叔昌还写了不少科学童话、科学相声等科学文艺作品，翻译了《板车之歌》、《守礼之民》、《小林多喜二小说集》等日本文学作品。

叶至善与《失踪的哥哥》

在介绍迟叔昌的时候，提到他的科幻小说"处女作"《割掉鼻子的大象》是被《中学生》杂志独具慧眼的主编叶至善发现，这才得以发表的。叶至善是发现迟叔昌的"伯乐"。迟叔昌跟我谈起叶至善，总是充满感激之情。

我曾经到北京叶至善家拜访，那时候他跟"老爷子"——著名作家叶圣陶住在一个大院里。他是叶圣陶的长子。受父亲影响，他和妹妹及弟弟叶至美、叶至诚都喜欢写作，兄弟仨联名出版过 3 本选集，即《花萼》、《三叶》和《未必佳集》。叶至善写过许多科学幻想小说。

1956 年，《中学生》杂志连载了一篇科学幻想小说，吸引了众多的小读者。这篇题为《失踪的哥哥》的科幻小说，一开头便是"公安局来的电话"，对东山路 16 号张家进行盘问，提出悬念，一下子就抓住读者，然后故事一步接一步发展。作者描写名叫张建华的哥哥在 15 年前误入冷藏库，被冻在库里，从此失踪了。15 年后，当冷藏库大修的时候，工人发现这个冰冻的男孩，赶紧向公安局报案。经过科学家用红外线快速升温，孩子居然复活了，于是发生了弟弟的年纪比哥哥大、个头比哥哥高的一系列趣事。

《失踪的哥哥》署名"于止"，这是叶至善常用的笔名。我曾向叶至善问起这一笔名的含义，他说取义于成语"止于至善"。由于没有"止"姓，他把"止于"颠倒一下，用"于止"

◎ 叶至善

作为笔名。

叶至善怎么会写起科幻小说来呢？他说，"我当编辑有个主张，要编哪方面哪种形式的东西，最好自己先写一写，试一试，尤其在搞什么新点子的时候，自己写过了，试过了，多少可以知道这个新点子搞得成不成，好处在哪儿，以后跟作者打交道就不至于瞎出主意"。科幻小说在当时属于"新点子"，《中学生》杂志要刊登科幻小说，作为主编的叶至善便想亲自"先写一写，试一试"。

叶至善又怎么会想起写《失踪的哥哥》呢？最初，是报上的一则新闻触动了他创作的神经：苏联有一个人掉进雪坑，被雪埋了 18 个小时，后来居然被医生救活。他由此浮想联翩，把 18 个小时"扩大"为 15 年，变成科学幻想小说。这篇科幻小说最初便叫《失去的十五年》。

《失踪的哥哥》发表之后受到好评，被选入 1957 年出版的《儿童文学选》，并在 1958 年出版了单行本。

然而，在 1983 年，当叶至善回忆《失踪的哥哥》的创作历程时，道出了"知识硬块"曾经使他煞费苦心：由于"失去"了 15 年，以至弟弟比哥哥大得多，利用这样的喜剧冲突，编成有趣的故事，这并不难。然而，叶至善必须诠释复活冰冻男孩的科学原理。他在写作时，极力想避免当时科幻小说的通病，即讲述科学原理时与故事脱节，这"知识硬块"与小说如同"油水分离"。他安排医生与工程师进行对话，讲述科学原理，本以为这么一来可以自然一些，然而终究未能跳出"油水分离"的病症。那时候强调科幻小说是"普及科学知识的工具"，所以很难消除那"知识硬块"。

叶至善还透露了为什么把"失去"的时间定为 15 年？因为那时候以为中

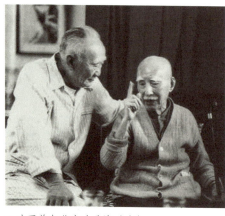

◎ 叶至善与父亲叶圣陶（右）

◎ 晚年叶至善

国"社会主义改造"已经完成，再苦干十多年就可以进入"共产主义社会"，那位"失踪的哥哥"在冷藏库里沉睡了15年，"什么事儿也没有干，醒过来就坐享其成"。他"非常懊恼，非常惭愧：惭愧在建设美好生活的日子里，他

◎ 叶永烈与叶至善在北京（1998年12月17日）

没有出一点儿力气"……好在作者并没有把"15年"的这一"政治背景"写进故事。不过，作者如今仍然为自己当年政治上的幼稚而"不由自主地脸上一阵热"。

叶至善把20世纪50年代的中国科幻小说概括为两种模式：一种是"侦察式"，故事一开始往往是出一件奇怪的事，然后加以追究，最后真相大白；一种是"参观记"，作者化装成一位导游，带着读者一路参观一路讲解。他说，他写科幻小说，也跳不出这两种模式，《失踪的哥哥》属于"侦察式"。他以为，"凭我这点儿小聪明，要找到一条新路子是十分困难的"，所以他在写了一阵子科幻小说之后，也就洗手不干了。

尽管叶至善这么自谦，我却一直非常喜欢《失踪的哥哥》，以为故事完整，富有层次，脉络清楚，充满幽默。1979年，正在电影制片厂担任导演的我，征得叶至善的同意，准备把《失踪的哥哥》搬上银幕。叶至善宽宏大度地给我来信说，你怎么改，都行。

当时，我从众多的中国科幻小说中，选中了《失踪的哥哥》改编电影，原因之一是其富有喜剧色彩，适合少年儿童观看。原因之二是从电影导演的角度考虑，人物不多，场景简单，没有多少特技，比起拍摄那些高科技科幻片要节省得多。

我写出了分镜头电影剧本。就在我打算投入拍摄时，遇到了意外：《失踪的哥哥》全片只有20分钟，电影发行公司以为太短，只能按照纪录片的价格收购。纪录片的价格远远低于故事片价格。这意味着影片将亏本，这部科幻影片也就流产了。至今，我仍为未能执导《失踪的哥哥》而遗憾。

童恩正与《珊瑚岛上的死光》

1993年圣诞节前的美国，人们忙着回家过节，机票顿时紧张起来。正住在洛杉矶的我却在这时接到科幻作家童恩正的电话，希望我尽早飞往匹兹堡，因为他在元旦要飞往台湾。我不得不临时买票，这时，只能买到清早6时半飞抵匹兹堡的机票。我实在不好意思这么大老早要童恩正来接我，可是已别无选择……

所幸，飞机晚点了将近一个小时，我想这下子童恩正可以晚一些去机场。可是，我刚从飞机的引桥走出，便见童恩正早已等在那里。童恩正还是老脾气，办事一丝不苟。他在早上5点多摸黑起床，冒着风雪开车离家，6点多

◎ 童恩正

◎《珊瑚岛上的死光》

◎ 叶永烈与童恩正在成都（1979年）

便抵达机场。他说匹兹堡机场特别大，机场内既有地铁，又有公共汽车，下飞机后要乘地铁去取行李……他生怕我新来乍到，弄不清楚，便在引桥之侧等我。我深深地为童恩正的一片挚意所感动。

我第一次读到童恩正的科幻小说，是在1960年。当时，我读到少年儿童出版社刚刚出版的童恩正的《古峡迷雾》，一下子就被这本科幻小说所深深吸引。作者具备文学与历史双重功底。《古峡迷雾》不仅注意运用悬念而使结构扑朔迷离，而且刻画了性格鲜明的人物形象，环境描写、肖像描写以及对话都极具文学性。《人民文学》小说组组长王扶在与我聊天时，曾经随口说了一句："在中国的科幻小说作家之中，童恩正的作品最具文学性。"我深有同感。我非常喜欢《古峡迷雾》，至今仍保存着《古峡迷雾》的初版本。在"文化大革命"之后，童恩正曾经重写《古峡迷雾》，从中篇扩大到长篇，我却仍以为初版本更加精炼、紧凑，所以在主编《中国科幻小说世纪回眸丛书》时，选入了《古峡迷雾》的初版本。

自从《古峡迷雾》给我留下难以磨灭的印象之后，在《少年文艺》、《我们爱科学》等杂志上，凡是见到署名童恩正的作品，我必定一读为快。

我跟童恩正相识于1978年。当时，童恩正为了补充、修改《古峡迷雾》，来到了上海，住在他姐姐家。我们就在那里见面。他中等偏高的个子，风度潇洒，喜欢朗朗大笑。我们一见如故。在长谈之中，我发现，俩人对于科幻创作的见解，竟是那样的一致。从此，我们结为挚友。在中国科幻界，我与童恩正相知相交是最深的。

童恩正出自湖南宁乡书香门第。他的父亲童凯毕业于哈佛大学电机工程系。1935年，童凯和妻子曹曼殊在旅居江西庐山时，生下了童恩正。他们总共有 6 个孩子，童恩正排行第三。

童恩正在抗日烽火中随母亲逃难，辗转于湘西山区。他没有受到正规的小学教育，而在私塾里读古文，无意之中打下很好的文学基础。童恩正的父亲去了重庆。抗日战争结束之后，他父亲在湖南大学任教，童恩正考入长沙雅礼中学，成为学业优秀的学生。1956 年，他父亲调往成都电讯工程学院，童恩正也来到成都，并考入四川大学历史系，毕业后在那里执教，成为考古学教授。他早在大学一年级时就开始发表小说，毕业之后曾经一度在峨嵋电影制片厂担任编剧。

1978 年，我来到北京《人民文学》杂志编辑部时，编辑王扶拿出一大沓手稿给我看，那便是她正准备发表的童恩正的科幻小说《珊瑚岛上的死光》。

《珊瑚岛上的死光》在《人民文学》上推出，使童恩正名震文坛。细细阅读童恩正的这一力作，我发现，童恩正远远超过我——因为那时我还只是停留在写儿童科幻小说《小灵通漫游未来》的稚嫩水平，而童恩正的科幻小说是真正的小说，不再是奇趣的儿童故事。

《珊瑚岛上的死光》在 1978 年荣获全国优秀短篇小说奖，并被改编成电影，产生了广泛的影响。童恩正创造了"两个第一"：第一个荣获全国优秀短篇小说奖的科幻小说作家，第一部中国科幻电影。

记得，在 1978 年，我正忙于写长篇传记《高士其爷爷》一书，童恩正忽发奇想，说："到了 2000 年，也许高士其会站起来，会从病魔的束缚中解放出来……"我当即说，你能不能以《2000 年的高士其》为题，写一篇科幻小说，用作《高士其爷爷》一书的"尾声"一章？童恩正当即允诺，用了一个晚上的时间，写了出来，交给了我。我把《2000 年的高士其》收入《高士其爷爷》一书。很遗憾，少年儿童出版社在审看书稿时，认为这篇文章与全书不协调，建议删去。这样，《2000 年的高士其》一文，成了童恩正迄今尚未发表过的科幻小说。

1978 年 12 月 8 日，我与童恩正、王亚法共同讨论，由我执笔写了《幻想是极其可贵的》一文，于 1979 年 1 月 20 日发表于上海《文汇报》。这篇由童恩正与我共同署名的文章，论述了提倡科幻小说的重要性。1980 年 8 月，河南人民出版社出版了童恩正与我合著的科幻电影剧本选《生死未卜》。

童恩正思想深邃，见解深刻。1979 年第六期《人民文学》杂志发表了他的《谈谈我对科学文艺的认识》，向中国科普界所谓的科幻小说是"科普工具"的传统观点发起挑战，指出科幻小说首先是文学，是小说，遵循的是文学的规律。

在中国科幻小说遭到"大批判"，被斥为"伪科学"、"污染"的那些阴冷的日子里，我和童恩正成了主要目标。我挨批判的是作品，而童恩正则是他对于"科幻小说首先应当是小说"、"科幻小说姓'文'"的主张……我和童恩正成了站在同一战壕里的战友，反击着那些"批判"炮弹。那时，我们之间的通信十分频繁。在那些日子里，我和童恩正都是中国科普创作协会科学文艺委员会副主任。我们在北京的会议上，在上海的会议上，一次次并肩抗争。他用带点湖南口音的普通话发言，话不多，话不长，但他的见解比我深刻，所以他的反击力度远远胜过我。在我看来，他是中国科幻的"主帅"。

即使在那些寒风刺骨的日子里，童恩正仍非常乐观、豁达。他的话富有幽默感。记得，天津一家报纸在刊登我和他的照片时，把说明弄反。童恩正一见，哈哈大笑。那笑声持续了一分来钟！

童恩正曾两度去美国：20 世纪 80 年代初，他作为访问学者去美国；90年代则侨居美国，担任匹兹堡大学教授。他曾对我说，在他出国期间，授权我作为他在科幻小说创作方面的代表，可以替他表态，也可以处理他的作品版权事宜……

我与童恩正在匹兹堡相聚，畅叙着别后的情景。我注意到，他的白发明显地增多了。他在美国，是以教授立足，而不是以作家谋生。在美国当教授，要比在中国当教授付出多倍的精力。他在美国，已开了七八门中国考古新课。最为吃力的是，他不是用汉语向中国学生讲课，而是用英语向美国学生讲课。他是一个很聪明的人，靠着自学，在国内把英语学得不错。不过，一般性的英语会话并不难，用英语上专业课就不那么容易了。他又是一个一丝不苟的人。每开一门新课，就用英文详细写好讲稿。在上课时，他几乎是在那里"朗诵"讲义。这样，备课工作量之大，可想而知。他说，美国学生是花钱交了学费，希望从教授那里得到知识，所以教学半点都马虎不得。再说，作为教授，他绝不误人子弟，所以备课从来都是认认真真的。

我问起他是否还写小说？他摇摇头，叹道，"我得完成我的教学呀！"教授沉重的工作担子几乎占用了他的全部时间。他只是给美国的华文杂志写点短文。他说，等孩子们都工作了，他退休了，打算完成长篇自传，记述自己一生的道路。他如今的业余兴趣是汽车。他订有汽车杂志，非常熟悉汽车行

◎ 叶永烈与童恩正在美国匹兹堡童家书房（1993 年圣诞节）

情。哪个朋友要买车，都找他出主意。他的"大灰狼"，便是按照匹兹堡多坡的特点而精心挑选的大马力轿车。

他既订有《人民日报》海外版，也订有中国台湾报系在美国出版的《世界日报》。他无时无刻不在关心着中国的命运。我在他家最大的享受，是饱览各种海外杂志。我住的房间里，整整一书柜，全是各种杂志。我整天价看杂志。他对他的夫人说："没错吧，我说过，叶永烈在我们家看书，会比游匹兹堡更有兴趣！"

圣诞节前的傍晚，他的 3 个孩子驾着一辆轿车回家了。他们的车子刚在后院停下，前门又来了一辆轿车，那是我的长子的车，几乎同时到达他家。于是，小楼里发出一阵欢呼……

1997 年 4 月 21 日，我接到刘兴诗从成都打来的电话，告诉我童恩正在 20 日因急性肝炎病逝的消息，年仅 61 岁，我几乎不相信自己的耳朵！

我连夜发了唁电到美国给童恩正夫人："恩正是我多年挚友。迄今，我仍深深记得我们在匹兹堡相聚的印象。不料那次分手竟成永别。今年，我正准备赴美国，本以为可以再与恩正欢聚，却得此噩耗。恩正为人正直，为人诚恳，工作认真，而且见解远远比我深刻。在此悲痛时刻，我和内子以及兴诗谨向您表示我们深深的怀念之情。望节哀，多多保重。"

在收到我的唁电后，他的夫人杨亮升给我发来传真。她写道："恩正一

◎叶永烈与童恩正在美国匹兹堡（1993年）◎童恩正夫人杨亮升在成都童恩正墓前
（2006年4月）

生坎坷，但勇于抗争。他是那么充满活力，充满智慧和充满着对未来的憧憬，我实在难于接受眼前的事实。回忆在匹兹堡的相聚，历历如在目前。恩正走得太匆忙，我的悲痛无法表达。他未竟的事还很多，我与子女将尽力完成他未完成的工作，以便永远纪念他。"

童恩正不仅对中国科幻小说作出重大贡献，而且在考古学上建树颇多。他兼教授、学者、作家于一身。在他去世之后，经过四川文友们的努力，由重庆出版社出版了六卷本《童恩正文集》，作为对他的永久纪念。

童恩正豪爽，仗义，勤奋，执着，思想敏锐，才华横溢，我永远怀念他！

萧建亨与《布克的奇遇》

　　萧建亨通常被写作"肖建亨"，其实"肖"并不是姓氏"萧"的简体字。

　　我最初是从作品中认识萧建亨的。20世纪60年代初，中国少年儿童出版社创办了不定期的《我们爱科学》杂志，我常在这家杂志上发表作品。在1962年5月出版的第七期《我们爱科学》杂志上，发表了我的科学童话《一根老虎毛》，而紧挨着我的作品的"邻居"，是一篇非常有趣的科学幻想小说《布克的奇遇》。小说描述一只名叫布克的小狗，在被汽车压死之后，科学家把布克的脑袋移植到另一只狗身体上，出现了奇迹……这篇科学幻想小说富有儿童情趣，是一篇构思巧妙的佳作。从此，我记住了这篇科幻小说作者的名字：萧建亨（顺便提一句，也就在这一期《我们爱科学》杂志上，还发表

◎1962年9月《我们爱科学》　◎1962年9月《我们爱科学》第七期发表萧建亨的代表作
　第七期封面　　　　　　　　《布克的奇遇》

了童恩正的科学小品《古代饰片之谜》）。

后来，我又读了少年儿童出版社出版的、描述人类征服北极历程的科普小册子《谜一样的地方》，作者也是萧建亨。

1963 年我从北京大学毕业之后，来到上海科学教育电影制片厂担任编导。我在厂资料室里查阅剧本时，见到一个名为《气泡的故事》的科教片文学剧本，编剧为萧建亨。那是上海科学教育电影制片厂为了繁荣科教片创作，曾经向社会发起科教片剧本有奖征文活动。这个《气泡的故事》剧本是从苏州寄来，获得了二等奖——最高奖（一等奖空缺）。可惜，《气泡的故事》剧本到了导演手中，却因诸多内容难以拍摄而搁浅，最终没有搬上银幕。

直到 1978 年在上海召开全国科普创作座谈会的时候，我才结识长方脸上戴一副深紫色边框眼镜的萧建亨。他祖籍福建长汀，1930 年出生于苏州，年长我 10 岁，所以我总是称他为"老萧"。从此，我跟这位老成沉稳的苏州科幻作家有了许多交往。

萧建亨跟我聊起他的身世，我才知道他的人生道路曾是那么的坎坷：他 3 岁丧父，4 岁时随母躲避战乱，过着动荡的生活，到过九江、南昌、长沙、沅陵，然后经贵阳来到重庆。一直到抗战胜利才返回姑苏城。他曾回忆说："在重庆念小学的时候，读了老翻译家符琪珣译的《少年电机工程师》，这本书使我爱上了电机专业和业余无线电，养成了从小动手的习惯。最后，终于使我选择了大学的无线电系。"1953 年，他毕业于南京工学院，被分配到北京的一家电子管厂工作。然而，不久他因病不得不回故乡休养。就在这时，他从报纸上见到上海科学教育电影制片厂征求剧本的消息，便写了《气泡的故事》应征，居然中奖，给了他极大的鼓励。从此，他在苏州开始科普、科幻写作。然而，在"文化大革命"中，没有稿费收入的他，不得不去做临时工，生活异常艰辛。直到"文化大革命"过去，他才重新拿起笔来。

萧建亨说，小时候读了法国儒勒·凡尔纳的科学幻想小说《十五小英雄》（又译《十五小豪杰》），这本书培养了他对科幻小说的兴趣。他在"文化大革命"前，不仅创作了科幻小说《布克的奇遇》，还发表《钓鱼爱好者的唱片》、《奇异的机器狗》等科幻小说。随着"阶级斗争"的弦越绷越紧，科幻小说无处发表，从 1964 年起萧建亨不得不中止创作。"文化大革命"开始后，为了维持生计，他到苏州一家工厂当工人，做过电工、仪表工，他爬过电线木杆，也曾在积灰寸把厚的舞台下装电线……

1978年5月，萧建亨应邀出席全国科普创作座谈会，从上海回到苏州之后，被调往苏州市科委工作。1979年，萧建亨被调往苏州市文化局创作室从事创作，他写出了《密林虎踪》、《梦》、《万能服务公司》等科幻小说。他的这些科幻小说，是为少年儿童写的，故事有趣，构思奇巧。他曾说："我写作从来不快，一向感到吃力。我深感为少年儿童写好科学文艺是件很不容易的事。"

1980年、1981年，萧建亨在《人民文学》杂志发表了纯文学科幻小说《沙洛姆教授的迷误》和《乔二患病记》，进入了创作的巅峰期。

此后，中国科幻小说遭到非难，便几乎见不到他的新作。在那"非常时期"，萧建亨与我交往颇多。1982年11月，郑文光从北京来到上海。我当即发电报给苏州的萧建亨（当时打长途电话还很不方便），请他马上赶赴上海。这样，郑文光、萧建亨和我，在上海我家进行了长谈。紧接着，1982年12月18日童恩正从成都来到我家。我又发电报给苏州的萧建亨，请他来上海相聚。12月20日，萧建亨赶来了。童恩正、萧建亨和我在我家得以相聚。在一个多月之中，郑文光、童恩正、萧建亨和我的相聚，使我们之间有了直接的沟通，商讨了如何应对中国科幻小说面对的严重局面。当时，中国科幻小

◎ 左起：萧建亨、童恩正、叶永烈在上海（1983年）

说并没有专门的组织，而只有"科学文艺委员会"，主任是老干部郑公盾，而郑文光、童恩正、萧建亨和我为副主任。然而，我们的努力和积极应对，仍然无法挽回中国科幻小说走向低潮的命运。后来，郑文光病倒，童恩正出国，萧建亨搁笔，而我转向纪实文学……

萧建亨是中国作家协会会员，世界科幻小说协会会员，苏州市政协委员。

他在回顾自己的创作历程时，曾说："我一直是在科普的旗帜下写作科幻小说。"后来，他非常感叹："中国的科幻小说的发展一开始就伏下了一个潜在的危机。这危机就是'工具意识'过于强烈——仅仅把科幻小说当成了一种普及科学知识的手段，而忽略了科幻小说作为文学品种之一的文学品质。"

萧建亨经过反思，指出："中国科幻小说如欲求得发展，只有恢复其本来面目——应首先强调她是'小说'，既是小说，当然就是文学作品。"萧建亨的这段话，可以说是对中国科幻小说走过的一段弯路的深切反省。

刘兴诗与《美洲来的哥伦布》

1962年秋日，正在北京大学读五年级的我接到上海《少年文艺》编辑部的约稿信，说是第12期是科学文艺专号，希望我能够写篇稿子。我寄去了科学长诗《雪花篇》。当我收到这一期《少年文艺》时，读到了科学幻想小说《北方的云》，署名"刘兴诗"。这是我第一次读到刘兴诗的科幻小说，后来得知这也是刘兴诗的第一篇科幻小说。

名字中有个"诗"字，而且还要"兴"，表明父亲对他的文学期望。尽管刘兴诗长大后选择了地质学作为自己的专业，但是仍对文学保持着浓厚的兴趣，他以《北方的云》为起点，走上了科学幻想小说创作之路，可以说是不负父辈的期望。

刘兴诗一开口，便流露出浓重的四川口音。他是四川德阳人氏，1931年出生于湖北汉口。论年龄，郑文光年长萧建亨一岁，而萧建亨又年长刘兴诗一岁。他们仨都是我的"幻哥"。步入晚年，郑文光因病倒下，萧建亨多年辍笔，唯有刘兴诗一直在勤奋地写作，甚至在年逾古稀之时学会了用电脑写作，也会发发"伊妹儿"。

刘兴诗在1944年考入重庆的名牌中学——南开中学，六年的刻苦学习，为他打下扎实的学业基础。他跟我说起，姚文元是他的中学校友，还把姚文元

◎ 刘兴诗在叶永烈家（1990年11月11日）

◎ 叶永烈与刘兴诗在成都（2004年9月18日）

当时的照片送给我，以便收入我写的《姚文元传》。

1950年，刘兴诗考入北京大学地质系，两年后转入自然地理专业。1956年毕业，留校工作。1958年到成都地质学院任教，在那里"常驻"，从助教而讲师而副教授直至教授。

刘兴诗长年风餐露宿于野外，跋山涉水只等闲，养成了生活简朴、工作不畏艰难的作风。今日，年已八旬的他仍笔耕不辍，正是这种地质队员精神的延续和体现。

刘兴诗的科幻创作高峰期是在1979年至1983年，连续推出《海眼》、《美洲来的哥伦布》、《死城的传说》、《喂，大海》、《逝波》、《蓝洞》。这一时期，也正是中国科幻小说创作的高峰期。

其中，《美洲来的哥伦布》是他的代表作。在《美洲来的哥伦布》中，没有灿烂诱人的未来图景，而是对往事——一条古航线的详细考证和推测。刘兴诗以英格兰北部的苔丝蒙娜湖畔发现的一艘独木舟为线索，层层推理，最后得出"美洲印第安人曾经先于哥伦布发现美洲而到达欧洲、到达英格兰"的结论。这篇科幻小说是典型的"硬科幻小说"，作者以丰富的学识、步步深

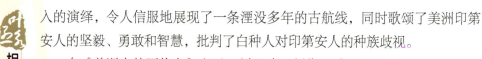

入的演绎，令人信服地展现了一条湮没多年的古航线，同时歌颂了美洲印第安人的坚毅、勇敢和智慧，批判了白种人对印第安人的种族歧视。

在《美洲来的哥伦布》之后，刘兴诗又创作了《失踪的航线》、《辛伯达太空浪游记》等科幻小说。

刘兴诗曾说："科学幻想来源何处？是玄妙的想象，或是灵机一动吗？不，首先是生活。现实生活是创作的源泉这句话，同样也适用于科幻小说。幻想，应该脚踏实地，永远也不要离开生活的土壤。"这段话体现了刘兴诗的SF观。刘兴诗的科幻小说，大都以他的地理、地质专业为题材，贴近生活。他并不十分注重小说的故事性，而是用散文式的笔调写科幻小说。他文笔优美。他的科幻小说，大都属于"硬科幻小说"。其中许多作品像《美洲来的哥伦布》那样，不是"朝前看"，而是"向后看"，描绘昔日的历史和辉煌。

刘兴诗兴趣广泛。他除了花费主要精力在地质学领域内求胜探宝，作出诸多建树，他还写了许多科学小品、科学童话、科学诗以及科普读物。他勤奋多产，大大小小、长长短短的著作已经超过百部。

刘兴诗性格活泼，出语幽默。有时候，也喜欢在众人面前"作秀"，拿起话筒唱上一曲，或者"抖露"一点"历史包袱"。眼下除了听力稍差之外，还保持着地质队员健步如飞、不断向前的状态。

愿"幻哥"刘兴诗一直"兴诗"。

宋宜昌与《Ｖ的贬值》

2003年3月25日，全世界关注的伊拉克战争进入第六天，在中央电视台的演播室里，出现了一位中年人，对那场正在进行着的如火如荼的战争进行评点。他的头衔是"军事专家"，名叫宋宜昌。

2005年7月2日，山东人民出版社在济南举行《诺门罕，日本第一次战败——一个原日本关东军军医的战争回忆录》出版座谈会，出席会议的除了原书作者松本文六先生及译者之外，这本书中文版的序言作者作了长篇发言。此人也是宋宜昌，这一回的头衔是"中国著名军事史专家"。

作为军事史专家，他还对《西洋世界军事史》进行解读，写了《辉煌帝国的军事视角——解读富勒〈西洋世界军事史〉》一书。

宋宜昌的涉猎范围甚广：在中国"神舟五号"发射成功的时候，他在电视台指出这一成功背后的军事意义；当美国"哥伦比亚号"航天飞机失事，他又就失事的原因进行详细分析；当俄罗斯的"库尔斯克"号核潜艇失事，他把此事与"俄罗斯军事帝国"联系在一起进行评析；他就中国与印度两国的历史与现状进行对比分析；他还就中国在20世纪60—70年代的"三线建设"进行回顾与反思……

他的许多观点，独树一帜，很有

◎ 宋宜昌

见地。比如说，他以为"伊拉克战场也是课堂"，这句话在当时被中国军事院校许多人所引用；又如，他以为，苏联依宠武力，穷兵黩武，是继承了它的征服者——蒙古铁骑的基因的，但苏联在经商方面，始终是二三流水准，苏联之轰然崩塌，被军备竞赛所拖垮，只是表象，败于商战则是根本原因……他的苏联"败于商战论"，也令许多人折服。

英语特棒的人，在今日中国已经不足为奇。然而，宋宜昌居然对学习英语的方法进行钻研，写出《风暴谜式英语单词记忆法》一书。

他跟法国作家凡尔纳一样，对于地图有着特殊的收藏爱好。1997年他居然主编了《国家地理：从地理版图到文化版图的历史考察》一书。

在对宋宜昌的"肖像"进行了一番"大范围"的扫描之后，应该言归正传，写一写作为中国科幻小说作家的他。

在20世纪80年代初我认识宋宜昌的时候，他是一个不大显山露水的人，当时他是北京一家出版社的编辑。跟宋宜昌聊天，我发现他的思维速度极快、语速也很快，甚至可以说是跳跃式的。他常常刚刚跟你谈这个问题，马上又飞快地跳到另一个问题。有一回他到上海我家，跟我讨论的问题是写长篇小说时是否用"框图"。当他见到我的长篇小说草稿上画着一个个长方形的框子和许许多多箭头时，大笑道，你我都用"框图"！

当我有幸读到他1980年在香港出版的科幻小说《V的贬值》后，完全被他横溢的才华和独特的构思所折服了！V，是指美神维纳斯。当人人都具有美貌之后，V也就贬值了。他巧妙地描绘了这一贬值。这部作品不仅构思新颖，而且富有文采，非常流畅，如行云流水。在当时我读到的中国科幻小说之中，《V的贬值》属于另类。这是在20世纪70年代中期，他为香港长城电影公司写剧本的时候创作的。由于这部科幻小说的理念过于超越了时代，以致在当时无法在中国大陆出版。

1982年，我在主编《中国科幻小说选》的时候，理所当然地选入《V的贬值》。然而，在出书前夕，责任编辑告诉我，《中国科幻小说选》中有两篇作品在领导审稿时被删去，一篇是老舍的《猫城记》，一篇是宋宜昌的《V的贬值》。老舍的《猫城记》曾经受到过"批判"，当时连《老舍文集》都没有收入（后来终于收进第7卷），所以未能通过图书审查关；至于《V的贬值》，我当时用的是宋宜昌提供的香港版复印件。出版社领导一看是用繁体字排印的，马上"警惕"起来，说道："《V的贬值》只在香港出版，从未在大陆出版，表明这部作品不适宜收入《中国科幻小说选》。"尽管我据理力争，也无济于事，只得忍痛割爱。直到 1999 年我主编六卷本《中国科幻小说世纪回眸》（福建少年儿童出版社出版），才终于如愿以偿把《V 的贬值》全文收入。

宋宜昌的科幻小说不多，但是都很精致，主要是中长篇。在《V 的贬值》之后，他的代表作是长篇科幻小说《祸匣打开之后》。这部长篇写的是在 23 世纪的时候，一场强烈的地震触发了南极大陆冰盖下的外星人飞船。这艘飞船是在几十万年前由一对外星人驾驶来到地球的。当时，这对外星人死去，但是死前留下十几个冷冻胚胎。地震使冷冻胚胎迅速发育，仿佛打开了祸匣。新一代外星人操纵先进武器，发动毁灭人类文明的战争。面对凶暴的外星人，地球人奋起反抗。这场恶战还惊动一批友善的外星人，与地球人结成同盟，终于击败从南极大陆冰盖下钻出的祸种。

一位名叫杜青的科幻迷，在回顾自己读过的科幻小说时说："我个人认为《祸匣打开之后》是新中国最好的一部科幻小说，这部小说出现在 20 世纪 80 年代初，篇章行文与西方科幻小说风格几乎完全接轨，考虑到当时中国刚刚走向开放，不能说不是件非常令人惊叹的事情。可惜该作者后来再也没有写长篇科幻小说了。"这一读者的评论是恰如其分的。

在完成优秀的长篇科幻小说《祸匣打开之后》之后，宋宜昌的兴趣集中在世界海战史，长篇《北极光下的幽灵》是反间谍小说，描述第二次世界大战期间希特勒在格陵兰岛建立间谍气象站，给盟军北大西洋运输线造成的严重威胁；长篇《燃烧的岛群》描述了波澜壮阔的太平洋战争；长篇《北方的孤独女王》，记述纳粹王牌战舰"提尔皮茨"号的战斗历程；此外还有长篇《火与剑的海洋》、《沙漠之狐隆美尔》、《大洋角逐》……

宋宜昌以这样的话，道出自己研究世界海战史的缘由：世界有三种文明，即蒙古游牧民族之类的"绿色文明"，中国农业耕作守望之类的"黄色文明"，以及现在霸道的美英海洋贸易和探险之类的"蓝色文明"。我们必须走向蓝色世界才有希望，因此要了解海权和海战，这也是我做这件事的驱动力……

我注意到两个小小的细节，宋宜昌最初的两部长篇《祸匣打开之后》和《北极光下的幽灵》，都是由甘肃人民出版社出版。另外，在《祸匣打开之后》的末尾，有这么一行字："1980 年 6 月 14 日，初稿于兰州；1981 年 6 月 4 日，二稿于北京。"这表明，作者曾与甘肃有过密切的关系。

我解开这个细节背后的谜，以及深入了解他的身世，是 1996 年 5 月 25

◎ 宋宜昌新作《鹰的图腾——美国霸业的兴衰》

日我在北京对他所进行的采访。

当时，我正在写作50万字的关于中共十一届三中全会的纪实长篇《1978：中国命运大转折》，内中写及关于"实践是检验真理的唯一标准"大论战。我查阅了当时的报刊，得知在全国各省市（除北京之外）第一个开展"真理标准"讨论的是甘肃。甘肃地处大西北，属于经济不发达地区，在政治上也只是一般性的省份，然而，在关于"真理标准"的讨论中，在各省市委之中，却一马当先。其中的原因，是当时的中共甘肃省委第一书记宋平，明确表示支持"实践是检验真理的唯一标准"，反对华国锋的"两个凡是"。由于宋平在"真理标准"论战中态度鲜明，后来被调往北京，出任中共中央政治局常委。

然而，关于宋平的经历鲜见于报刊。我从朋友那里得知宋宜昌乃宋平之子，便对他进行了采访——这次采访，不再是科幻作家之间的谈话。我从宋宜昌的谈话中，详细了解了宋平鲜为人知的经历，写入书中。

身为高干子弟的宋宜昌，向来为人低调，从不在人前谈及父亲和家底。这一回，由于我所采访的是宋平的经历，在谈话中，宋宜昌不得不谈及自己的一些经历。宋平原名宋延平，山东莒县人，因此宋宜昌祖籍山东莒县。宋宜昌告诉我，一个非常奇特的机遇，使宋平有机会从山东农村到北平上大学。那是宋平的哥哥参加万国邮政抽奖，得了奖——三百大洋！于是，哥哥把这笔钱给了宋平去北平上学。这样，宋平进入北平农业大学。念了一年，宋平又考入清华大学化学系。1937年，宋平在北平加入中国共产党，走上红色之路……

1949年后，宋平担任过政务院劳动部副部长、国家计委副主任，全家在北京生活。1960年，宋平调任中共西北局委员兼西北局计委主任，开始在西北工作。宋宜昌也随父亲来到西北。"文化大革命"中，宋平曾受到非难。在"牛棚"里关了一年多。那时宋平全家五口人，拥挤在一间二十多平方米的屋子里，过了两三年。

宋宜昌在中学毕业之后，作为"知识青年"，到西北农村劳动。每天在高强度的劳动之余，别人在宿舍里高声打扑克，他却坚持自学外语。他非常珍惜时间，喜欢泰戈尔的一句诗："暮色已经重了，村子还没到。快一点走，再快一点走。"在那样恶劣的环境中，他居然自学了英语、俄语和日语。掌握外语之后，为他打开了一扇通向外部世界的窗口。宋宜昌大量阅读了西方军事史著作。他这位"著名军事史专家"就是这么来的。

宋宜昌在给友人的一封信中，曾经这样袒露自己的心路历程：

来信收到。谢谢你对我的信任。但走上成功之路的秘诀，我却无可奉告。我只能向你谈谈我自己，我的个性，我的内心。顺便回答你关于"学历"、"机遇"、"个人能力"的提问。

人，都有气质。我是个狂热的理想主义者。我的一生都在追求。像推土机一样铲平无数荆棘和艰险，蔑视困难，把失败当阶梯，把拼搏视为理所当然。我意识到人生的短暂，既然我降生在祖国这块土地上，我就要无穷无尽地努力，让理想的光芒在祖国甚至在世界闪耀。我有自己的精神王国，我知道历史如何发展，经济和政治如何渲染成万花筒。我是个节奏极快的人。凡是美的东西我都喜欢。我也知道人生有各种各样的享乐，但最高的享乐，就是为了祖国，把自己的思想铸成历史的丰碑。那样，你走到祖国的大地上，大地会发出坚实而有力的回响。

我冷静地思考，科学地运筹，不顾一切地投入战斗，追求胜利，也追求搏斗。人生的确美好，然而你用你思想的火去点燃人生的霞光时，它会比极光更绚丽。记住罗曼·罗兰的诗：我年轻的弟兄们，让火燃着！

我想告诉像你一样年轻的人们：把命运紧紧抓在自己手里吧，千万别抱怨命运、抱怨环境、抱怨自己不是天才或者羡慕他人的成功。举起你的双手，勇敢地开拓。开动你的思想，富于想象力地思索。任何成功都不是一蹴而就，一朝从天上掉下来的。我不相信偶然和机遇，当然，有，固然好。

努力开拓吧。第一天，你眼前会是别的成功者的森林，你根本钻不进去。一年后，森林就出现了空隙。三年后，似乎密不通风的知识之帷已经网眼洞开。五年后，也许只剩几个竞争者。十年后，你面前只会是一片未知的海洋。你就会像费迪南·麦哲伦在麦哲伦海峡探险时那样，在阴森、险恶、雪峰绵延、海水如墨的峡湾中航行，终于有一天，会出现开阔的光明之海。即便失败了，又有什么！你努力的过程就像火流星，把光留在冷寂博大的空间。而如果每一个中国人都这样去奋力拼搏，那我们祖国的天空就将是一片光明。一个人的潜力是非常难以预测的，谁能说自己生来就是平庸者……

在中国科幻界，宋宜昌是人品、作品"两优"的作家，可谓德艺双馨。宋宜昌的可贵之处在于从不依仗父亲的地位在宦途上争升迁，而是靠着自己的刻苦努力打下扎实的学术功底，"进击、进击、再进击！"他兴趣广泛，涉猎甚广，也正因为这样，他的作品（包括科幻小说）视野广阔，知识丰富。他的文笔流畅，而且仿照"框图"创作出来的作品，故事性强，层次清楚，有头有尾，令人欲罢不能。

魏雅华与《温柔之乡的梦》

"我们是没有见过面的老朋友！"记得，这是魏雅华见到我的时候所说的第一句话。

那是1984年4月29日下午，我和妻外出回来，远远的，便看见母亲在阳台上朝我们招手。我猜想是来了客人。一上楼，果真，一位40岁左右的男子，戴着一副近视眼镜，正坐在沙发上。

哦，原来是魏雅华！他路过上海来看我。他说话声音不大，冷静，双手常爱交叉在胸前。

一见如故。没有任何寒暄。

他那时在西安交通大学工作，是一个工人。妻子是学校商店的服务员。他生在西安，长在西安。只是由于父亲被错划成右派，所以他在1959年高中毕业后，无缘步入大学之门。不过，他酷爱写作，也就走上了文学创作之路。

我第一次注意到他的名字，是在1979年10月，北京的《工人日报》连载了一篇惊险科幻小说——《飞毯的风波》，署名"魏雅华"。这家报纸在5个月前，连载了我写的惊险科幻小说——《生死未卜》。编辑刘美圭、孟东明告诉我，这位新作者的作品写得不错。那篇《飞毯的风波》，

◎ 叶永烈与魏雅华在上海（1984年4月29日）

179

便是魏雅华的科幻处女作。最初，我还误以为"魏雅华"是一位女性呢!

后来，当工人出版社出版集子时，把我和他的作品收进同一本集子里。当我主编《中国惊险科幻小说选》时，也选入了他的这篇处女作。《飞毯的风波》是他科幻创作的起点。

他的科幻创作的巨大飞跃，在于他写出了《温柔之乡的梦》。这篇力作最初命运不佳，一连被5家杂志退稿。当这篇作品落到了《北京文学》时，在1981年1月号发表了。很快，《小说月报》、《小说选刊》和《新华文摘》都选载了这篇作品，魏雅华打"响"了!

一篇独具创见、广有影响的作品，往往会引发各种各样的评论。仁者见仁，智者见智。这篇作品在中国文坛上受到赞誉之际，也受到来自科普界的猛烈批评。在各种场合，我总是为这篇作品辩解。我认为，这是一篇值得给予肯定的作品;虽然也存在一些缺点，但毕竟是次要的。我以为作者是有才华的，是中国科幻文坛上有潜力的新秀。不应以偏概全，攻其一点，不及其余。迄今，我仍持如是观。当联邦德国约我主编德文版《中国科幻小说选》时，我也收进了这篇作品。后来，在美国出版的、吴定柏编选的英文版《中国科幻小说选》，同样收入了这篇作品。

1983年，《芒种》杂志在第七期准备以"求索篇"的名义发表估计会引起争议的魏雅华科幻新作《神奇的瞳孔》，事先寄来清样，约我写评论。我也欣然为之写了《科幻小说要有亮色》。那篇科幻小说，果然又引起一番争论。

我在《科幻小说要有亮色》一文中曾写道:

"在国内，关于科幻小说的争论是颇多的。有些同志以为威尔斯的《隐身人》不能算是科幻小说，只是'幻想小说'。当然，他们也会以为《瞳孔》不能算是科幻小说。我觉得，我们不妨把科幻小说的概念放宽一些，提倡各种风格、各种流派百花齐放。"

"《瞳孔》的作者是年轻的有才华的作者。在科幻小说创作上，他进行了许多勇敢的探索。有的探索是成功的。《瞳孔》列入'求索篇'，也意在探索。《瞳孔》文笔流畅、短句、短段，作者是有文采的。但是，在思想内涵上的缺陷，是应当注意的。"

我和魏雅华开始通信。他的字，一个个像刻蜡版似的，端端正正。

正因为有了那么多文字之交，我们成了"没有见过面的老朋友"。

在1983年11月，我的长篇科幻小说《黑影》与魏雅华的《温柔之乡的梦》成为挞伐的目标。《黑影》被诬为"违背四项基本原则"，《温柔之乡的梦》被斥为"黄色小说"。

即便在那样严峻的时刻,我与魏雅华在通信中仍互相鼓励。

我与魏雅华终于见面了,一口气谈了四五个小时。我感到欣慰的是,尽管那几年科幻小说创作跌入低谷,魏雅华仍以饱满的热情,挚爱着这位受到冷落的"灰姑娘"。他不断写出新作。

魏雅华的科幻小说,文字清新,构思精巧,注意悬念的运用,善于刻画人物,形成了自己的风格。他是中国新时期涌现的一位优秀的科幻小说作家。

那场"大批判"终于成为历史。到了2000年,《黑影》与《温柔之乡的梦》都作为中国科幻小说的优秀之作收入"20世纪中国科幻精品"丛书,拂去了那不白之冤。

2000年1月下旬,我飞往西安,为新版《十万个为什么》签名售书。在那里,我与魏雅华重逢,格外高兴。我们还一起亮相于西安电视台荧屏。

我发觉,魏雅华的思想非常活跃。那时候,他钻研股市规律,居然成为西安颇有影响的股市评论家。他不断在报刊上发表股评。他还出版了《中国股市:政策市》(中国对外出版公司出版)、《中国股市保卫战》(机械工业出版社出版),表达了他对中国股市的分析与见解。

除了科幻小说之外,魏雅华还创作了长篇文学小说《裸城》、《饥饿》、《落红》、《落枫》、《落尘》、《媚眼》、《白眼》、《猫眼》、《丽影》、《黑妹》等。这充分显示了魏雅华的创作实力。

魏雅华的创作是多方面的。他写出长篇纪实文学集《病态人格忧思录》。在时政经济评论方面也颇有建树,著有政论集《中国:红灯·黄灯·绿灯》(同心出版社出版),《邓小平身后的中国》(广东经济出版社出版)等。

如今,魏雅华担任陕西电视台经济频道评论员,同时担任多家报刊的经济、文化专栏作家和特邀记者。

魏雅华曾以科幻小说《温柔之乡的梦》荣获"北京文学奖";以科幻小说《女娲之石》荣获"青春文学奖";以《远方来客》荣获"中国科幻小说首届银河奖";以《天火》荣获"中国科幻小说第二届银河奖"。他还获得了"中国海洋文学海燕奖"、"西安文学奖"、"中国通俗文学冰熊奖"等15项文学奖。

魏雅华多才多艺,还擅长于书画。他是一个非常努力的作家。祝愿魏雅华写出更多更好的作品。

金涛与《月光岛》

　　金涛，其实名不副实，他是一个平和的人，从来没有给我以"惊涛骇浪"之感。

　　金涛原名金春麟，祖籍安徽黟县，1940年生于安徽休宁，6岁时随父母迁往江西九江。1957年毕业于九江第二中学（原同文中学），考入北京大学地质地理系。

　　金涛与我在1978年相识之后，给我一种深切的"同步感"：我们不仅同龄，而且同一年考入北京大学，我在化学系读了6年，他在地质地理系读了6年（那时候北京大学理科为六年制）。在北京大学，化学楼与地学楼楼对楼，窗对窗。我的毕业论文是借助于地学楼二楼的光谱实验室完成的。然而，在这漫长的6年之中，我们却无缘相识！

　　那时候，北京大学共青团团委主办了一本杂志，名叫《北大青年》。这本杂志的开本、编排，都模仿团中央的《中国青年》杂志。我和金涛虽说是理科学生，但都有着强烈的"文学倾向"，成了这家杂志的热心作者。金涛当时参加创作歌剧《骆驼山》和反映大学生活的多幕话剧《冰川春水》。《冰川春水》剧本就发表《北大青年》上。

　　1963年，金涛在北京大学毕业后，分配到中共中央党校任教员，后来调到《光明日报》任编辑、记者、机动记者部副主任、记者部主任。1991年，金涛调往科学普及出版社（暨中国科学技术出版社）；任总编辑、社长。

　　金涛的第一篇科幻小说，用了一个富有诗意的篇名——《月光岛》。据金涛说，那是1978年初冬，他从北京到厦门出席会议，住在那如花似玉的鼓浪屿。美丽的小岛给了金涛以创作的灵感。从未写过科幻小说的他，一气呵成了《月光岛》。写罢，连金涛自己都有点怀疑："这难道算得上是小说，尤其

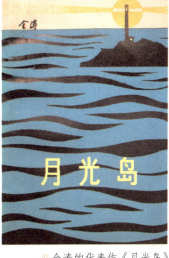

◎金涛画像　　　　◎金涛的代表作《月光岛》

是人们所称的科学幻想小说？"

　　《月光岛》写的是近乎离奇的爱情故事。一位名叫梅生的生物化学系毕业生，由于恩师孟凡凯教授受到迫害，不得不出走只有36个居民的荒凉小岛——月光岛，在那里看守灯塔。一天，老渔夫送来一位已经不省人事的姑娘。梅生用蚂蟥提取液救活了姑娘，方知姑娘乃是孟凡凯教授的独生女。他们之间产生了爱情。后来，梅生离开小岛参加出国留学考试，巧遇出狱的孟凡凯教授。他们一起去月光岛寻找姑娘，姑娘已经不知去向——原来姑娘是前来地球考察的外星人……

　　虽说《月光岛》中有过多的巧遇，但是那在诗一般小岛展开的爱情故事，十分感人。这篇科幻小说发表于1980年第一、二期《科学时代》杂志。后来，由地质出版社出版。

　　《月光岛》引发了金涛对于科学幻想小说创作的浓厚兴趣。此后，他创作了许多科幻小说，有《台风行动》、《马小哈奇遇记》、《人与兽》、《失踪的机器人》、《马里兰警长探案》、《冰原迷踪》、《火星来客》等。《魔盒——金涛科幻小说选》一书，在1993年获首届全国优秀少儿科普图书奖大奖——周培源奖。

　　给我留下很深印象的是，在1979年，金涛与翻译家王逢振一起编选了《魔鬼三角与UFO——西方著名科学幻想小说选》。这本40万字的书，在1980年由海洋出版社出版，第一次印刷就印了42万册！这本书为20世纪80年代初中国科幻小说的大发展，起了推波助澜的作用。

　　金涛作为《光明日报》记者，曾两次赴南极考察，写下很多有关南极题材的作品，如《奇妙的南极》、《南极与人类》、《冰原迷踪》、《从北京到南极》和《暴风雪的夏天》等。金涛非常赞赏科学家们不分国籍、肤色、语言和意

183

识形态，在南极通力合作，互相帮助。他说，南极精神是很值得发扬的。

除了写作科幻小说、科学考察记之外，金涛还创作了许多科学童话和散文。

金涛集作家、记者、编辑于一身。对于我来说，感受更多的是作为编辑的金涛。在20世纪80年代初，他与《光明日报》编辑、杂文作家盛祖宏一起，约我为《光明日报》"东风"副刊写了许多文章。他对待来稿非常认真负责。最可贵的是，在中国科幻小说蒙受不公正的批判时，他旗帜鲜明地给予支持。在我的科幻小说屡遭"批判"、处境十分困难的时候，《光明日报》"东风"副刊不断发表我的文章，对"批判"进行还击。金涛还写了评论《叶永烈和他的作品小议》，对于我的创作给予充分的肯定。

后来，金涛担任社长兼总编辑多年，繁重的工作担子占用了他的许多时间。他为中国的科普出版事业作出很大贡献。

金涛退休之后，在媒体的眼中，他是北京资深的科普、科幻评论家。他在各种场合，他对中国科幻小说的现状提出自己的见解。由于他出身理科，而又多年从事科普工作，所以他非常强调作品的科学性。

金涛曾经尖锐批评中国新一代科幻作家之中，很多人不懂科学。他指出："科幻小说之所以在国内发展不起来，是因为许多作家都不懂科学，他们更多的是受空间观念的束缚。要打破传统时空观，先要搞清楚什么是科学，在科学的基础上，发挥无限的想象力。"

金涛说，科幻创作不景气的一个重要原因是缺少创作人才。科幻作品很难写，作者不仅要有很好的文学功底，还要懂得科学，最好能够站在前沿，了解科技的最新发展动态。而现在的教育方式限制了科幻作家的产生。尤其是文理分科，造成想写科幻的因为不懂科学写不了，而懂科学的又大多写不好小说。现在国内还缺少一个科幻的平台，没有一个全国性的科幻刊物，没有科幻评论，地方性的科幻刊物也仅有成都的《科幻世界》等很少的几家。而且，多年来社会对科幻的认识也存在误区，科普界认为科幻不是科普，而文学界又认为科幻不入流，这些都限制了科幻创作队伍的发展。

金涛说："严格地说，除了少数科学家为传播他们的新发现新发明所专门撰写的作品，多数科普读物并不是在科学知识上有什么创新，更多的是形式上的创新，所以，用什么观点、什么内容、什么形式去传播科学知识，实现'快乐阅读'，是决定作品成功与否的关键。"

在金涛的种种评论之中，我以为他所仿照阿西莫夫"机器人三定律"模

◎叶永烈与金涛在北京（2011 年 11 月 22 日）

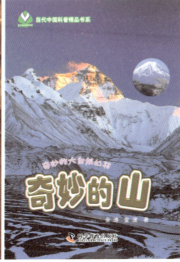

◎金涛新作《奇妙的山》

式提出的"科幻创作三定律"，最有创意：

第一，科幻文学始终不能违反人类积累的经过实践证明是正确的科学原理和法则；

第二，科幻文学展望未来发展的前景时，不可避免地应具备超前意识，但不应与第一条相冲突；

第三，科幻文学应自觉地抵制一切反科学和宣扬伪科学的观点，与披着科学伪装的现代迷信划清界限。

王晓达与《波》

读了科幻小说《波》之后，一股清新之风，吹进我的心扉。

那是在1979年，童恩正告诉我，《四川文学》第四期上发表的科幻小说新作《波》，很值得注意。我当即找来《四川文学》，一口气读完《波》，果真是一篇出手不凡的作品。从此，作者王晓达的名字，印在我的记忆之中。

后来，我去成都，经童恩正介绍，结识了王晓达。王晓达本名王孝达，生于1939年8月，年长我一岁。王晓达是苏州人氏，1961年毕业于天津大学机械系，分配到成都汽车配件厂、工程机械厂从事技术工作，1979年调入成都大学任教。

《波》是王晓达的科幻小说处女作，也是他的代表作。后来这篇作品的篇名，曾经改为《神秘的波》。

《波》是以"《军事科技通讯》社的记者"的"我"——张长弓，用第一人称写的。这篇小说从一开头的"紧急警报"，便制造出一种神秘而又紧张的气氛，迫使读者跟随着"我"进入军事高科技禁地"波-45系统"，悬念一个接着一个，令人欲罢不能。

在我看来，《波》的最大成功，在于科学幻想构思的独创性。

科学幻想构思是科幻小说的重要组成部分。很多科幻小说作者所着力的是科幻小说的小说构思，并不在意科学幻想构思的创新。常见科幻小说写"三种人"，即机器人、克隆人、外星人，

◎ 王晓达

◎叶永烈与王晓达、李利在成都　　　　◎叶永烈与王晓达在上海（1994年冬）
　（1991年5月）

这样的科学幻想构思简直是写滥了。此外，诸如时间隧道、恐龙复活之类，也比比皆是。然而，《波》的科学幻想构思，令我耳目一新。

《波》中所描写的王教授家的围墙，是那么的奇妙：

"绕过星湖，就看到耸立在一片翠绿之中的几座雅致的楼房。前面靠湖的一幢楼房上斗大的5个字告诉我，这就是教授家了。我兴高采烈地走近时，几株绿枫摇曳着多姿的枝叶，似乎向我表示欢迎。一堵不高的花墙隔在楼前，我寻思门在后面，绕了一圈后，简直使我莫名其妙，因为围墙上竟是没有门的。我对着这堵爬满了常青藤的花墙愣住了。怎么进去呢？教授又怎么出来呢？总不会要像鲁滨孙一样，架了梯子爬出爬进吧！"

就在"我"十分苦恼，找不到大门、不得其门而入的时候，奇迹发生了：

"我听到了楼房的开门声和脚步声。接着，我惊奇得叫出声来了，因为从墙中走出来一个八九岁的小孩。注意，是从那爬满常青藤，没门没洞的砖墙中走出来的，不是从墙上、墙下或其他地方。"

"我"终于也"穿墙而过"，来到王教授家。先是"走近了达·芬奇的《蒙娜丽莎》"，"我伸出了手，想去摸一摸这张惟妙惟肖的名画。"然而，"当我认为应该摸到画幅时，竟是'空空如也'，就是讲什么也没摸到。我试探着又摸了一下，还是'空空如也'。我使劲擦着眼睛，望着这张实际上不存在的带着神秘微笑的《蒙娜丽莎》。

接着，"我无意触动了一个仪器，不料几条彩燕（引者注：热带鱼）忽然穿缸而出，翱翔于空中了。教授连忙过来调整仪器，燕鱼又穿缸而进。""教授把我的手拿起来，往玻璃缸中浸去。我自作聪明地认为一定得个'空空如也'的感觉，所以随便地往下一伸，不想居然觉得真的伸在水中，而且是温

科普之星

187

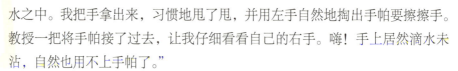

水之中。我把手拿出来，习惯地甩了甩，并用左手自然地掏出手帕要擦擦手。教授一把将手帕接了过去，让我仔细看看自己的右手。嗨！手上居然滴水未沾，自然也用不上手帕了。"

在王教授家，"我"见到许多不可思议的怪事。从王教授那里得知，这一切都是"波"在导演。王教授解释了"波"的原理和"综合仿形仪"的原理。小说进一步展现，"波"和"综合仿形仪"在军事上的重要用途……

王晓达笔下的"波"以及"综合仿形仪"，是别的科幻小说中没有的。这样新奇的科学幻想构思，使《波》这篇科幻小说别具一格。《波》的成功，给予科幻小说作家们以启示，应该在科学幻想构思上多下工夫。

王晓达能够创造如此独特的科学幻想构思，跟他出身工科有关。大凡能够在科学幻想构思上创新的，往往需要广博的自然科学知识。

《波》一炮打响。王晓达从此成为科幻小说"蜀"军阵营中的一员大将。他又继续创作了《冰下的梦》等科幻小说以及许多科普读物。

王晓达的老家在苏州。当时，他每年春节都要从成都前往苏州，探望老母，也就顺道前来上海，与我相聚。王晓达是一位非常忠厚的朋友。我笑称王晓达是童恩正的"秘书"。童恩正工作太忙的时候，差不多都是通过王晓达跟我联系的。特别是在 1982 年、1983 年中国科幻小说蒙受不白之冤、遭

◎ 叶永烈与王晓达在成都（2008 年 10 月 13 日）

到"批判"的时候，王晓达隔三差五给我来信，通报情况，并转达童恩正的意见。

当时，在科普老前辈贾祖璋先生的提议之下，他与我共同主编《中青年科普创作丛书》，已经由福建科技出版社出版了好几本。贾老先生提议出版这套丛书，为的是奖掖中青年科普作家。但是，由于受到压力，不得不把已经编好的王晓达的科幻小说选集退稿！

不光福建如此，当时我与王晓达等共同创作的科幻小说集《方寸乾坤》，已经由地质出版社印好，竟然不许发行，全部销毁！所幸，当时出版社曾先寄我一本样书，如今成了"孤本"！

现在，已经退休的王晓达，仍热心于科幻小说与科普读物的创作。他是这样表达自己对于科幻小说创作的见解：

"过去我写科幻小说，现在我写科幻小说，将来我还是要写科幻小说。我愿用科幻小说告诉读者：科学技术发展变化无穷，科学技术威力无穷！与其说是'普及'幻想中的科学技术，不如说是在'普及'科学技术威力无穷的科学思想。当然，这也是我一家之言，是否做到了？还得读者来评说。"

张系国与《超人列车》

"科幻小说是现代人的神话，因为现代的人不可能再相信从前的神话，一定要取得一种代替品，科幻小说便是现代的文学神话。"

关于科幻小说的定义，见仁见智。以上这段话，是台湾作家张系国对于科幻小说的理解。请注意，在中国大陆，有人称科幻小说为"科学神话"，为此编选了一系列以"科学神话"为书名的科幻小说选集；然而，张系国则称科幻小说是"现代的文学神话"。他所强调的是"文学"。他的诸多科幻小说，注重作品的文学性，人称他的作品"文以载道"。

张系国，笔名有三等兵、域外人、白丁、醒石等。

我最早是从江西人民出版社 1982 年出版的《张系国短篇小说选》中"认识"张系国的。他的小说选为什么会由江西人民出版社出版呢？因为他原籍江西省南昌市，如今，张系国被重庆市列入"重庆名人"。这又是为什么呢？因为他 1944 年出生于重庆市。

当然，现在对张系国的通常的称谓是"台湾作家"，因为在 1949 年他随父母去了台湾。他在 1961 年毕业于台湾新竹中学，由于成绩优异，被保送到台湾大学电机系。

在关于美国华人留学生文学的研究论文中，也常常提到张系国及其作品，那是因为张系国从台湾大学电机工程学系毕业之后，1966 年前往美国加州大学伯克利分校电机系学习，两年半后，获博士学位。他的许多作品抒发了留美学生的浓浓乡思。

在科学界，则称张系国为电机专家、电脑专家、教授。他曾任教于美国康奈尔大学及伊利诺大学，担任伊利诺理工学院电机系主任。后来又转攻电脑，在匹兹堡大学担任电脑研究中心主任以及美国知识系统学院院长。

◎张系国　　　◎《张系国短篇小说选》

1993年圣诞节前夕，我从美国洛杉矶飞往匹兹堡，看望在匹兹堡大学任教的挚友童恩正。遗憾的是，当时也在那里任教的张系国回台湾探亲，失之交臂。童恩正告诉我，他与张系国差一点闹了误会：他来匹兹堡大学不久，尽管两人专业不同，但科幻创作是他们的共同爱好，相谈甚欢。于是，张系国先生约一批爱好文学的朋友，为童恩正举行欢迎会。可是，童恩正竟迟迟未到，使张先生非常尴尬……其实，那是童恩正在匆忙之中记错了时间，以为是第二天举行，所以迟迟未到。

张系国的一位台湾朋友，在2002年7月8日写的一则"花絮"中，这样描述张系国办事的快捷：

昨天去参加张系国先生的新书发表会，会后有人问如何与他联络，他说写E-mail给他是最快的方式。

用E-mail联络的确是既方便又瞬间万里，我自己都不知道有多久没写过信笺了。

张系国接下来说的就震撼了。他说："我在40分钟内一定回信，如果没有收到，就表示我挂了。"

张系国身材胖，性情孤僻，从小就喜欢读书，文学是他童年的伴侣。据说，他小时候喜欢读章回小说，如《东周列国志》、《水浒传》、《隋唐演义》、《七侠五义》、《小五义》、《薛仁贵征东》、《五虎平西》等。那时，他常到租书店抱回一大堆书，独自闷在房间里看。文学的滋养就是在大量的阅读中，流进张系国的心田。

进入台湾大学之后，张系国是工科学生，却深深迷恋法国小说家、剧作家、哲学家让-保尔·萨特（Jean-Paul Sartre，1905—1980）的著作。萨特被称为"20世纪的堂·吉诃德"。他在童年和少年时代为自己设定的"剑客"的角色，实际上伴随了他一生。他是一个彻头彻尾的理想主义者，一个人类精神荒漠上的浪漫诗人。萨特在德国的战俘营里写就的《存在与虚无》，是他的代表作。

张系国作为一位超级"萨特迷"，细读了萨特的小说《墙》、《理性的岁月》，剧本《蝇》、《无路可走》等。1963年，19岁的台湾大学电机系二年级学生张系国，出版了与他的专业毫不相干的第一本著作——《萨特的哲学思想》。

也就在这一年，张系国开始他的小说创作，写出第一部长篇小说《皮牧师正传》，充分显示了这位工科大学生的文学才华。

大学三年级时，20岁的张系国写出了短篇小说《亚当的肚脐眼》（后更名为《孔子之死》）。

到了美国留学之后，张系国写出长篇小说《昨日之怒》、《黄河之水》、《棋王》，出版了短篇小说集《地》、《天城之旅》等。其中特别是短篇小说集《游子魂》组曲，上册《香蕉船》，下册《不朽者》，共12篇小说，具备12种不同的风格。

正当张系国在纯文学小说领域频出硕果之际，美国蓬勃发展的科幻小说创作，理所当然地引起这位有着浓厚科学修养的台湾旅美作家的关注。

1968年夏，台湾《中国时报》发表了女作家张晓风的一篇"破冰"之作。张晓风被誉为"台湾十大散文家之一"。她的"笔如太阳之热，霜雪之贞，篇篇有寒梅之香，字字若璎珞敲冰。"然而，这位才情并茂的女作家忽然一改往日的文风，在《中国时报》推出新作《潘渡娜》。"潘渡娜"，即"Pandora"的台湾译名，而在大陆译作"潘多拉"。在希腊神话中，宙斯用水和土做成了一个女人，取名"Pandora"。张晓风在《潘渡娜》中，用细腻的笔触描述了人造人潘渡娜的悲剧一生。此前，虽然台湾也曾发表过一些简单的科学幻想故事，而张晓风的《潘渡娜》被认定为台湾第一篇科学幻想小说（见黄海、叶李华、吕应钟共同整理的《台湾科幻50年年表》）。

1969年3月，张系国在《纯文学》发表他的第一篇科幻小说《超人列传》。

《超人列传》一开头，便是令人忍俊不禁的斐人杰剃光头的场面，手持剃刀的不是理发师，而是男护士。原来，剃光头是为了进行一次大手术。"再过几小时，他就要离开这副皮囊了"，"他的躯壳就要被陈列在超人馆里，供人观赏，像博物馆中那些剥制的标本一样。而他自己，他真正的自己，却仍然活着，生活在一架机器里——这无论如何是桩奇特的经验！"

故事就这样在调侃的语气中开始。经过手术，斐人杰变成这等模样："圆柱形的胸筒，下面伸出两根细细的钢柱算是他的腿；两只手臂像百折叶的橡皮管，管口是两只钢爪；原来摆脑袋的部位，改装了一具半球形可自由转动的电视眼，顶上还伸出两根天线。"不言而喻，这是机器人的形象，但是却注入了斐人杰的灵魂。科学家们成功地将人脑移植到机器里头，于是就有了"没有肉体只有精神"的人——超人……

作为电脑专家，张系国把关于机器人、超人的幻想写入自己的第一篇科幻小说。这篇作品产生了广泛的影响。

对于张晓风来说，创作科幻小说《潘渡娜》，只是偶尔为之罢了。发表之后，她依然写她的散文去了。然而，对于张系国而言，创作科幻小说《超人列传》，却意味着一个转折点。从此他一发不可收，创作了一系列科幻小说。

张系国是一位学贯中西、兼跨文学与科学两大领域的作家。他，成了台湾科幻界的领军人物。

1972年，张系国以"醒石"为笔名，在台湾《联合报》副刊开辟"科幻小说精选"专栏，译介世界各国科幻短篇优秀作品。

1978年，张系国以《星云组曲》为总题，在《联合报》副刊发表他的这一系列科幻小说。

1980年张系国出版《星云组曲》。其后又出版三本短篇科幻小说集：《夜曲》、《金缕衣》和《玻璃世界》。

从1981年夏天开始，张系国致力于长篇科幻小说《城》三部曲的创作。《城》是描写索伦城的历史变迁，是"既悲壮又诙谐的科幻武侠小说"，前后写了10年：

1982年张系国在《中国时报》推出长篇科幻小说《城》三部曲第一卷《五玉碟》；

1984年，张系国推出《城（第二卷）·龙城飞将》；

1992年张系国完成了《城（第三卷）·一羽毛》。

《城》的三部曲是张系国长篇科幻小说的代表作。他在《一羽毛》的后记中写道：

"我自幼嗜读历史……从《棋王》开始，我所关心的，一直是历史决定论的问题，换句话说，就是如何理解我们的历史和人类的处境。

◎张系国在台湾主编的《幻象》杂志（叶永烈应邀担任
　编辑顾问）

◎张系国著《一羽毛》

　　"追根究底，我所追求的，毋宁是一种历史的浪漫情怀吧。科幻小说的人文意义，就我而言，乃是这历史浪漫情怀的再现。这么说来，科幻小说的基本关怀，其实仍是人的处境。

　　"无论如何，我相信具有中国风味的科幻小说，可以写得引人入胜。"

　　张系国的科幻小说，文字流畅清新，充满幽默感。他的作品，往往借科幻反映现实，针砭现实，具有深刻的思想内涵。

　　张系国不仅致力于创作短篇、长篇科幻小说，而且自1984年起，与台湾《中国时报》合办年度科幻小说奖征文，前后共六届。1986年，《中国时报》举办第三届科幻小说征文，更名为"张系国科幻小说奖"，这一更名，充分显示了张系国在台湾科幻文坛的主帅地位。

　　1990年，张系国独力创办专业的科幻季刊《幻象》。1月2日举办创刊茶会，同时颁发科幻奖金。很荣幸，应张系国之邀，我担任《幻象》的编辑顾问——编辑部唯一的来自祖国大陆的编辑顾问。

　　《幻象》是一本内容丰富的中型刊物，注重培养科幻新人，大大推动了台湾的科幻小说创作。《幻象》自1990年元月创刊，3年间共发行8期。由于经费问题，后来不得不遗憾地停刊。然而，张系国依然不倦地为振兴台湾的科幻创作奔走呼号，自2000年起，张系国在台湾中央大学开设科幻文学课程，致力于培养台湾科幻人才。

黄海与《鼠城记》

1932 年，由施蛰存主编的《现代》杂志刊登老舍的科幻小说《猫城记》。过了半个多世纪，1987 年，在台湾出版了一部长篇科幻小说，名叫《鼠城记》。《猫城记》的故事发生在遥远的火星上，而《鼠城记》的故事也发生在火星上。

在《鼠城记》里，火星都市发现鼠类踪迹。这种"尖头、尖嘴、长尾的家伙，躲在你意想不到的地方，干着偷偷摸摸的勾当"。火星上如果有一对扫荡群鼠的猫来主持正义，该是多么好的事！可惜，《猫城记》里那些猫人早已在火星上绝迹。于是，火星上的中国人后裔方义平乘前往地球观光之际，希

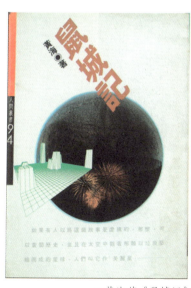

◎ 黄海著《鼠城记》　◎ 叶永烈与黄海在台湾相见（2007 年 12 月 17 日）

图捕捉到一对会捕鼠的猫儿带回火星……

《鼠城记》通过方义平与神秘女人刘小青的邂逅，描述了在核战争阴影笼罩之下的城市大银山，那些人像鼠类一般无助地挣扎在死亡线上，从而揭示人性以及人的价值。

《鼠城记》的作者是台湾作家黄海。《鼠城记》是黄海的"文明三部曲"的第三部。此前，他完成了"文明三部曲"的前两部，即《最后的乐园》和《天堂鸟》。

1988年8月，趁着儿子放暑假，黄海全家一起从台湾前来大陆。他途经上海，稍作停留，与我见面。他中等个子，宽阔的前额，神态敦厚，穿一件T恤衫，看上去同大陆一位普通的中年人没什么两样。他当时担任台湾《联合报》编辑。黄海，本名黄炳煌。他有着一对活泼可爱的10岁双胞胎儿子。

"你们的普通话讲得不错！"我对黄海和他的太太说道。

他们愣了一下。我以为他们没听清楚，重说了一遍。黄海思索了一下，忽然笑道："在我们那里，不叫'普通话'，叫'国语'。"

我一听，也笑了。见面才说了几句，就发现两岸的差异。

紧接着，他把自己的新著送给我，那是用繁体汉字自右至左竖排的；我也把自己的著作送给他，那是用简体汉字自左至右横排的。又出现了明显的差异。

◎ 叶永烈与黄海在上海（1988年8月）

　　黄海先生于 1943 年元旦降生于台湾，该算是地道的台湾人，但他说自己在台湾仍算"外省人"，因为他的父亲是江西人，1936 年赴台经商。

　　黄海走过艰难的人生之路：父亲在台湾做小生意，家境困苦。据黄海回忆，"13 岁时在台中市乡间农村大坑口居住约 3 年，饮河水，最初无电灯，全家 5 口（姐姐在台北念书）挤住在约 4 平方米大的土角厝内。"

　　14 岁那年，黄海在暑假到台北姨妈家，感冒转为肺炎，回台中发现肺结核病，左肺部有鸡蛋大的空洞，不得不休学一年。母亲为之奔走两年才得到"贫民施医补助费"，住院 3 年动了 5 次手术。

　　在贫病交加的时刻，黄海仍酷爱读书与写作。1958 年 12 月 3 日，15 岁的黄海在《民声日报》发表平生第一篇作品——小散文《回忆》。

　　1962 年，19 岁的黄海终于走出肺结核的阴影，但是他的穷困的家庭"从台中迁到永和光复街新店溪边，当时待建堤防，台风来袭，屋倒，举家流浪，迁居数次，至北市重庆北路三段。"又遇"台风来袭，台北严重水灾，几乎水淹一楼楼顶，父子躲在高处苦守一天，傍晚游泳逃出一楼，借住二楼人家。"就在这样艰难的时刻，1963 年，黄海参加台湾《中华日报》文艺写作研习会，在会刊发表习作《迷失的心》（6 万字中篇），无稿费。倒是记述他的生病经历的长篇文章《我怎样战胜结核病》在《卫生教育》周刊连载 3 年，开始领有稿费。

　　黄海在奋斗中崛起。他在 21 岁时出版了第一本短篇小说集《奔涛》，收入早期创作的 16 个短篇。此后，他又出版了小说集《大火，在高山上》、自传式散文集《迷雾征尘》等。苦难的童年铸就他喜爱儿童的性格，他还写了不少童话。他又对自然科学有浓厚的兴趣，因而执笔创作科幻小说。

　　黄海告诉我，据他所见，台湾最早的科幻小说是张晓风女士 1968 年夏在《中国时报》上发表的科幻小说《潘度娜》。他就是在看了《潘度娜》之后，受到启示，开始从事科幻小说创作的。

　　他已出版 20 多部著作，在台湾 5 次获奖，是台湾的多产作家之一。

　　黄太太十分随和。她祖籍浙江，这次也是头一次到大陆。黄海的作品，常常由她画插图，可谓"夫唱妇随"。她对我说起了丈夫的性格："他木讷寡言，不善交际。在台湾，他只埋头写作，很少参加社会活动。他为人很老实。"的确，黄先生不善言谈，但很真诚。我赠书给他时，担心会增加他旅途负担，请他挑一两本作个纪念，他却连连说："书是最珍贵的，重一点不妨。有的书，我可以介绍到台湾去，在那里出版。"

他谈及台湾作家的处境，第一要有足以养家糊口的职业，然后才有可能挤出时间创作。他很欣赏祖国大陆作者请创作假的办法，这样可利用创作假写较长的作品。至于大陆的专业作家制度，更是有利于创作。

祖国大陆对于他来说是完全陌生的。他来了之后，就有一个比较。他说就生活水准而言，台湾比大陆高。不过，收入高，消费也高。他觉得大陆东西便宜。他指着一桌酒席说，在台湾大约要4000台币，比上海贵得多；但台湾家庭一般月收入在4万新台币左右，却又比大陆家庭收入多。黄太太则说，上海比台北凉快，虽然新来乍到，一切都觉得习惯，上海菜的口味不错。她拿起席上的青岛啤酒说，在新加坡就已经喝过，挺好。大陆名酒、土产、药材在台湾十分紧俏。

黄海的一对双胞胎儿子很活跃，拿着照相机不断给我们拍照，闪光灯一闪一闪，仿佛是老练的摄影师。匆匆晤，匆匆别。挥手之际，依依不舍，互道："后会有期！"

由于黄海先生的介绍，台湾富春出版公司邱各容先生在1989年出版了我的科幻小说选集《自食其果》。

我也为黄海先生的作品写序，在大陆出版，把他介绍给众多的大陆读者。

◎ 叶永烈在台北会晤作家黄海（中）、《科学月报》总编辑张之杰（2003年1月）

此后，我与黄海先生保持多年的联系。我们的通信，起初是手写，后来用电脑打印，如今则用 E-mail 飞快地来来回回。

1992年12月，安徽少年儿童出版社出版我主编的"世界科幻名著文库"，收入黄海的《地球逃亡》(含《机器人风波》)一书。

1997年，54岁的黄海骑摩托车遭遇车祸，撞断右脚，不得不又一次住院。

2003年1月，我前往台湾探亲，与黄海先生以及台湾另一位科幻作家张之杰先生得以相聚。黄海先生告诉我，如今他已经从《联合报》退休。自从退休之后，他可以集中精力创作小说，这几年出版了不少新著。其中有5万字纳米科技小说《霹雳神风》，长篇政治奇幻小说《永康街共和国》等。

黄海以坚强的毅力，成为台湾科幻界最多产的作家。他的许多科幻作品富有儿童情趣，适合少年儿童阅读。

他在日本研究中国科幻小说

日本十分注意对中国科幻小说的研究。1980年，日本成立了"中国科幻小说研究会"。提起日本的"中国科幻小说研究会"，首先要提到的是岩上治先生。

1981年初，我收到一封来自日本的信，内中附有《奇想天外》杂志1980年第12期刊载的我的科幻小说《飞向冥王星的人》影印本，译者为"林久之"，很像中国人的姓名。读了信，才知道"林久之"是他的笔名。他叫"岩上治"，道道地地的日本人。

此后，我们常常通信。他用很细的笔触，在信纸上写下娟秀、端正的蝇头小字。他和深见弹先生发起成立了日本的"中国科幻小说研究会"，并成为这个组织的中坚。

我有点难以理解：在中国，还没有一个"中国科幻小说研究会"，何以日本却会建立这样专业性很强的组织？

我们多年通信，神交已久。后来，他来到中国，我们才终于有机会见面。

我第一次见到岩上治先生，是在1986年6月6日，那是我飞抵北京的翌日，岩上治先生便与我约定了会晤时间。

他穿紫红色短袖汗衫，戴宽镜片眼镜。

他和善，健谈，三句话不离科幻小说。他的住所里，几个书架上放满中国和日本的科幻小说。此外，还有《太平广记》、《聊斋志异》、《新疆考古三十年》、《谚语五千条》等。桌上放着电脑，架子上有一排音乐磁带，墙上还挂着长剑和吉他。看得出，他有着广泛的爱好。

我在答复了他关于中国科幻小说的种种问题之后，便向他提出了使我困惑已久的问题：他为什么喜欢中国的科幻小说？

◎叶永烈与日本学者林久之（即岩上治）

他，作了详细的回答——

1944年12月12日，他降生于日本北部。在10岁的时候，他就对科幻小说和中国文学同时产生了兴趣。当然，那时候他看的是译成日文的美国科幻小说和译成日文的中国的《三国演义》。

高中毕业后，他考入东京东洋大学文学部中国文学专业。他想把毕生精力，献给中国文学研究事业。1967年3月，他大学毕业，已能直接阅读中国文学作品。

但一直到粉碎了"四人帮"，岩上治才和他那些中国文学专业的同学，组成自费旅游团，于1980年来到中国。这是他平生第一次来中国。

他到了北京、上海、苏州、南京和扬州。

每到一处，他们都要"旅游"书店。他惊讶地发现，中国科幻小说正在蓬勃发展。从小就喜爱科幻小说的他，便买了许多中国的科幻小说。回国之后，他便着手翻译。我的那篇《飞向冥王星的人》，就是这样被他译成日文的。

此后他更与志同道合的热爱者组成了日本的"中国科幻小说研究会"。

记得，我曾去函询问过"中国科幻小说协会"的情况。1982年11月11日，岩上治先生用日文写了《日本"中国科幻小说研究会"的现状——答叶永烈先生》一文。现摘引若干段落如下：

"中国科幻小说研究会"虽然是日本众多的科幻小说爱好者俱乐部之一，但它的存在却颇具特色。因为在日本科幻小说爱好者俱乐部中，"中国科幻小说研究会"是第一个专门研究特定的外国科幻小说作品的组织……

提倡组织"中国科幻小说研究会"的是翻译家深见弹先生。深见弹先生是研究苏联、波兰等东欧诸国科幻小说的专家。尤其在对波兰的斯坦尼斯瓦夫·里姆的研究上，有着他自己的独到之处，颇受社会关注。正因为他专门研究社会主义诸国的科幻小说，所以他对中国的科幻小说也早就开始关心，并且还把中国科幻小说的存在介绍给日本有关杂志。他在《SF 宝石》杂志 1980 年第 2 期上发表的《中国科幻小说新貌》，受到了香港杜渐先生的注意。由于杜渐先生在他主编的书评杂志《开卷》的科幻小说特辑上译载了这篇文章，它充分地引起了日中两国的科幻小说作家以及爱好者们的注意。

但是深见弹先生没有学过中文，不能直接阅读中国的科幻小说作品。为了能进行中国科幻小说的研究工作，很需要有人协作。因此，他透过《SF 宝石》杂志向广大读者呼吁，希望能得到关心中国科幻小说的人士的协助。当时就有人应声而出，并结成一个组织。这就是现在的"中国科幻小说研究会"。

研究会现有会员 17 名，其中包括 3 名特别会员。除这 3 名特别会员之外，其他会员都是些 30 来岁的年轻人。有些是学中文的，能直接阅读中文版的作品，也有些不懂中文，只是因为对中国科幻小说作品感兴趣才参加的。能阅读中文的会员已开始了翻译、介绍、研究活动，有两名年轻的会员目前在上海复旦大学留学深造。中国的科幻小说研究会的 3 名特别会员是日本作家兼翻译家柴野拓美先生、深见弹先生和侨居日本的中国作家迟叔昌先生。柴野拓美先生是日本最早的科幻小说杂志《宇宙尘》（创刊于 1957 年）的创办人，现在仍任该杂志的主编，他在科幻小说各领域里都有很深的造诣，在日本科幻小说推广上有着不可磨灭的功勋。深见弹先生也是如此。至于迟叔昌先生，他本来就是中国读者们所熟悉的著名的中国科幻小说作家。

关于"中国科幻小说研究会"的活动，岩上治先生谈及，主要是三项：收集、整理中国科幻小说方面的资料；在日本介绍中国科幻小说的创作情况；出版、发行会刊。

见面时，我问他："那一期又一期《中国科幻小说动态》都是你刻写的？"

"是的。"他点头道，"我们的研究工作，完全是自发的、民间的，一切都是自费的。蜡纸、印刷、邮寄，都是会员们出钱维持的。每一期从编辑、刻写、印刷直至装订、寄送，都由我一人担任。"

我很为他的工作精神所感动。

他不在意地说了一句："坚持就是力量。"

他长期默默地坚持中国科幻小说研究工作，确实难能可贵。日本人向来认为只有美国科幻小说才是最优秀的。新兴的中国科幻小说，尚未在广大读者中产生影响。从事中国ＳＦ研究，无急功近利可获，是一项很难、很寂寞的工作。没有强烈的事业心，是难以坚持的。我看了岩上治先生所收集的资料和整理的笔记，对他一丝不苟的研究态度深为敬佩。

比如，他编了一张世界科幻小说作家译名对照表，列出了各国作家的姓名的原文、中译名、日译名，便于研究时查对。

又如，我注意到他的书架上放着《老舍文集》第7卷。他只买第7卷，而不买其他卷，那是因为第7卷收有老舍的科幻小说《猫城记》。当我提及在济南召开的老舍作品研讨会上几篇关于《猫城记》的论文，他立即用笔记下，并要求我送他影印本。

再如，我刚刚提及新出版的程嘉梓的长篇科幻小说《古星图之谜》值得注意，他就立即取出这本书说："我已经在研究了！"

他还编制了《中国科幻小说史年表》，极为详尽地记述中国科幻小说的发展历程。

他拿出了影集给我看。他出席了在成都召开的中国科幻小说银河奖颁奖大会，拍摄了许许多多中国科幻界人士的彩照，他能随口叫出每一个人的姓名。他还正在逐篇研究获奖作品，打算写研究文章……

我问及他的家庭，他告诉我，他的妻子也爱看科幻小说。他们有一个10岁的儿子和一个5岁的女儿。

我又问及他的近况。他说，现在担任北京外国语学院日语系教师。他拿出他所写的讲义《现代日本文学讲》送给我。讲义里，非常详细地介绍了日本科幻小说作家、作品及日本科幻小说发展史。

我们一直谈到子夜。车已驶出友谊宾馆大门，我回首一看，他还站在路灯下久久地挥动着手臂。我不由得记及他在1982年所讲的一段感人的话：

"'中国科幻小说研究会'这块牌子听上去挺气派，但活动状况却委实不甚景气。不过，如今被人称为"也是科幻小说大国"的日本，在30年前也几乎没有一个研究科幻小说的。因此我想，如果中国能不断地向外输送优秀的科幻小说，我们的活动总有一天是能受到人们的肯定的。"

为了加强中日两国科幻界的联系，双方决定互赠本国的科幻小说著作。经过上海市科学技术协会同意，决定以我作为与日本科幻界交流的"窗口"。

我在1982年7月1日向中国科幻界朋友们发出了一份《通知》，全文如下：

为了促进中日之间科学幻想小说创作交流，日本"中国科学幻想小说研究会"会长深见弹先生建议，中日之间互换科学幻想小说创作资料。目前日方以深见弹先生为"窗口"，中方以叶永烈为"窗口"，通过个人途径进行交换，将来准备逐步过渡到以某协会或某图书馆为"窗口"进行交换。

交换的资料包括：一，科学幻想小说书籍；二，刊载科幻小说的杂志、报纸；三，有关科学幻想小说的评论；四，尤其是日本科幻小说中译本、中译文或对日本科幻小说的评论。以上资料，指国内公开发行的书刊。凡属内部资料，不寄。

由于国内的科学幻想书刊由各出版社分散出版，收集颇为困难，特请各出版社、杂志社、报社及作者不断寄赠有关资料，由叶永烈负责分批寄往日本。请大力协助。你们需要日本科幻小说资料，亦可来信，当大力提供方便。

叶永烈

1982年7月1日

我曾把中国科幻小说一批批寄往日本。内中，有一部分是中国科幻小说界文友们寄来的，更多的是我自己购买的，所有的邮费也都是我自费。

1989年，我曾经与岩上治先生再度相晤于上海。1989年9月7日，上海《文学报》发表记者刘放的报道《只要坚持就振兴有望——日本科幻小说评论家谈中国科幻小说》：

"中国科幻文学正在步入世界文坛，不应冷却下去。"这是日本科幻评论家岩上治先生日前对记者说的。

岩上治此次是应中国《科学文艺》杂志社的邀请来华参观访问的。目前中国科幻文学处于低潮，科幻作家纷纷改行，他为这种现状担忧，表示要对此作一番深入研究。

他认为，中国科幻小说往往热一阵子就冷下来，缺少经得起时间考验的作品，这主要是中国科幻太拘泥于解释具体科学知识造成的。他说，科学知识有一定的时间性，太拘泥于此，一旦知识陈旧了小说也就报废了。他说，其实在中国搞科幻要比在日本容易得多。在日本，科幻文学是不被列入正宗传统文学范畴的；而在中国，"文化大革命"以后，科幻小说一出现，许多作品便在纯文学杂志上发表，名正言顺地登堂入室了。

他还介绍说，在日本，科幻文学普遍被认为是美国与西欧的专利，因此日本读者也常常对中国科幻持怀疑态度。岩上治说，这是对中国科幻不了解。他认为，中国现代科幻融合了中国传统精华和西方文化精华，很富有特色，很有必要把它引进日本。为了更好地把中国科幻介绍给日本读者，岩上治与日本享有盛誉的矢野彻、深见弹、柴野拓美等文坛元老一起发起组织了日本"中国科幻小说研究会"，会员自筹经费，创办刊物，免费赠送，以期扩大影响。

在日本，岩上治较早接触到的中国现代科幻作品是叶永烈的《飞向冥王星的人》。他说，他至今忘不了叶永烈的激情和丰富的想象力。他毫不犹豫地掏钱自费出版了这本书。后来又出版了郑文光、童恩正、萧建亨等人的作品。

"很久没有听到中国同行的声音了。"岩上治在拜访中国作家叶永烈时流露了自己对中国科幻创作的关切。并对《科学文艺》杂志表示敬意。他无不感慨地说，中国科幻文学危难之际，《科学文艺》杂志却能一帜独树地坚持下去，为中国科幻保留了最后一片园地，实在是难能可贵。他鼓励说，只要能坚持下去，就振兴有望。

叶永烈则表示他对科幻文学依然具有感情，俟以后有机会，还要重操旧业。

当我问岩上治先生，将来希望他两个儿女干什么时，他回答得很干脆，"当然是希望他们继承我的事业啰！"

2008年4月，我路过日本静冈县，曾经与岩上治先生通了电话。他说要来看我，可是我在静冈县只住一个晚上，行程匆促，未及见面。

视角独特的日本学者

写书非常看重视角。作者往往经过反复思索，一旦选择了一个别出心裁的视角，也就使作品充满了新意。

2003年，日本中央公论新社出版了一本视角非常特殊的书——《"鬼子"们的肖像——中国人画的日本人》。作者收集了近百年来的中国报刊、书籍中大量的"鬼子"们的肖像，让日本读者看看中国人眼中的日本军国主义者的形象。这位别出心裁的日本作者，便是日本北海道大学教授武田雅哉（TAKEDA MASAYA）先生。

也是在2003年，这位武田雅哉先生同时由日本广济堂推出一本视角也很特殊的书——《小朋友的文化大革命——红小兵的世界》。在海外，研究中国"文化大革命"的书相当多，而研究"小朋友的文化大革命"的书却唯此一本。

最近，我收到台湾远流出版公司寄来的新书《飞翔吧！大清帝国——近代中国的幻想科学》，也是武田雅哉先生写的，被译成中文在台湾出版。毋庸置疑，这又是一本视角独特的书，在众多的关于大清帝国研究专著中，是一本独一无二的著作。

武田雅哉先生是一位勤奋的学者，他已经出版的专著有十多本，还出版了两部从英文翻译的专著。武田雅哉的专著，总是视角出人意料，诸如人家研究孙悟空，而他却写《猪八戒的大冒险——会说话之猪的怪物志》，还有《愿做杨贵妃的男人们——"服妖"文化史》、《仓颉们的宴会——汉字的神话和乌托邦》等。他的视角，总是从一个日本人的角度来看中国历史和文化。另外，还有一个特色，那就是认真收集了中国书刊的大量珍贵图片资料，用于专著之中，这也是一般研究者所缺乏的。

《飞翔吧！大清帝国——近代中国的幻想科学》一书的内容提要是这么介绍的：

百年前"眼球革命"的科学狂想读本，漫画、科幻、志异的精彩结合，历史就是这么有趣！

彗星、金字塔、汉字、电线、奇兽、望远镜、铁路、机器人、怪物、魂魄、电世界、催眠术、万年历、热气球、飞行器、宇宙……200多幅图片，数十精彩主题。

"这是一本想让读者用心去品读图画的漫画书！"——武田雅哉。

武田教授以大量图像数据，包括著名的《点石斋画报》，说明晚清以来，中国人对于科学的种种幻想。透过西洋美学如"透视法"这种更接近真实的图像传播，中国人对于中外世界，乃有了更多的想象。再加上"电报"、"铁路"等具有象征意义的新事物的引进，"幻想科学"——关于魂魄、电气、催眠术、物理学，乃至宇宙、星球、飞行等等，遂在清末大行其道。从某个角度来看，老旧的大清帝国，竟随着这种种幻想而飞翔了起来！

我为《飞翔吧！大清帝国》所写的一段推荐词，被印在书的封底：

《飞翔吧！大清帝国》精心选取了明清画报、海报、插画中大量的图像，极其形象地展现了那个年代中国人的大胆幻想。这本书的作者，竟然是一位日本学者。

我与武田雅哉先生相识于1981年。当时20出头的他前来中国潜心研究清末民初的科幻小说，他认真、扎实、细致的研究态度令我深深感动。如今他的《飞翔吧！大清帝国》由台湾远流出版公司推出，正是他多年努力所获硕果的精彩展现。

记得，那是在1980年11月，我收到一封寄自北京语言学院的信。信封上寄信者的名字，是我所陌生的：武田雅哉。

不言而喻，他是一个日本人。

武田雅哉从日本的"中国科幻

◎武田雅哉新著《飞翔吧！大清帝国——近代中国的幻想科学》

小说研究会"那里得知我的地址，便给我写信，提出许多关于中国早期科幻小说的问题。于是，我们之间开始了信件来往。

我给他回信之后，他在1981年2月21日给我写来一封详细的信：

叶永烈先生：

我刚刚接着您的信，十分高兴。去年12月突然有急事了，所以我回国了。2月17号才回中国来了。

我是日本北海道大学中文系的学生，现在是在北京语言学院学习汉语的留学生。还没习惯中国话，说得不好，听力也不成样子。要是可能的话，今年秋天从语言学院毕业以后去上海上复旦大学学习中国文学。我的专业是中国文学，特别对于清末民初的通俗小说（所谓鸳鸯蝴蝶派那样的作品）有兴趣。那时候也有侦探小说和科学小说的热，是不是？

您的《论科学文艺》一书，真有意思，特别《科学文艺简史》这章太有资料方面的价值。钦佩您的学识广博。

现在我看的作品不多，学业肤浅。可是我想将来写一篇《中国科幻小说史略》这样的东西。您帮助我工作的话，很高兴。以后我们常常通信，可以不可以？

我一定去上海，盼望跟您见面。

文绥

1981年2月21日

武田雅哉于北京

武田雅哉出生于1958年，当时他23岁。他在信中所说的"我想将来写一篇《中国科幻小说史略》这样的东西"，说到做到，20年后——2001年，他和岩上治先生合作，由日本大修馆书店出版了《中国科学幻想文学馆》上、下卷。像这样研究中国科幻小说史的专著，原本应当由中国学者完成，然而却由两位日本学者率先写出来了。

在收到武田雅哉的来信之后，我送给他几本书，1981年3月4日，他又来信：

叶永烈先生：

3月3号，接到来信，并收到先生的新书，不胜感激之至。

《"杀人伞"案件》和《奇人怪想》看完了。去年2月18号的《光明日报》上，我看了您写的一篇文章《迎接科学文艺的新春》的时候，对于"惊险科学幻想小说"很有兴趣。

◎武田雅哉在叶永烈家中做客（1981年9月13日）

　　现在，我看了几篇作品，很高兴。以后，我一定向你报告感想。

　　现在，我想写介绍清末科学小说的一篇文章（用中文）。

　　知道您给我提供资料，感激得很。现在我有一件恳求。《论科学文艺》中，先生介绍的《和平的梦》。要是可以的话，请复印这本书的全文（含《和平的梦》，封面等等）。复印费由我自己负担。千万不要客气。

　　还有一个问题。1905年东海觉我（即徐念慈）译的一本科学小说《黑行星》，您看过吗？现在我在看这本小说的一部分。要是先生知道关于这本书的事情的话，请指教我。

　　现在的北京，春意渐浓。上海的天气如何？

　　文绥

1981年3月4日
武田雅哉于北京

　　看得出，当年还只是北京语言学院学生的他，已经非常善于钻研。1981年秋，他从北京语言学院毕业，来到上海复旦大学中文系留学。他说，打算以中国清朝末年和民国初年的科幻小说作为研究对象，写作论文，希望我能给予帮助。

　　我感到惊讶，对于清朝末年和民国初年的中国科幻小说，在中国都还没有人研究！他作为日本留学生，怎么会选择了如此生僻的科研题目？

　　我不由得想起在上海结识的一位联邦德国鲁尔大学的女留学生，名叫佩特拉（Petra Grobhohforth）。她说，她来中国，一不研究鲁迅、二不研究《红楼梦》，因为这搞不过中国人。她研究老舍著作，却又一不研究《骆驼祥子》，二不研究《四世同堂》，因为那也搞不过中国人。她的论文题目是《关于老舍早期小说〈二马〉》。《二马》是老舍1924年至1929年在英国留学时写的长篇小说，在中国鲜为人知，却被这位联邦德国的金发姑娘所看重，花了几年工夫加以细细研究……

武田雅哉来到了上海复旦大学中文系报到之后，便通过复旦大学，正式向我提出：由于该校中文系没有研究中国早期科幻小说的教师，希望我给予协助。

复旦大学中文系的陈光磊老师是陈望道先生的学生，跟我有过许多交往。他希望我担任武田雅哉的论文导师。

我同意了，武田雅哉便常常到我家里来。

他细长脸，白净，戴一副银丝边眼镜，讲话慢吞吞，显得很斯文。他是一个满脸严肃、不苟言笑的人，谈话几乎不离他的科研题目。偶然有一次，他谈及自己的身世，说他是北海道长大的，母亲擅长茶道。他的家境并不宽裕。他是考上公费留学生，才来的中国。他说，中国早期的科学幻小说在日本无人研究，正因为这样，他选择了这一课题。另外，他还研究中国20世纪30年代的鸳鸯蝴蝶派作品。他以为只有深入研究某一学术领域，将来才可能成为这一专题的专家。

他在我家，似乎只大笑过一回。那是我儿子学了几句日语，跟他说，他竟听不懂那是日语，不由得大笑起来。他接着讲了个笑话：他看中国电影《特高课在行动》，银幕上的日本军官所讲的"日本话"，他也听不懂！

他告诉我，日文中的"空想科学小说"，便是中文"科学幻想小说"的意思。日本学者致力于研究英美科幻小说。他从小喜欢科幻小说。这次来中国研究清末民初科幻小说，渊源于他对科幻小说的喜爱。通过研究，他认为，中国科幻小说创作就起步而言，并不比其他国家晚。

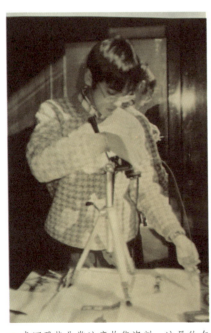
◎ 武田雅哉非常注意收集资料，这是他在叶永烈家翻拍图书封面

他简直把我家当成图书馆，看到

书架上数百本科幻小说，极感兴趣，不断地借阅着。他说，就科幻小说藏书而言，我家比上海图书馆还丰富！

他带来照相机，翻拍了这些科幻小说的封面，作为自己的研究资料。看得出，在他刚刚走上研究道路的时候，就已经很注意收集图像资料。

起初，他的汉语十分生硬，写的中文信件也时有语句不通。但是他进步很快，读了大量早期中国科幻小说。

我对中国清末民初的科幻小说并不了解。在他的"逼迫"之下，不得不泡在上海图书馆里，查阅大批中国清末民初的科幻小说。

有一次，他把他的研究卡片带来给我看。每读一篇中国清末民初的科幻小说，他就在一张卡片上写明题目、作者姓名、发表年月、字数、内容提要。他的卡片已多达近百张。他极细心。我在一篇文章中，谈及饮冰子（即梁启超）和披发生在1903年合译了法国儒勒·凡尔纳的《十五小豪杰》："梁启超写前十回，披发生写后八回。"他却从另一个人写的文章中查到："梁写前九回，披写后九回。"直到我把《十五小豪杰》一书原版本借给他看，他细细研究，才同意了我的意见。

他研究20世纪初鲁迅所译的凡尔纳科幻小说。我告诉他，1962年12月出版的《儿童文学研究》上有胡从经先生的《儒勒·凡尔纳在中国》一文，其中详细谈及鲁迅译凡尔纳著作情况。他马上去查阅此文，并要我介绍他去向胡从经先生请教。

我在一篇文章中提及《月世界旅行》日译者井上靖，他经查证后，向我指出，应为"井上勤"——井上靖是《天平之梦》、《敦煌》的作者，是日本现代文学家，生于1907年。而井上勤则是日本翻译家，生于1850年，卒于1928年。《月世界旅行》印行于20世纪初，译者当为井上勤。为了"靖"、"勤"一字之易，他花费许多时间帮我查证……

他极肯钻研，早在北京的时候，便开始注意"东海觉我"（即徐念慈先生），知道徐先生是清朝末年国外科幻小说的重要译者。来沪后，当他知道我手头有徐念慈先生所译《黑行星》一书，便立即借去细阅。本来，我对徐念慈先生，只作一般了解。由于他不断询问我徐念慈的生平、译著，促使我对于早期中国科幻小说有了重要的新发现……

我的这一新发现，曾经详细写入我于1981年8月17日发表于《光明日报》上的《清朝末年的科学幻想小说》一文。

在这篇文章中，最早的中国科幻小说，从1932年老舍的《猫城记》推前

◎ 武田雅哉与叶永烈一家

到了1905年徐念慈的《新法螺先生谭》。但是，《新法螺先生谭》是不是中国最早的科幻小说呢？

我深知，在研究晚清文学上，自己的学力不够。我登门拜访上海年已九旬的老作家郑逸梅先生和年已八旬的老作家秦瘦鸥先生。他们告诉我，清末的《绣像小说》杂志和《小说林》杂志是当时主要的文学杂志，从中也许可以查到新的线索。

我又"泡"到了上海图书馆。我在查阅清末《绣像小说》杂志时，有了重大发现：自1904年起，《绣像小说》开始连载一部名叫《月球殖民地小说》长篇小说，而我读后断定这是科幻小说！这部小说的作者署名"荒江钓叟"，看得出是边写边连载。中间，或者因病、或者事忙，连载中断了几期，后来又开始连载。最后，连载未竟而终。尽管这是一部未完成的作品，但是毕竟是中国科幻小说的开山之作，长达13万字，是中国科幻小说创作的起点。

《月球殖民地小说》共35回，边写边连载。从21期起开始，到42期第31回停止。又从第59期开始第32回至62期第35回止。这部科幻小说，显然受了法国凡尔纳的科幻小说《气球上的五星期》的影响。

但是，《月球殖民地小说》却是一部地道中国风格的科幻小说。作者写了湖南湘乡一个名叫龙孟华的人，因"杀人报仇，官府里要捉拿他，他便带了家小，星夜向南方逃走，逃到广东省城。听说官府又有关文拿他，他便搭了英国印度公司轮船，向新加坡进发……"这样，他开始了海外的流浪生活。龙孟华在南洋住了八年。忽然有一天夜里，对月饮酒，"酒到半酣，抬头一望，只见天空里一个气球，飘飘摇摇"。这气球的主人叫玉太郎，日本人，"今日六点钟从东京起程"，居然只用十几个小时，便飞到南洋——这在当时是极为迅速的了。

气球里居然有"会客的客厅"、"练身体的操场"，还有"卧室及大餐间"，简直"没有一件不齐备"，连"眼睛都看花了。"龙孟华也乘上气球，"低头下望，那些房屋都同飞走的一般"……

于是，龙孟华开始了乘气球旅行，以至飞到美国纽约，发生种种曲折的故事。内中，玉太郎还游历了月球。

这部长篇，文笔优美，可读性强，是中国早期科幻小说中的优秀之作。

在1904年的中国，能够出现这样的长篇章回体科幻小说，表明中国科幻小说起步不凡。只是作者"荒江钓叟"的真名实姓，尚未查清。在郑逸梅先生生前，笔者曾就此事请教过这位"掌故大王"。他说，小说当时在文坛上

◎ 武田雅哉新著中的插图

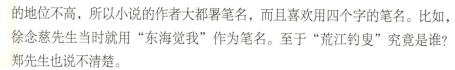

的地位不高，所以小说的作者大都署笔名，而且喜欢用四个字的笔名。比如，徐念慈先生当时就用"东海觉我"作为笔名。至于"荒江钓叟"究竟是谁？郑先生也说不清楚。

我在1981年10月28日写了《中国科幻小说的先驱——徐念慈》一文，发表于1981年12月21日《文汇报》。这篇文章中，我第一次披露了自己的新"发现"。

于是，我又把最早的中国科幻小说推定为1904年的《月球殖民地小说》。

在1904年的《月球殖民地小说》之前，还有没有更早的中国科幻小说？也许会有。但是，从1981年至今，我尚未找到比《月球殖民地小说》更早的中国科幻小说，别的研究者也未曾发现比《月球殖民地小说》更早的中国科幻小说。

武田雅哉在中国学习了三年多，回国去了。当时，我不知道那些关于中国早期科幻小说研究的论文，会使他在日本获得什么学位，成为什么样的专家；不过，我觉得中国科幻小说史这个近乎空白的领域确实值得研究、探索——既然东瀛学子渡海而来潜心研究，为什么中国人无人问津？如果中国学者深入这一领域，一定会比外国人取得更大的成果。当然，清末民初的科幻小说值得研究，当代的科幻小说更值得认真、扎实、细致、深入地进行研究。耐得寂寞，不慕时髦，不求急功近利，这样，研究工作才会结出硕果。

到了2001年，我收到岩上治先生从日本寄来日本大修馆书店出版的《中国科学幻想文学馆》上、下卷。这是岩上治先生与武田雅哉先生共同撰写的。

◎ 日本出版的武田雅哉、林久之（即岩上治）著《中国科学幻想文学馆》

◎ 武田雅哉近影

我为武田雅哉在"寂寞"中依然写出如此丰厚的专著而欣慰。

令我感到汗颜的是，当我试图找人把《中国科学幻想文学馆》一书翻译成中文时，对方首先问我，翻译之后哪家出版社同意出版？稿费标准多少？我又跟中国一些出版社联系出版这本书的中文版时，没有一家出版社愿意出版，原因是读者面太窄，印数太少！然而，在读者面更窄、印数更少的日本，这本书居然出版了！

在2005年，我得知武田雅哉的电子邮箱，我们之间又重新取得联系。我给他发去电子邮件。

武田雅哉在回信中，给我附来他的近照。一看，完全"颠覆"了我对他的印象，如今的他留起胡子，头发也已花白。屈指一算，哦，他也年近半百，再不是当年二十出头的小伙子。

武田雅哉说，他的研究范围是中国文化史、中国文学和中国美术。他现在的研究课题是：

1. 中国的可爱的东西，讨人喜欢的东西；

2. 中国近现代美术史、特别是连环画和海报；

3. 中国怪物论。

已经是北海道大学教授的武田雅哉，在日本参加了日本中国学会、中国人文学会。

我是武田雅哉"成长史"的目击者。从这位日本学者的"成长史"，可以

◎ 武田雅哉在中国

◎ 武田雅哉在中国参观

觑见日本人那种勤于钻研、善于思索的求学精神。

我在新著《樱花下的日本》一书中，写及我在日本的感受：

日本的领土只有中国的 1/26，日本的人口只有中国的 1/10。日本是一个"地小物贫"的国家，却成了仅次于美国的世界经济大国。1990 年日本的国际经济生产总值是中国的 7.8 倍！由于中国在改革开放以来经济迅速增长，追上来了，这才缩小了与日本的差距。然而，中国拥有 13 亿人口，按照人均国民经济产值计算，今日中国仍远远落后于日本。在 2007 年，日本的国民经济总产值是中国的 1.76 倍，人均国民经济产值是中国的 18 倍！

此外，日本的诺贝尔自然科学奖获得者已经多达 13 位，而中国迄今还没有一位。

正因为这样，我以为日本人的那种锲而不舍的钻研精神，那种善于求新、求变的思辨力，是日本成功的民族因素，而武田雅哉正是其中的一分子，正是体现了这样的日本精神。

美国科幻主帅来上海

1982 年夏日，我收到美国著名科幻作家、曾任美国科幻小说协会主席的罗伯特·A·海因莱因（Robert. A. Heinlein）的来信，说是准备前来上海。

在美国，海因莱因是与阿西莫夫齐名的科幻大师。阿西莫夫由于不适应飞行，所以几乎不出国门。

我向上海市科学技术协会汇报之后，决定隆重接待海因莱因。

1982 年 10 月 11 日清晨，一艘蓝白相间的挪威邮轮徐徐驶进上海黄浦江。它叫"皇家海盗号"（Royal Viking Sea）。8 点钟，船靠岸了，岸上挂着用英文写成的"欢迎"横幅标语。3 个月前，海因莱因夫人就写信给我，告知这一时刻将到达上海，果真一点都不差。

◎ 海因莱因

◎ 美国科幻小说协会主席海因莱因夫妇抵沪（1982 年 10 月 11 日）

◎叶永烈会晤海因莱因的照片及报道，发表在美国的《LOCUS》杂志

　　海因莱因已经75岁高龄了，稍高的个子，高而宽的前额，稀疏的白发，脸色白里透红。他走路要拄拐杖，步履蹒跚，讲话声音很低，节奏显得有点慢，那对明亮的眼睛却很有精神。他的夫人年已古稀，一头皓发，行动轻捷得多，很开朗，常常说着说着，双眉一扬，便笑了起来。

　　海因莱因是颇负盛名的美国科幻小说作家，日本评论家福岛正实先生曾这样评价："在美国科幻小说作家中，如果举出三位最有世界性威望的作家，不管另外二人是谁，绝对不能缺少海因莱因。"这是恰如其分的。

　　海因莱因自1939年起开始发表科幻小说，在40多年中写了30多部长篇，出版了10多部短篇集。他的科幻小说，曾4次获得具有世界性荣誉的"雨果奖"。他是1941年、1961年、1976年三次世界科幻小说大会的主宾。早年，他攻读物理学，担任过航空工厂的工程师。他的夫人则是化学工程师。

　　我对他年逾古稀仍不远万里前来访问，表示欢迎。他笑笑说："访问中国，这是我经过50年努力终于实现的事情。在20世纪30年代，我就想到中国来，一直没有机会。我热爱我们生活着的这个星球。我曾和妻子环游地球5圈，到过80多个国家。旅游，是我的爱好，可是，我从未到过中国。我早就向往这个东方文明古国，我认为，作为一个科幻小说作家，要尽可能见多识广。只有这样，才会有丰富的想象力，写出好的科幻小说来。"

他告诉我，两个月以后，他还将去非洲访问。在地球上，他未去过的地方，还剩下南极了，在有生之年，希望能到那里看一看。他很想乘坐太空船上月球，可惜如今年迈，这辈子恐怕是去不成了。他对太空事业非常关心，不久前，他曾与驾驶"阿波罗"号飞船的太空人会面、交谈。太空人告诉他，人类一定能够在其他星球住下来，人类的生活范围决不会只限于地球。太空人的话，使他深受鼓舞。

我把他的科幻小说《生命线》中译本以及许多杂志上关于他生平的介绍文章，送给了他。海因莱因显得很高兴，兴致勃勃地谈起了《生命线》的创作经过。

"我年轻的时候，一直是科幻小说的忠实读者。1939年，我看到一家美国科幻杂志举行征文，说获奖者可得50美元奖金。当时我32岁，心血来潮，就写了《生命线》。写好以后我还未投给那家杂志，就被另一家杂志以更高的稿酬索去了。《生命线》发表以后，受到好评。从此，我竟然走上了科幻小说的创作道路。"

海因莱因的作品，具有浓郁的文学色彩，很注重刻画人物性格。他的文笔轻快，善于把俚语、民间格言和科学术语有机地融为一体。人们这样评价他的作品："在海因莱因的科幻小说中描写的未来，具有很强的现实感。给人的印象就像熟练的新闻记者描写所见所闻的现实一样。他所描写的社会、事

◎ 叶永烈在上海会晤美国著名作家海因莱因（1982年10月11日）

219

◎ 海因莱因所赠用电脑写作的照片

件和出场人物的一切，都具有恰到好处的实在性。"

他常常探索创作不同风格、样式的科幻小说，被人们誉为科幻小说的"革新家"。

在上海，海因莱因跟中国同行们座谈时，谈了自己创作科幻小说的构思过程："我在酝酿新作时，首先浮现在脑海中的是人物。慢慢的，这些人物活动起来，具有各自的性格。这些人物间发生矛盾，产生了故事。我以为，写科幻小说，一定要写好人物。我总是先有人物，后有故事。当故事构思成熟的时候，我就坐到打字机前面……"

海因莱因送给我一套在他家里拍摄的彩色照片。那是一幢被绿荫和鲜花包围着的米黄色别墅小洋房。在他的书房里，除了成排的精装书以外，引人注目的是并排放着三台打字机。其中有一台打字机上有电视显示系统（实际上是一台早期的电脑）。海因莱因一边打字，荧光屏上一边显示出文字。也就是说，他用打字机代替钢笔，用荧光屏代替稿纸。他在创作时，手指敲打打字机的键盘，看上去就像是音乐家在弹钢琴。他是专业作家，每年有 3 个月坐在打字机前工作，其余时间则在旅游中度过。正因为他的足迹遍及地球，所以他的作品题材广阔，反映各种各样的生活。

海因莱因认为，科幻小说应当表现人的正直感、正义感，体现对科学的尊重。更增强人类的自信心，自尊感。他说："我的小说都是写未来的。我热爱生活，我认为人类社会会永远生存下去，而且将遍布宇宙。"他说，他的科

◎ 叶永烈在上海会晤美国著名作家海因莱因（1982年10月11日）

幻小说总是以喜剧结尾，他不太喜欢写悲剧。海因莱因以为，科幻小说作家要很高的文学修养，就这一方面来说，跟一般的文学作家没什么两样。但是，作为科幻小说作家，还必须懂得科学，科幻小说就其科学内容来说，一定要确切。他常给少年儿童写科幻小说。在这些作品中，他往往更多地谈到科学，希望小读者读了以后对科学发生兴趣。他认为，科幻小说是"一种用科学方法创作的小说"。

海因莱因很风趣地说："根据我的经验，科幻小说作家最好娶一个搞科学的妻子！"他谈起了他的夫人，夫人在科学上比他更在行。他们结婚已经40多年了。有一次，他花了一天时间计算一个科学问题，算好后请夫人验算。夫人很快就发觉他算错了。为什么呢？一查对，竟然是他所依据的一本工程手册上的数据印错了！夫人常常是他的作品的第一读者，总是从科学上提出意见，使他的科幻小说符合科学。

夫人笑了。她说："如今，我成了他的秘书，跟400多家出版社、报刊签订合同。我每天要替他复几十封信。他是广大读者熟悉的作家，作品畅销。他的长篇科幻小说《异乡异客》，在1962年获'雨果奖'。这部小说光是在美国就印了600多万册。"

由于作品大量出版，海因莱因在美国享有很高的知名度。我陪同他在上海访问，好几次在路上、在餐馆被美国人认出来，请求他签名留念。

大抵是出于职业习惯，海因莱因对科学新成就很注意。4年前，他在爬山时突然瘫痪，回到美国时病情恶化，经诊断是颈动脉血管破裂，造成大脑缺氧。后来，经一位土耳其医生动手术，才得以康复。当他获知医生所用的器械中，有几种是为"太空医院"设计的，他很感兴趣，一一详细了解。在上海，当他为我们签名留念时，指着自己的笔说，这是一种"太空笔"，供太空人使用的，即使在失重状态下把笔尖朝上，也可以顺利地写出来……他如此关心太空事业，怪不得他的作品常常以太空为背景。

他也很注意观察生活。当我陪他参观上海玉佛寺时，他突然问道："这里的和尚为什么不穿黄衣服，而穿灰色、黑色、棕色的？"在陪他参观新疆古尸展览时，他对4000年前的古尸很感兴趣。然而，他细细观看了以后，又发问："古尸的头发很少是棕黄色。为什么这具女尸的长发发黄？"他对中国古老的文化表示十分敬佩。

海因莱因夫妇在上海逗留4天。此后，我们一直保持着通信，直到他1988年去世。